ADIEU JÉRUSALEM

Alexandra Schwartzbrod est journaliste à *Libération*. Elle a vécu près de trois ans à Jérusalem durant la dernière Intifada comme correspondante pour ce journal. De cette expérience, elle avait tiré un roman, *Bagalan*, qui a reçu en 2003 le prix SNCF du polar. Avec *Adieu Jérusalem*, elle imagine l'inimaginable : Israël pourrait un jour disparaître.

ALEXANDRA SCHWARTZBROD

Adieu Jérusalem

ROMAN

STOCK

ISBN : 978-2-253-16152-3 – 1re publication LGF

À mes enfants,
qui savent si bien parler de Jérusalem.

À mes ami(e)s
sans qui ce roman n'aurait peut-être jamais vu le jour.

À l'homme que j'aime.

L'homme qui posa la première pierre d'un État juif se nommait Arthur James Balfour. Ministre britannique des Affaires étrangères, il avait soixante-neuf ans quand, le 2 novembre 1917, il publia une lettre prônant l'établissement en Palestine d'un foyer national pour le peuple juif. Il n'était pas plus attaché qu'un autre à cette région de la planète, il entendait juste prendre sa part dans la marche du monde.

L'homme qui, cent ans plus tard, entreprendra de défaire l'œuvre de Balfour se nommera Rein Laristel. Secrétaire général de l'ONU, cet Estonien n'aura peut-être pas d'autre choix, à soixante-neuf ans, que d'enclencher la fin d'une aventure que le monde ne parvenait plus à suivre.

1

La porte de service claqua, un souffle d'air glacé balaya la salle.

— *Dobrii dieni.*

Le salut avait été lancé d'un ton si morne qu'il s'enfonça dans le silence. L'homme qui venait d'entrer sans éveiller l'attention ne devait pas avoir plus de vingt-cinq ans. Petit, brun, de grands yeux sombres, si sombres qu'ils en effrayaient même les chats, nombreux à rôder autour des lieux. Mounir Baraka était employé par l'institut scientifique de Kazan depuis son adolescence. Agent de nettoyage. Il en tirait une morgue qui, conjuguée à sa mauvaise humeur naturelle, en faisait un personnage plutôt désagréable. Les autres s'en rendaient-ils compte ? Pas sûr. Dans ce haut lieu de la recherche biologique russe, on travaillait sans un regard ni une parole pour l'autre. Internet suffisait.

Mise en sommeil au début du siècle, à l'époque où Russes, Américains et Européens défendaient peu ou prou les mêmes valeurs, la recherche biologique avait été relancée par Vladimir Poutine en 2008, quand la conquête de la Géorgie avait de nouveau créé un gouffre entre la Russie et le reste du monde. L'institut de Kazan, qui végétait en produisant des vaccins contre la grippe pour la population vieillissante de l'ex-empire soviétique, avait été remobilisé sur des travaux capables de donner l'avantage à la Russie en cas de guerre planétaire. Les revenus du pétrole permettaient de payer royalement des chercheurs prêts à tout pour ne pas mourir de faim.

Mounir Baraka était un enfant du coin. Son oncle, le frère de sa mère, avait travaillé à l'institut avant lui, comme contremaître, à la belle époque de la guerre froide quand l'État utilisait son argent pour fabriquer les armes les plus destructrices. Le jeune homme n'avait pas connu ce temps-là mais il aurait presque pu en restituer les couleurs et les odeurs tant son oncle lui en avait parlé, des étoiles plein les yeux. Il ne parvenait pas à concevoir ce qu'était précisément le communisme, il savait juste que c'était une sorte de paradis sur terre et que sa chute avait précipité le pays dans une région proche de l'enfer.

Né de père inconnu, il avait été élevé par son grand-père. Le père de sa mère et de son oncle. Mounir n'avait jamais compris comment cet homme, si strict sur les principes religieux, avait pu accepter que sa fille se laisse engrosser par le premier venu, mais il ne connaissait pas tous les détails, peut-être s'était-il produit un événement qui avait poussé le vieux à s'incliner.

Chez eux, les hommes allaient prier à la mosquée tous les soirs, et l'on observait le ramadan. Les musulmans représentaient la moitié de la population du Tatarstan et, fait exceptionnel dans l'histoire, ils s'entendaient plutôt bien avec l'autre moitié de cette région composée essentiellement de Russes orthodoxes. À Kazan, la grande mosquée Qolcharif, construite à grands frais pour le millième anniversaire de la ville en 2005, côtoyait ainsi avec quiétude la cathédrale de l'Annonciation.

Chaque année, les plus éminents représentants de la communauté musulmane partaient accomplir le *hadj*, le pèlerinage à La Mecque. Cette fois, Mounir serait du voyage, avec son oncle et son grand-père. Le départ était prévu quelques heures plus tard, par le train de nuit qui reliait Kazan à Moscou.

En cette fin d'après-midi, la température extérieure avait bizarrement chuté. Le crépuscule enveloppait l'institut comme un cocon de soie. Il était l'heure de partir. Chez lui, on devait l'attendre.

— Mounir ? Je suis à court de sérum, tu peux m'en récupérer un lot à la réserve ?

Le jeune homme jeta un œil à sa montre. La navette qui desservait les villages des environs, dont le sien, quittait l'institut dix minutes plus tard. Il lança un regard furibard à la blonde en blouse blanche qui venait de passer sa tête par la porte entrouverte.

— Peux pas. J'ai fini mon service…

L'autre posa sur lui un regard si lourd de mépris qu'il fut contraint de baisser les yeux.

— Mounir ! Tu sais combien de pauvres bougres frappent chaque jour à cette porte pour obtenir ne serait-ce que le tiers de ta paie ?

Il haussa les épaules en bougonnant et se dirigea vers la réserve.

Quand il en eut fini, la navette était partie. Plus renfrogné que jamais, Mounir se posta près de la porte qui menait au parking et attendit qu'une voiture prenne le départ.

Il vit s'approcher Sergueï Tchounguine, le chef du département numéro neuf. Mounir lui fit un signe et demanda s'il pouvait le déposer au village. L'autre hocha la tête, ses traits étaient tirés.

— Au village, non. Je dois aller en ville chercher un technicien. J'ai un problème avec les centrifugeuses. Mais je te dépose au prochain carrefour. Avec un peu de chance, tu trouveras quelqu'un qui t'amènera chez toi…

Mounir s'engouffra dans le véhicule. Tout plutôt qu'attendre sans bouger. Arrivé au carrefour, Tchounguine l'abandonna sans un mot, il semblait soucieux.

Les chercheurs n'étaient décidément pas des gens agréables, songea le jeune homme en empruntant la route qui menait à son village. Enfermés dans leurs pensées, indifférents au monde extérieur. L'un d'eux lui avait-il jamais demandé des nouvelles de son oncle qui avait pourtant passé près de quarante ans à l'institut ? La plupart venait de Moscou, des « Blancs » qui ne comprenaient rien à la région. « Sale race, grommela-t-il en donnant un coup de pied rageur dans un bout de bois mort qui encombrait le bas-côté. Je t'éliminerais tout ça en moins de temps qu'il n'en faut pour le dire… »

Arrivé chez lui, il rechargea le poêle qui ronronnait doucement. La technologie moderne n'avait pas gagné son hameau qui vivait toujours à l'ère du chauffage au bois et de l'eau tirée du puits. Pour avoir Internet, il fallait se rendre en ville. Ou à l'institut, qui concentrait tout ce que le progrès avait apporté à l'humanité.

Mounir Baraka s'apprêtait à assener un coup de hache sur une bûche rapportée le week-end précédent de la forêt voisine, quand une explosion sourde fit trembler jusqu'au sol qui dormait sous ses pieds. Instinctivement, il leva la tête en direction de l'institut. Un halo de lumière auréolait un nuage d'un noir qu'il n'avait jamais vu encore, comme chargé de toutes les impuretés de la terre ; il s'éleva dans le ciel, gonflant au fil des mètres, aussi grimaçant que les djinns qui peuplaient les récits de son grand-père, le soir à la veillée. Le jeune homme recula, souffle coupé, incapable de formuler un son.

L'atmosphère avait changé de densité, elle pesait sur les épaules de Mounir qui baissa la tête. Il lui revint en mémoire cette histoire rapportée un jour par son oncle. Quand la question de l'existence de Dieu avant la Création avait été posée au Prophète, celui-ci avait répondu : « Dans un nuage. Il n'y avait d'espace ni au-dessus, ni au-dessous. »

Cette vision le terrifiait encore.

Dès le lendemain, l'armée russe prit le contrôle de la zone et recouvrit d'une couche de terre fraîche le sol contaminé.

*
* *

Depuis qu'il avait quitté Jérusalem pour Tel-Aviv, le commissaire Eli Bishara était un autre homme. C'est du moins ce qu'il aimait à penser en se mirant dans les vitrines de l'avenue Rothschild. Son corps même avait changé, plus svelte peut-être, comme libéré du poids dont Jérusalem chargeait ses habitants. Là-bas, sur la colline de cailloux, on remâchait le péché, on l'expiait à chaque enjambée et les épaules se courbaient avant l'âge. Ici, dans cette ville de béton léchée par la mer, on s'en délectait, on avançait le visage levé vers le ciel.

À Jérusalem, on se sentait vieux. À Tel-Aviv, on avait l'éternité.

Et l'éternité, Bishara en avait besoin. Après avoir connu les honneurs pour avoir résolu une enquête difficile dans la vieille ville de Jérusalem, il était tombé dans l'oubli. On l'avait muté à Tel-Aviv où la direction de la police le cantonnait aux troubles dus à la violence des nouveaux immigrants juifs. Pour la plupart démunis et paumés, ces hommes faisaient passer l'humiliation de leurs échecs en cognant leurs femmes, voire leurs enfants, syndrome classique. Au début, Bishara avait tâché de s'y intéresser mais il en avait très vite fait le tour. Comme on s'obstinait à lui refuser une autre affectation, il avait créé une association, Balad, pour aider les Arabes israéliens à lutter contre la discrimination. Bishara savait de quoi il retournait. S'il avait été juif, il serait sans doute chef de la police à l'heure qu'il était. Peut-être même ministre de l'Intérieur.

Il s'était installé dans un petit appartement de Yefet Street, la rue principale de Jaffa. Au dernier étage d'un immeuble pouilleux que les promoteurs israéliens n'avaient pas eu le temps de rénover.

Depuis une vingtaine d'années, la ville arabe était prise d'assaut par les juifs. Pour eux, s'installer à cet endroit était le fin du fin, le stade ultime de la transgression. Les villas délabrées du siècle dernier avaient été remises à neuf, les remparts restaurés, les chemins de terre pavés de frais. On pouvait y manger à même le sol tant tout était propre, léché, aseptisé. Le vieux port où l'on dévorait autrefois des rougets frits avec les doigts était devenu un repaire pour touristes, une carte postale de la mixité heureuse. Certains noms avaient été modifiés, jusqu'à cette « rue du Ghetto-de-Varsovie » apparue en plein centre de la ville arabe. Jaffa n'était plus qu'un quartier bourgeois et bohème de la métropole de Tel-Aviv pourtant conçue, à sa création, en 1909, comme une simple banlieue résidentielle de Jaffa.

Mais de tout ça, Bishara n'avait cure. C'était sa vie. C'était sa ville. S'il travaillait à Tel-Aviv, il ne pouvait vivre qu'à Jaffa, nulle part ailleurs. De sa fenêtre entrouverte, lui parvenaient les effluves graisseux des marchands de falafels. Et les cris des vendeurs de peluches et de jouets en plastique qui proposaient leur camelote pour quelques shekels. Et surtout le chuintement de la mer qu'il apercevait entre deux immeubles, chargée d'écume et de rêve. Il avait une chance inouïe et la savourait pleinement au lever du jour en songeant à ses frères enfermés à l'intérieur des terres.

Le commissaire consacrait tout son temps libre à Balad, de la sortie du travail jusque tard la nuit. Et encore tôt le matin avant de retourner à son poste. Peut-être expiait-il ainsi le plaisir qu'il ressentait à vivre là et, oui, par moments, à être israélien.

L'idée l'effleurait parfois qu'il pourrait être palestinien, vivre comme un animal en cage dans un village cerné de miradors, sous le contrôle de soldats en armes, et cette idée l'épouvantait.

Il était arabe israélien, ou palestinien d'Israël, c'était incontestablement un plus, même si, au final, ces deux identités s'annulant, il n'était plus personne.

Plus personne, songeait Bishara en traversant la place Rabin baignée de soleil, cela pouvait comporter des avantages. Peut-être fallait-il pousser le concept à l'extrême, effacer son disque dur, sa mémoire, son histoire, ne garder que ses sensations et ses émotions, vivre l'instant et rien que l'instant. Une ville comme Tel-Aviv s'y prêtait bien.

À cette idée, il sourit, et une jeune femme qui croisait son chemin s'empourpra avant de hâter le pas.

Depuis que les Palestiniens de Cisjordanie et de Gaza étaient enfermés à double tour de l'autre côté de leur mur, les autorités israéliennes s'étaient forgé un nouvel ennemi : l'Arabe de l'« intérieur ». Celui-ci n'avait jamais été considéré comme un véritable ami mais, pendant longtemps, il n'avait pas représenté un danger immédiat.

Les choses avaient changé quelque temps plus tôt quand un juif nationaliste avait assassiné de sang-froid sept Arabes israéliens qui attendaient le bus à Nazareth. Le Premier ministre d'alors avait condamné « l'acte vil d'un terroriste juif assoiffé de sang ». Le ministre de la Défense, qui briguait son poste (il l'avait obtenu depuis), s'était emporté en direct à la télévision publique : « Cette déclaration est une honte ! L'homme ne peut pas être un terroriste puisqu'il n'appartient pas à une organisation hostile à Israël ! » La mise au point avait bouleversé les jeunes Arabes israéliens et ils avaient commencé à lancer des pierres sur la police puis sur les soldats appelés en renfort. « Jusque dans la mort, nous serons donc considérés comme des citoyens de seconde zone ! » clamaient-ils en copiant sur les images d'archives, vues et revues à la télé et même en DVD, les gestes et jusqu'à la façon de nouer le keffieh de leurs frères palestiniens. En quelques jours, une nouvelle Intifada était née.

Plus dangereuse encore puisqu'elle opposait des Israéliens à d'autres Israéliens.

Des chars avaient été positionnés aux abords des villes arabes dont la nourriture avait été rationnée et l'électricité coupée quelques heures par jour.

Des check-points avaient été dressés aux endroits stratégiques, en pierre, puis en béton.

Les Palestiniens de Cisjordanie, dont l'espace vital se réduisait au fil de l'avancée des colons, avaient recommencé à s'agiter, stupéfaits de voir ceux de l'intérieur bouger enfin.

Les réservistes avaient été appelés en renfort. La tension était à son comble.

Une bonne moitié de la population appuyait les autorités : si Israël voulait rester un État juif, ce qui n'était même pas discutable, les Arabes devaient partir. Leur taux de natalité galopant représentait pour l'État hébreu un danger plus grand encore qu'un stock de roquettes et d'obus de mortier. Une poignée de militants pour la paix avait tenté de plaider leur cause, ils avaient été accusés de pactiser avec l'ennemi.

Aux Arabes israéliens on offrait désormais prime et logement en Jordanie ou en Égypte, deux pays auxquels les États-Unis ne laissaient pas vraiment le choix.

Mais aucun d'eux ne voulait marcher dans la combine. Une vie de misère en Israël valait toujours mieux qu'un exil dans le désert.

Le commissaire Bishara s'engagea dans Yehuda-Halevi. C'était un homme massif sans être épais. Grand, très brun, il avait le visage barré d'une moustache épaisse qu'il aimait caresser quand il réfléchissait, ce qui lui arrivait trop souvent, et se distinguait de ses collègues par un goût sobre mais assez sûr. Il ne concevait de s'habiller qu'en chemise de lin blanche même s'il devait y laisser la moitié de sa paie.

Résultat, les femmes se retournaient sur son passage, même celles de l'avenue Rothschild davantage habituées aux beaux gosses de Paris, Miami ou New York qu'aux Arabes de Galilée.

Il inspira profondément. La mer était là, à quelques mètres, et il ne s'en lassait pas, lui qui avait grandi sur les hauteurs de Nazareth.

Balad était hébergée par un peintre en vogue, un juif, qui se déchargeait ainsi de sa culpabilité envers les minorités de son pays. Deux pièces lui avaient été allouées au cœur de Neve Tsedek, un des quartiers les plus agréables de Tel-Aviv, dans une de ces maisons à deux étages noyées sous les frangipaniers et les bougainvilliers, d'où l'on entendait le bruit des vagues se chevauchant sur le sable.

Le commissaire entra sans frapper, la porte était toujours ouverte. Malgré l'heure matinale, il régnait dans la salle un brouhaha indescriptible ; il y flottait une forte odeur de café mêlée à celle, plus âcre, de la cigarette froide. Les tables étaient couvertes de cendriers pleins à ras bord.

— Qu'est-ce qui se passe ici ?

Une jeune femme se leva. Brune, avec des lunettes, attifée d'un grand pull tricoté main.

— Fahra et Zobi se sont enfuis, on ne sait trop où. En Europe ou à Dubaï. Nous avons perdu nos deux soutiens politiques…

Ahmed Fahra et Saher Zobi étaient les deux seuls députés arabes israéliens de la Knesset. Harcelés par les autorités israéliennes pour avoir entretenu des relations avec des États considérés comme « ennemis », ils se savaient menacés d'une enquête qui aurait pu les déchoir de leur immunité parlementaire et les conduire en prison. Ils avaient préféré quitter le pays.

La jeune Israélienne regardait Bishara comme s'il avait le pouvoir de ramener les deux fuyards d'un claquement de doigts. Elle avait des yeux globuleux d'un vert un peu délavé qui lui donnaient un air illuminé.

— Qu'est-ce qu'on fait maintenant ?

— On attend…

*

* *

Pas à pas, souris d'ordinateur en main, Ibrahim el-Hakim cheminait dans les rues de La Mecque. La foule était si dense qu'il n'imaginait pas comment s'y frayer un chemin. Il trébucha sur un trottoir et ferma les yeux. Sa bouche était sèche, ses doigts tremblaient. Cette fois encore, il n'atteindrait pas la Kaaba.

— Essayez encore un peu… vous y êtes presque.

L'homme rouvrit les yeux, respira un grand coup, songea à sa femme et sa fille qui, le lendemain, s'envoleraient avec lui pour l'Arabie Saoudite, puis replongea dans la ville virtuelle. Une masse de personnages blancs se mouvait en douceur tel un champ de marguerites balayé par le vent. Ibrahim el-Hakim sentit sa gorge se nouer et pourtant il persévéra, c'était sa dernière séance avant le grand départ, il DEVAIT réussir.

— Très bien. Prenez appui sur ce mur. Là… Reposez-vous un moment, vous avez tout votre temps…

Il attendit un instant que son rythme cardiaque ralentisse, et reprit sa marche hésitante. Était-ce la chaleur là-bas ou la peur ici ? Des gouttes de sueur perlaient à son front et il ne pouvait pas les essuyer. Sa tête était ceinte d'un casque avec écran intégré à la hauteur des yeux, dont s'échappaient deux antennes-capteurs qui détectaient le moindre de ses mouvements. Surmontant l'impression d'étouffement que lui procurait l'attirail autant que la visite guidée dans ce monde numérique, il s'écarta du mur et repartit en direction de la Kaaba.

La maison de Dieu.

Le but ultime.

À peine quelques mètres plus loin, il buta sur un obstacle. Le temps de reconnaître ce qui s'était ainsi placé en travers de son chemin, il avait trébuché, sa main glissait sur les habits des pèlerins qui le repoussaient, indifférents à son sort, portés par un mouvement inexorable qui leur interdisait toute pause. Il se vit tomber sur le bagage qu'une main fatiguée avait laissé choir, un vieillard peut-être qui n'avait plus eu la force de s'en encombrer, et songea que c'était une valise qui, en 2006, avait provoqué une bousculade à l'origine de la mort de trois cent soixante-deux pèlerins.

Foulés aux pieds.

Écrasés vivants par la houle humaine.

— Monsieur el-Hakim ! Non !

Il avait arraché son casque, incapable d'en supporter davantage. Sous la violence du geste, les antennes s'étaient déchaussées ; elles pendouillaient, pitoyables, et il avait peine à croire que ces bouts de ferraille étaient la cause de sa terreur.

Accablé dans son box, il enfouit son visage entre ses mains, au bord de l'épuisement. C'était comme s'il avait RÉELLEMENT tenté de refaire le parcours du Prophète. Et Mahomet était âgé de soixante ans quand il avait accompli cet exploit. Il POUVAIT donc le faire.

— Il faut que j'y arrive...

De l'autre côté de la baie vitrée, la jeune femme lâcha le dispositif qu'elle tenait en main pour suivre sur un écran le parcours de l'apprenti pèlerin. Elle se renversa dans son fauteuil et regarda l'homme, impassible.

— Vous n'êtes pas loin. Ce sont vos ultimes angoisses qui s'expriment.

Sa peur panique de la foule n'avait pas empêché Ibrahim el-Hakim de devenir flic, mais il redoutait qu'elle ne lui permette pas d'être un bon *hadj*. Aussi tentait-il depuis quelques semaines de soigner son agoraphobie dans le centre de réalité virtuelle de l'hôpital de la Pitié-Salpêtrière, au sud de Paris. Un service qui se développait à une vitesse fulgurante, dopé par la montée des phobies dans une société de plus en plus anxiogène.

— Oui, vous avez raison, je vais réessayer...

La jeune femme se leva, pénétra dans le box et s'empara des antennes-capteurs démantibulées. Au bout de quelques secondes, elle tendit le casque à Ibrahim el-Hakim. Il était comme neuf.

— Allez-y, je vais vous guider…

Il enfila la chose comme un chapeau, ajusta le système de vision et se cala sur sa chaise, concentré, tandis qu'elle réglait la lumière.

— Je crois que nous sommes prêts. Allez-y. Vous êtes sur l'esplanade, face au Masjid el-Haram. La foule est dense mais vous pouvez avancer. Il ne fait pas plus de trente degrés Celsius…

Instantanément, Ibrahim el-Hakim sentit une bouffée de chaleur lui monter à la tête et cela n'était pas si désagréable. La Tunisie lui manquait à chaque seconde de sa vie, sa chaleur, ses odeurs… Se pourrait-il qu'il les retrouve à La Mecque ? L'idée le ragaillardit. Il avança lentement, en prenant soin de se concentrer, afin d'éviter d'être troublé par la foule. S'il parvenait ne serait-ce qu'à effleurer la pierre angulaire de la Kaaba, celle qui lave de tous les péchés, il serait sauvé.

Il ne marchait plus, il lévitait, porté par tous ceux qui priaient en silence, épaule contre épaule, attirés par le parfum des anges qui, disait-on, volaient au-dessus des pèlerins.

C'est alors qu'il vit l'attroupement. Il se passait quelque chose. Des hommes, des femmes s'approchaient d'un point fixe, non loin de la maison construite par Abraham, puis s'en éloignaient dans des hurlements, cherchant à fuir un danger qu'Ibrahim el-Hakim ne parvenait pas à discerner. Il pressa le pas mais la foule était comme désarticulée, son mouvement n'était plus homogène. Certains pèlerins tombaient et disparaissaient, dévorés par la mâchoire humaine. Les yeux de ceux et celles qu'il croisait étaient révulsés, emplis d'une panique devenue incontrôlable, il avait peur de continuer et pourtant il le devait. Il se sentait étrangement calme, comme s'il savait, au fond de lui, ce qui l'attendait là-bas.

— Monsieur el-Hakim ? Tout va bien ? Pourquoi ne vous dirigez-vous pas vers la Kaaba ?

Il dédaigna la voix inquiète qui lui parvenait de l'autre côté du box et fendit la masse des pèlerins pétrifiés qui ne quittaient pas le sol des yeux, comme si le diable allait en surgir.

Quand il suivit leurs regards, il se décomposa, un tel effroi l'envahit qu'il ne sentit plus la souris sous ses doigts, il n'entendait plus la voix qui tâchait de le ramener à la réalité, ses jambes le lâchèrent et il s'écroula dans un cri sans fin.

Englouti par la terre sainte.

*
* *

Il ne croyait pas en grand-chose d'autre qu'en lui-même et pourtant, la « montée » vers Jérusalem lui provoquait chaque fois un étrange coup au cœur. Ce n'était pas la beauté des lieux, non – les environs de la ville s'enlaidissaient d'année en année, ceinture de béton enserrant le ventre palpitant du monde –, plutôt une émotion indéfinissable qui pointait au niveau d'Abu Gosh, enflait au fil des lacets menant à Mevasseret et culminait au moment de passer le cimetière du mont Hertzl. Andreï Sokolov aimait Jérusalem parce que c'était la seule ville de la planète où Interpol ne pouvait rien contre lui. La seule qui lui permettait, en une même soirée, de partager la table de Dieu puis celle du diable.

Détenteur de cinq passeports et d'autant de nationalités – angolaise, canadienne, française, israélienne et russe – et surtout d'une fortune qui se chiffrait en centaines de millions de dollars, Andreï Sokolov s'apprêtait à mettre la main sur la mairie de Jérusalem. Vu l'importance que l'endroit revêtait pour la communauté internationale, il allait devenir le maître du monde.

Visage taillé à la serpe, yeux en amande, voix rocailleuse, corps râblé, cheveux blonds coupés ras, cet ancien avocat était glaçant au premier abord. Il le savait et en jouait. Tout son art consistait à casser cette image par un contact chaleureux, une générosité qui transformait le moindre de ses interlocuteurs en obligé. Il occupait le dernier étage de l'hôtel David Citadel de la rue Agron qu'il avait racheté pour rien lors de la dernière Intifada quand les violences avaient vidé la cité de ses touristes. Là-haut, il avait une vue imprenable sur les remparts de la vieille ville et la coupole dorée du Dôme du Rocher, le dernier joyau qu'il ne possédât pas encore.

La radio, qui diffusait une chanson patriotique israélienne dont Sokolov avait oublié le titre, se mit à grésiller alors que son chauffeur freinait pour respecter le feu. Penché sur la table en bois exotique installée à l'arrière du 4 × 4, le Russe jura, agacé par ce crissement qui lui vrillait les nerfs.

— Éteins-moi ça, Uri, veux-tu ?

C'est alors que, les ondes courtes s'entremêlant, l'ode à Yeruchalaïm, capitale une et indivisible d'Israël, se transforma en un vibrant Allah Akbar qui résonna bien au-delà de l'habitacle et surprit les fidèles coiffés de kippas patientant devant le passage pour piétons. Uri se précipita sur le tableau de bord, mais trop tard, on les regardait déjà avec une méfiance qu'Andreï Sokolov n'avait plus l'habitude d'inspirer. Paralysés, les deux hommes ne pensaient plus à couper le son et l'appel à Allah se déversa à l'entrée de la ville juive en une longue et ultime prière.

Le feu passa au vert et Uri recouvra ses esprits. Il éteignit brutalement la radio et reprit la route, sans un regard pour les gens agglutinés autour de leur véhicule. L'instant d'angoisse passé, Andreï Sokolov ne put s'empêcher de sourire, il était bien à Jérusalem, chez les fous, parmi les siens.

La voiture longea sur sa droite le palais de la Nation et descendit vers le parc Sacher. Puis s'engagea dans Agrippas avant de déboucher sur Haneviim, la rue des Prophètes, qu'elle parcourut jusqu'au grand boulevard qui séparait la ville juive de la ville arabe, du moins ce qu'il en restait.

Depuis quelques années, des groupes de colons – ultraorthodoxes pour la plupart – chassaient les habitants palestiniens hors de Jérusalem-Est pour prendre possession de leurs maisons, soutenus sans ambiguïté par les autorités israéliennes. Et le rythme de ces expulsions s'accélérait. Certains prétextaient la présence de la tombe d'un obscur rabbin pour plaider leur bon droit devant la Cour suprême et chasser l'occupant arabe avec l'aide de la police israélienne. D'autres offraient des sommes difficiles à refuser à des familles palestiniennes qui rêvaient de fuir leur enfer quotidien pour la Jordanie ou l'Égypte. La situation avait atteint un degré tel que la rue Salah-Eddin, l'artère principale de Jérusalem-Est, où l'on butait autrefois sur les vieilles Palestiniennes et leurs monceaux de raisins ou de *marmiya*, cette sauge que l'on glissait dans le thé, alignait désormais vendeurs de kippas et agences religieuses offrant visites guidées des principaux sites sacrés du judaïsme. L'accès des musulmans à l'Esplanade des mosquées, troisième lieu saint après La Mecque et Médine, s'en trouvait malaisé, parfois même impossible.

Andreï Sokolov ne ménageait pas sa peine pour rallier les votes des ultraorthodoxes. Cette communauté, qui constituait désormais la population la plus importante de Jérusalem, avait été mise à genoux par la politique ultralibérale menée par les derniers gouvernements. En réduisant au minimum les allocations familiales, les autorités leur avaient supprimé leur unique source de revenus. Le mafieux russe les avait aidés à s'installer dans Jérusalem-Est en mettant gratuitement des avocats à leur disposition et en réglant toutes les procédures judiciaires. Il leur avait aussi distribué des dollars comme des petits pains.

Un nouveau messie.

Il avait décidé de profiter du vide politique qui caractérisait la période transitoire entre l'élection du nouveau président des États-Unis et son investiture pour achever sa mission : rendre Jérusalem-Est à Israël. Il bénéficiait, dans cette entreprise, de l'appui du Premier ministre, qui briguait les voix du parti de Sokolov pour assurer la solidité de sa coalition.

Arrivée de l'autre côté du boulevard, sa voiture s'engagea sur un chemin caillouteux et serpenta à travers la colline. Discrètement, le Russe extirpa de sa poche une kippa qu'il posa sur son crâne. Il était prêt.

Au bout du chemin, un hameau. Quatre maisons de type arabe, de cette pierre grumeleuse qui faisait la beauté des vieilles bâtisses de Jérusalem. Sur le seuil de l'une d'elles, des ballots de vêtements, des paniers débordant de casseroles et, posée sur une chaise bancale, une cage avec deux canaris orange, de celles qu'on achetait aux portes de Bethléem.

Une foule hétéroclite se massait devant le perron, redingotes et chapeaux noirs des ultraorthodoxes mêlés aux gandouras des Palestiniens et aux uniformes bleu nuit des policiers israéliens. Un chahut indescriptible s'en élevait, l'âpreté de l'hébreu durcie encore par le rocailleux de l'arabe.

Une femme voilée leva le poing.

— J'en appelle au Secrétaire général de l'ONU pour qu'il nous vienne en aide et nous apporte protection !

La peau tannée par le soleil et l'œil larmoyant, un vieillard (ou peut-être était-ce un homme dans la force de l'âge, marqué par la rudesse des temps et de l'occupant) essayait de prendre la foule à témoin.

— La police a évacué cette maison à cause d'une décision de justice émise il y a plusieurs mois ! Mais cette expulsion n'a rien de juridique, elle est politique ! Il s'agit de chasser tous les Palestiniens de cette ville pour les remplacer par des colons. C'est inhumain et inacceptable, en violation flagrante de toutes les lois et de la convention de Genève !

À ses côtés, un Israélien bien mis mais sans ostentation, cheveux blancs auréolant un visage long et cabossé, un look d'universitaire, prenait à partie un ultraorthodoxe qui observait la scène en souriant.

— Tu ne comprends pas le danger que tu fais courir à notre État ? Une démocratie peut-elle s'imposer durablement par la terreur et l'obscurantisme ?

L'homme en noir avança d'un pas.

— Qui te dit que je me reconnais dans cet État ? Je ne veux pas rester les bras croisés comme un agneau promis à l'abattoir. Ces terres nous appartiennent, notre mission est de les récupérer. Je ne suis pas un traître, moi…

L'autre le fixa quelques instants en silence. Il savait qu'il ne servirait à rien de sauter à la gorge de ce fou de Dieu. Celui-ci en aurait été trop content. « Pauvre type », marmonna-t-il en tournant les talons.

Sokolov sourit. Zeev Kilmann briguait aussi la mairie de Jérusalem. Professeur à l'université hébraïque, membre de l'organisation sioniste de gauche La

Paix maintenant, il militait pour la fin de l'occupation et la constitution de deux États. Mais ses paroles, depuis longtemps, résonnaient dans le vide.

C'est alors qu'un jeune barbu se fraya un chemin jusqu'aux policiers qui formaient un bloc compact devant le perron de la maison.

— Nous ne pouvons même plus accéder à nos lieux saints ! Ce ne sont pas seulement les Palestiniens que vous bafouez ainsi mais les musulmans du monde entier ! Vous allez le payer cher, très cher !

Uri gara la voiture en douceur. Sokolov sauta à terre, suivi par le garde du corps qui ne le lâchait jamais d'un mètre. Il reboutonna le troisième bouton de sa veste anthracite, se dirigea vers l'attroupement et se tourna vers la foule.

— Allons, allons, du calme, mes amis. La Cour suprême a tranché, personne ne peut remettre en cause son intégrité. Un peu de dignité, que diable !

Visage déformé par la colère, une femme se précipita sur lui. Elle portait la robe traditionnelle palestinienne, longue et noire, ornée d'un plastron de broderies rouges.

— La dignité ? Vous en savez quoi, de la dignité ? Vous n'avez rien à voir avec cette terre, bien moins que nous qui sommes nés là… Vous n'êtes qu'un immigré, comme tous les autres. C'est l'argent qui a fait de vous ce que vous êtes, un prédateur, un menteur, un lâche ! Vous qui avez attendu que mon mari et mon fils gagnent La Mecque pour nous arracher à cette maison ! Mais nous ne nous laisserons pas faire ! Attendez-vous à des jours difficiles, très difficiles !... Vous, et tous les vôtres !

Avant que quiconque n'ait eu le temps de réagir, pas même son garde du corps, Sokolov était cerné par des hommes et des femmes en colère. Ses positions en faveur d'une Jérusalem « entièrement juive » en avaient fait la bête noire des Palestiniens qui habitaient encore dans la Ville sainte.

La famille qui venait d'être expulsée, les el-Sayyad, réfugiée à Jérusalem-Est après la création d'Israël en 1948, avait emménagé dans cette maison construite par l'UNRWA, l'Agence des Nations unies pour les réfugiés, sur des terres administrées à l'époque par la Jordanie. Après la guerre de 1967 et la conquête de Jérusalem-Est par l'État hébreu, des organismes juifs étaient parvenus à faire enregistrer à leurs noms plusieurs hectares de la partie palestinienne de la ville sur la base d'un document ottoman datant de la fin du XIXe siècle. Document que Sokolov avait réussi à faire valider auprès de la Cour suprême pour le compte d'une puissante famille religieuse de Mea Shearim et ce, malgré les tentatives répétées des Palestiniens pour démontrer qu'il s'agissait d'un faux.

Quand le garde du corps, aidé par la police, parvint enfin à disperser la foule, Sokolov se redressa, sans songer cette fois à reboutonner sa veste dont la manche droite avait été déchirée. Il passa machinalement la main sur son crâne, et se tourna vers la famille expulsée qui se tenait serrée contre le mur de son ancienne maison.

— Allez tous mourir en enfer ! C'est là l'unique demeure qui vous revient !

*
* *

Une nouvelle nausée le courba en deux. Les spasmes étaient si violents qu'il crut un instant que son corps n'y résisterait pas. Il allait imploser et ce ne serait pas plus mal, les douleurs atroces de ces dernières heures cesseraient enfin. Il se pencha sur la cuvette mais plus rien ne sortait de sa gorge. Juste un filet de bile qui dégoulina vers le fond saumâtre du bassin.

La crise passée, Mounir Baraka se laissa retomber sur son oreiller. Il avait commencé à se sentir mal dans le train pour Moscou. Une immense fatigue, un léger mal de tête. Il avait mis ça sur le compte du stress. Après l'explosion, ils avaient longuement hésité, son grand-père et lui, à maintenir leur départ pour La Mecque. Peut-être avait-on besoin d'eux à l'institut ? Et la mère de Mounir, était-ce prudent de la laisser seule ? Ils avaient branché la télévision mais l'événement n'avait pas été relaté. Rien. Pas même trois mots à la fin du journal. Mounir avait bien pensé faire un saut là-bas mais son oncle l'en avait empêché d'un geste brusque. « Ils accourent, eux, quand on en a besoin ? Laisse, va. Le pèlerinage est bien plus important. C'est peut-être l'unique fois où tu auras la chance de l'accomplir avec ton grand-père. »

Ils étaient donc partis, empruntant des chemins de traverse pour aller plus vite. Toutes ces tergiversations leur avaient fait perdre du temps. À la gare, bizarrement, ils étaient seuls. Les trois hommes avaient eu peur que le train n'ait été annulé, mais la machine vrombissante était arrivée, à l'heure, et ils s'y étaient engouffrés, trop contents de retrouver un minimum de chaleur humaine.

Mounir sentit soudain l'air lui manquer, comme si un camion de dix tonnes venait de passer sur sa cage thoracique. Il tenta d'appeler à l'aide mais les sons ne passaient pas plus. Mains crispées sur les draps, il se redressa, yeux exorbités, cherchant en vain de l'air.

Puis, comme la précédente, la crise passa. Épuisé, il laissa son regard traîner autour de lui et ne vit rien d'autre que quatre murs blancs qui semblaient se rapprocher les uns des autres, menaçant à tout instant de l'écraser. Il tâtonna autour de lui mais sa main ne rencontra que le rebord froid d'une table de chevet. Il laissa retomber sa tête sur l'oreiller et ferma les yeux.

Le voyage jusqu'à Moscou lui avait paru interminable. Il avait chaud. Il avait froid. Il avait soif. Son oncle avait fini par lui administrer un somnifère puissant, déniché Dieu sait où, qui avait eu le mérite de l'assommer jusqu'à la fin du voyage. À la gare d'arrivée, les haut-parleurs avaient diffusé un message recommandant à tous les voyageurs en provenance de Kazan de se présenter au comptoir des réclamations. Ils s'étaient bien gardés d'obtempérer.

Les trois hommes savaient qu'ils étaient condamnés et, sans doute aussi la mère de Mounir, là-bas à Kazan. Mais, tant qu'à mourir, La Mecque n'était-elle pas le lieu idéal ? Sur le seuil de la Kaaba, la maison de Dieu ?

Ils ne s'étaient pas parlé mais leurs regards en disaient long : la tristesse de laisser derrière eux la seule femme qui les ait jamais servis avec dévotion, la joie de s'acheminer vers les lieux saints, et la peur aussi. Il leur était interdit de révéler l'origine de leur mal et donc d'espérer le moindre soulagement de la médecine, même s'ils devaient subir les plus atroces souffrances. L'institut de Kazan était une usine chimique dont les activités devaient être tenues secrètes, ils s'étaient engagés à n'en jamais parler. Et la parole donnée était « l'or des musulmans », comme on disait autrefois. Surtout à la veille du grand voyage. « L'homme ne vaut que par sa langue et par son cœur, le reste n'est qu'un méprisable édifice de chair arrosé de sang », avait dit un jour le poète Ka'b ibn Zouheïr.

Le train s'était rempli peu à peu. Des pèlerins pour l'essentiel, encombrés de cabas, paniers et valises qui bloquaient les couloirs et les accès aux sanitaires. Les trois hommes avaient bien tenté de rester à l'écart mais l'afflux fut tel qu'ils avaient dû y renoncer.

Mounir Baraka n'avait qu'un vague souvenir du trajet vers l'aéroport. Sa tête tournait, son cœur lui remontait dans la gorge. Les regards se faisant de plus en plus suspicieux, notamment à la douane, son oncle lui avait inventé une crise de foie, un œuf pas frais avalé quelques heures auparavant. Les pèlerins y étant coutumiers, il était passé sans mal. La foule n'avait jamais été si dense, les douaniers semblaient débordés. Un seul l'avait étudié, sourcils froncés. « Cet homme a de la fièvre, il est peut-être contagieux ! » Son collègue avait haussé les épaules. « Laisse, va ! Ils s'en occuperont à l'arrivée. »

Ils avaient attendu de longues heures le car qui devait les amener à Médine. Le trop-plein de pèlerins rendait les rotations impossibles, les véhicules étaient pris d'assaut par la foule. Quand, enfin, les trois hommes étaient parvenus à se hisser dans l'un d'eux, Mounir s'était senti mal. Des quintes de toux terribles. Une sudation intense. Et son grand-père qui, à son tour, perdait le souffle, crachait de la bile. Par radio, le chauffeur avait appelé une ambulance en urgence. Les deux hommes avaient dû être portés à l'épaule comme des sacs de riz. Ou d'os. Dans un état de semi-conscience, Mounir avait cru percevoir que son oncle n'avait pas été autorisé à les suivre.

Il sentit venir une nouvelle quinte, et regarda le mur blanc, priant pour que ce soit la dernière. Avant de sombrer, il songea combien la vie ici-bas était un don de Dieu.

Et la mort tout autant.

*

* *

Attendre, c'était un peu l'histoire de sa vie. Attendre que la loi des quotas lui permette d'entrer à l'école de police. Attendre qu'un poste se libère à Jérusalem puis à Tel-Aviv. Attendre que sa hiérarchie le considère comme un des leurs. Attendre que la paix lui permette d'assumer ses deux identités. Les jours avaient beau s'écouler, Eli Bishara éprouvait toujours cette sensation étrange que sa vie n'avait pas vraiment commencé.

Il quittait l'association quand son téléphone sonna. Roni Ashkenazi, le directeur de la police.

— Eli ? On va avoir besoin de toi à Jérusalem. Tu peux y être le plus vite possible ?

— Qu'est-ce qui se passe ?

— Renforcement de la sécurité, ce sont les consignes. On craint des remous côté est, et aussi dans la vieille ville. Tu connais bien l'endroit, non ?

— On peut le dire, oui…

— Et tu n'as pas de gros dossiers en cours ?

Bishara préféra ne pas relever. Non, il n'avait pas de gros dossiers en cours.

— Bon. Je pense que tu peux leur être utile là-bas… Va directement au quartier général. Il est à deux pas de la zone sensible. Tu verras avec eux comment organiser les opérations. Et tu t'installeras dans l'appartement de la rue Helene-Ha'Malka. Emmène de quoi tenir un moment.

— Il n'y a vraiment pas moyen de savoir ce qui se… ?

— Ordre du ministre : niveau de sécurité maximal à Jérusalem et autour de toutes les villes arabes. Je n'en sais pas plus pour l'instant.

Le commissaire n'insista pas. Ashkenazi lui disait peut-être la vérité. Et si ce n'était pas le cas, quelle importance ? Il saurait bien assez tôt ce qui rendait les autorités israéliennes aussi fébriles.

— Autre chose : tu pars avec Orit et Hertzl. Ils t'attendront devant l'entrée des tours Azrieli dans… disons une heure, ça te va ?

Bishara se renfrogna. Si on lui affectait les deux capitaines, c'était qu'on ne lui lâchait pas totalement la bride. Orit était une jeune juive israélienne compétente et ambitieuse pour qui la sécurité et la survie d'Israël passaient avant tout. Elle n'avait pas l'habitude de mâcher ses mots et semblait éprouver des difficultés à considérer Bishara comme un supérieur. À chacun de leurs échanges, il avait l'impression de se trouver de l'autre côté du check-point, le mauvais. Le commissaire laissait faire. Cette jeune femme, au fond, ne connaissait encore rien à la vie.

Hertzl était un brave type mais sans envergure. Un juif originaire d'Inde qui n'avait intégré la police que pour s'assurer un boulot d'avenir. Il prenait bien garde à ne jamais s'engager sur le terrain politique.

Quand ils se rejoignirent, les embouteillages étaient à leur comble, Bishara d'une humeur de chien. La perspective de retrouver Jérusalem sans doute, et de sentir à nouveau son corps s'alourdir. L'idée aussi d'être considéré comme un simple pion, déplaçable au gré des humeurs de ses supérieurs.

Ayalon, le périphérique qui menait à l'autoroute de Jérusalem, n'était qu'un long serpent de ferraille scintillant sous le soleil. Bishara tapa du poing sur le volant, exaspéré. Orit sourit.

— Qu'est-ce qui t'arrive ? C'est la lâcheté de Fahra et Zobi qui te met dans un état pareil ?

Le commissaire prit une profonde inspiration, il s'attendait à une attaque de ce genre. Mais pas si vite.

— Lâcheté ? Où vois-tu de la lâcheté ?

— Nous vivons dans une démocratie, non ? Personne ne devrait être tenté de fuir le pays s'il se sent la conscience parfaitement tranquille…

Bishara étouffa un soupir. Ce pays était le seul au monde où l'on parlait politique avec son épicier ou son collègue de travail. Partout ailleurs, on se contentait de la pluie et du beau temps.

— Orit, je te l'ai expliqué mille fois, Israël est une démocratie ethnique. La citoyenneté n'est pas un critère suffisant pour jouir pleinement de ses droits ici.

— Tu en es le contre-exemple. Commissaire de police, pour un Arabe, excuse-moi, il y a pire comme discrimination.

Il haussa les épaules.

— Rappelle-moi combien la police israélienne compte de commissaires arabes ?

— Un, c'est déjà pas si mal…

Sur le siège arrière, Hertzl se racla bruyamment la gorge. Orit allait trop loin.

Dans le rétroviseur, Bishara lui lança un clin d'œil.

— Ne t'inquiète pas, Hertzl, je connais son discours par cœur, il peut difficilement m'atteindre…

Puis il se tourna vers Orit, tout sourire (la discussion commençait à l'amuser).

— Reconnais-le toi-même : Israël est d'abord l'État des juifs du monde entier, ce qui signifie qu'un juif de Paris ou Brooklyn, du Yémen ou du Maroc, est mieux considéré par cette « démocratie » que moi-même, qui suis de nationalité israélienne mais arabe…

— Et tes amis palestiniens, tu crois qu'ils sont de grands démocrates ?

Il hocha la tête.

— La démocratie est leur seule arme contre l'occupation israélienne. Ils ne savent pas l'utiliser, c'est vrai. Mais comment veux-tu y parvenir quand la société dans laquelle tu vis n'est composée que de très riches et de très pauvres, et surtout quand tu n'as pas de structures étatiques ? Il faudrait des leaders au-dessus de la moyenne. Nous n'en avons aucun…

— Tu ne peux pas nier qu'Israël est le seul État moderne de la région…

— C'est un pays technologiquement moderne mais sa réalité politique et culturelle frôle l'archaïsme. C'est pour ça que Fahra et Zobi ont préféré partir…

— Là, tu pousses un peu…

— Orit, ce n'est pas simplement entre État et religion qu'il n'y a pas de séparation ici, mais entre nation et religion. Tu comprends ce que ça signifie ?

Elle s'agita sur son siège.

— On ne peut pas dire que les pays arabes fassent mieux.

C'était l'occasion qu'il attendait.

— Je n'ai jamais dit le contraire. La démocratie est un mode de gouvernement inventé par les Européens, et je ne crois pas qu'elle puisse émerger dans les pays arabes. Peut-être devons-nous l'imposer…

La jeune femme éclata de rire.

— Bel exemple de démocratie ! Tu me fais bien rire, Eli. Finalement, on va peut-être finir par s'entendre…

*

* *

Ana Güler était petite, ronde et rousse, ce qui lui valait le surnom de *Tapouzim*, orange en hébreu, une langue qu'elle maniait avec plus de bonheur encore que le turc, qu'elle parlait pourtant depuis l'enfance. Elle aimait les livres, le jazz et les *köfte* que son oncle préparait pour shabbat ; le soleil, l'été à Tel-Aviv, et la pluie, l'hiver à Istanbul, qui donnait à la ville les couleurs passées de l'ancienne Constantinople.

Elle vivait seule dans un grand appartement de cinq pièces qui surplombait la librairie familiale, rue Istiklal, non loin de la place Tünel, dans le quartier des vendeurs d'instruments de musique. Un appartement sombre et humide dont le plancher grinçait, la nuit, quand elle se levait pour lire sur le sofa du salon et écouter Nat King Cole en sourdine.

Ses ancêtres avaient fui l'Allemagne après les grands pogroms du XVIIe siècle pour venir s'installer sur les bords du Bosphore, d'où ils n'étaient jamais repartis. La librairie, spécialisée un temps dans les livres d'art, avait été transmise de génération en génération. Une fois, une seule, la famille avait crû la perdre : en 1945, le gouvernement d'extrême droite avait imposé le *varlik vergisi*, l'impôt sur la fortune, à toutes les minorités non musulmanes de Turquie. Un impôt fixé à la tête du client. Les biens de ceux qui ne pouvaient pas payer étaient confisqués puis vendus au tiers de leur valeur. Si cela ne suffisait pas, on envoyait les malheureux dans un camp de travail à Askale, en Anatolie orientale, sur le chantier de construction du chemin de fer. L'arrière-grand-père d'Ana avait connu cet enfer mais la haine qu'il en avait éprouvée lui avait donné la force d'en sortir indemne, mieux même : il récupéra la librairie. Depuis, celle-ci avait été l'objet de toutes les attentions de la famille, à l'exception peut-être de l'oncle d'Ana qui avait préféré gagner Israël dans les années 1970. C'est ainsi que Jérusalem était devenu le second foyer de la jeune femme. Tous les ans, elle séjournait au moins deux semaines dans la maison de l'oncle Zeev, un pacifiste éclairé qui briguait la mairie face aux « suppôts de Dieu et du diable », comme il appelait les ultraorthodoxes et les mafieux.

Ce samedi-là, elle s'était levée très tôt, à l'heure où les boutiquiers balaient devant leur porte les poussières et les détritus charriés par le vent du Bosphore. C'était shabbat, elle pouvait courir sans compter le long d'Istiklal et au-delà, dans les allées du parc Taksim. Sentir les odeurs de café et de pâte feuilletée s'échapper des échoppes fumantes, et s'effacer aussitôt, comme dans un flash, devant les effluves salés et légèrement iodés venus du détroit.

En semaine, elle aimait prendre possession de sa librairie bien avant l'heure d'ouverture, profiter de cet instant où la rue baignée de brume lui offrait le décor imaginaire de toutes les aventures possibles. Le moment où, si l'on n'y prenait garde, on se laissait doucement saisir par le *hüzun*, le sentiment noir, le cafard.

Chaque matin, Ana se levait à 6 heures et descendait lire deux bonnes heures dans un vieux fauteuil club en cuir qui lui venait de son grand-père, suffisamment déglingué pour qu'elle s'y enfonce sans s'y perdre, dans cette odeur de papier neuf et de poussière qui resterait à jamais pour elle celle de l'enfance. Le succès de sa boutique tenait à ces petits mots qu'elle apposait sur les livres qu'elle avait aimés et que ses clients guettaient comme autant de petits cailloux sur le chemin de la félicité. Et Dieu sait que ses clients étaient exigeants. Grâce à son emplacement, la librairie Güler attirait une bonne part des diplomates en poste à Istanbul. L'ambassadeur de France profitait de toutes les occasions pour quitter Ankara et gagner son palais de la rue Nuriziya, à quelques dizaines de mètres de la librairie, d'où il avait une vue de toute beauté sur le Bosphore. À chacune de ses visites, il s'arrêtait chez Ana, assuré de pouvoir y feuilleter en toute tranquillité des livres de qualité sur fond de jazz, et surtout d'y rencontrer « incidemment » les ambassadeurs de Grande-Bretagne, d'Italie ou de Russie, dont les résidences étaient voisines.

Ana Güler aimait bien ces diplomates. Leurs airs compassés cachaient souvent un profond ennui, le comble de l'exotisme pour elle qui aurait donné les dix plus beaux livres du monde pour que les journées comptent quarante-huit heures.

La veille, une vague de froid s'était abattue sur la ville. La jeune femme avait beau courir, elle ne parvenait pas à se réchauffer. Concentrée sur sa foulée, elle mit quelques instants à réaliser que son téléphone sonnait. D'une pression du doigt sur la boucle qui pendait à son oreille, elle enclencha la communication.

— Ana ? Je te dérange ?

— Oncle Zeev ! Tu es bien matinal ! Il se passe quelque chose ?

Depuis toujours, elle avait peur pour lui. Le soutien dont il bénéficiait à l'étranger en avait fait la bête noire des extrémistes de son pays, toujours plus nombreux.

— Non, non… je suis juste un peu inquiet. La situation ne tourne pas très bien ici.

Elle partit d'un immense éclat de rire qui lui fit avaler une goulée d'air glacé.

— Vraiment ? Je n'avais pas remarqué. Je croyais que tu vivais dans une sorte de paradis terrestre…

— Je suis très sérieux, Ana. Les gens deviennent fous, de tous les côtés. Et j'ai un mauvais pressentiment. Fais attention à toi, là-bas. Au moindre trouble, nous sommes les premières cibles, tu sais bien…

— Tu me dis ça à chaque fois.

— Mais c'est plus vrai encore que d'habitude. Vraiment.

Surgi de la brume, un grand Black la frôla, foulées immenses, tête dressée vers le ciel, élégant et majestueux. « Comme un solo de Miles Davis dans la nuit », se rappelait-elle avoir lu un jour sous la plume d'un romancier français.

— Très bien, je te promets de ne pas traîner aux terrasses des bistros. Et toi, jure-moi que tu ne prends plus le bus.

— Tu plaisantes, ma fille. Comment veux-tu que je me rende à l'université ?

Elle soupira, ralentit son rythme.

— Tu vois… Il faut être fataliste.

— Oui. Mais sois prudente tout de même… Je t'aime.

Et il raccrocha.

La porte d'un bistro claqua alors qu'elle s'en approchait, dégageant une bouffée de moiteur qui la freina encore dans son élan. Elle songea à la chaleur de la librairie et au thermos de café qui l'attendait sur la table ronde près du fauteuil. Elle n'avait aucune raison objective de s'infliger une telle souffrance.

Avant même d'atteindre la place Galatasaray, Ana fit brutalement demi-tour et remonta la rue en sens inverse sans noter le regard que lui lança un homme qui courait derrière elle au même rythme, vêtu d'un jogging et d'un bonnet noirs.

*
* *

Il leva lentement la tête vers la flèche qui culminait à quatre cent quatre-vingt-cinq mètres du sol. Si haute qu'il ne parvenait pas à apercevoir le croissant fiché en son sommet. L'hôtel Tower pointait vers le ciel telle une fusée et Youssef Chedid, songeant à un passage du Coran – « Ô vous qui croyez ! Le vin, le jeu de hasard, les pierres dressées et les flèches divinatoires sont une abomination et une œuvre du Démon, évitez-les… » –, se demanda si Allah y retrouvait les siens. En quelques années, les autorités saoudiennes avaient transformé les environs immédiats de la Grande Mosquée de La Mecque en un gigantesque complexe hôtelier et commercial du nom d'Abraj el-Beit, qui n'avait plus rien d'un lieu de prière. Les souks traditionnels, autrefois dispersés sur dix-huit hectares, avaient été remplacés par des centres commerciaux ultramodernes, des *malls* à l'américaine, qui s'étendaient sur soixante-dix hectares, proposant or, diamants, pierres précieuses, horloges, plateaux illustrés par les mosquées et la Kaaba, chapelets en perles phosphorescentes, tapis de prière équipés de boussoles pour retrouver la direction des lieux saints, et livres en anglais, français, chinois, coréen, japonais… Un amoncellement de marchandises qui évoquait pour certains le paradis, endroit de munificence, d'abondance et de luxe, mais qui donnait le tournis à Youssef Chedid tout juste débarqué du Caire après une nuit blanche.

C'était un homme plutôt petit, au torse surdéveloppé par rapport au reste du corps. La pratique régulière du rameur, peut-être, sur lequel il suait sang et eau chaque matin durant quarante-cinq minutes. Il vivait avec sa mère dans le centre du Caire, entre le khân el-Khalili et la mosquée d'al-Azhar. Une maison de deux étages qui l'avait vu naître et qu'il n'imaginait pas quitter un jour. Ce n'était pas un fils à maman introverti, non, son parcours professionnel prouvait le contraire. Il avait fait ses études de médecine à Paris, ce qui lui avait permis d'acquérir une connaissance parfaite du français et un réseau d'amis – médecins et chercheurs – qui couvrait le monde entier et le maintenait en prise directe avec la réalité du monde.

Il défit le premier bouton de sa chemise, oppressé par l'ambiance autant que par la chaleur. De sa vie il n'avait assisté à un tel déploiement de forces de sécurité. Et d'ambulanciers. Depuis que son véhicule avait quitté la route de l'aéroport pour s'engouffrer dans le lacis des rues de La Mecque, il avait bien dû croiser une quinzaine de voitures blanches frappées du croissant rouge essayant de se frayer un chemin parmi la foule, sirènes hurlantes. Les services sanitaires semblaient débordés. À deux reprises, son chauffeur avait manqué écraser un pèlerin qui titubait sur la chaussée.

Youssef Chedid avait été contacté la veille par un homme dénommé Souleiman Pasha qui s'était présenté comme le responsable de la direction sanitaire de La Mecque.

— Docteur Chedid ? Souhaitez-vous toujours prêter main-forte à nos équipes en cas de besoin ?

— Heu… oui… je crois.

— Vous croyez ? Il faudrait que vous en soyez sûr car nous avons besoin de vous très vite.

— C'est quoi, très vite ?

— Demain. Un avion décolle du Caire cette nuit à 3 heures. J'ai besoin de votre réponse dans les deux secondes.

Youssef Chedid eut juste le temps de se souvenir que, quelques années plus tôt, il s'était porté volontaire – et avec lui, une cinquantaine d'autres médecins dans le monde arabe – pour secourir les pèlerins de La Mecque si un drame du type de celui de 2006 se reproduisait. Il avait accepté de subir une enquête fouillée puis il était passé à autre chose. L'histoire lui était sortie de la tête.

— Mais… que se passe-t-il ? Je n'ai entendu parler de…

— Rien par téléphone. Soit vous venez, soit vous ne venez pas. Point.

Il balaya rapidement son emploi du temps des jours à venir. La clinique pouvait sans doute le remplacer durant une semaine. Il n'avait pas pris de vacances depuis un an, un changement d'air ne lui ferait pas de mal.

— Très bien. Laissez-moi juste le temps de m'organiser. Je…

— Un billet vous attendra à 1 heure au comptoir de la Saudi Airlines à l'aéroport. Et un chauffeur à la sortie de l'aéroport de Jeddah.

C'était le deuxième séjour de Youssef Chedid à La Mecque. Le premier remontait à vingt ans. Il avait dix-huit ans et accompagnait son père qui voulait sacrifier une ultime fois au *hadj*. Youssef n'avait jamais vraiment pratiqué mais il respectait les rites et celui-là s'était imposé à lui comme si toute sa vie n'avait été destinée qu'à l'accomplir. Il se souvenait surtout du marché aux dattes de Médine où son père l'avait traîné pour lui montrer qu'il existait encore en ce monde quelques havres de sérénité.

Après avoir traversé une autoroute au péril de leur vie, ils s'étaient retrouvés dans un vaste patio troué d'une fontaine dont il entendait encore le ruissellement apaisant après le bruit de la foule. Des boutiques en faisaient le tour, proposant sur des étals en dur des fruits à divers degrés de maturité : d'ocre pour les plus jeunes, à rouges et presque noirs pour les très mûrs. L'air sentait le sucre et la menthe que les Marocains avaient apportée de leur pays pour le thé du soir. Il régnait là une douceur que Youssef Chedid n'avait jamais oubliée, ces fruits réputés pour être imbibés de sainteté donnant aux pèlerins la sensation que rien, désormais, ne pouvait plus troubler ce qui était la récompense d'une vie de piété. « Tu sais ce que disait le Prophète ? lui avait murmuré son père en achetant un kilo de dattes mordorées en forme de petits poivrons : "Quiconque aura mangé le matin sept dattes ne sera pas incommodé ce jour-là ni par le poison ni par la magie." Mange, mon fils, mange, tu deviendras quelqu'un de bien… »

Aujourd'hui, le vieil Omar s'en était allé et son fils cherchait en vain à retrouver la trace de leur passage, tout avait changé et ce n'était pas plus mal. Ainsi la nostalgie était-elle plus facile à porter.

Son chauffeur venait de piler devant l'hôpital Ajyad, un des trois grands établissements médicaux de La Mecque avec al-Nur et Hera. Sur le seuil, Youssef Chedid aperçut un spectacle d'un autre temps. Des hommes soutenaient leurs femmes, des femmes portaient à bout de bras des bébés inanimés, plusieurs enfants se traînaient par terre en pleurant. Une complainte déchirante s'échappait de la grappe humaine pendue aux portes de l'établissement.

L'Égyptien s'ébroua pour chasser l'angoisse qui l'envahissait, et jeta un œil à sa montre. 9 h 10. La tête lui tournait légèrement. Mais rien n'aurait pu l'empêcher de franchir le porche de cet hôpital.

Il brûlait de savoir.

*

* *

Le jour tombait sur Emek Refaïm et Zeev Kilmann rentrait chez lui à pas lents. C'était l'heure qu'il aimait entre toutes. La ville s'éteignait doucement, le bruit de la circulation s'estompait, la tension se relâchait, l'envie de combattre l'abandonnait un peu, rien qu'un peu, mais c'était déjà beaucoup. Sur le chemin de sa maison, le long de l'ancienne voie ferrée, il avait pour habitude de s'arrêter devant un buisson de jasmin puis devant un eucalyptus, pour en arracher une fleur et une feuille qu'il frottait entre ses doigts avant de les porter à ses narines. Pour ces seules odeurs entremêlées, il lui était impossible d'imaginer quitter un jour Israël. Même si ce pays, désormais, lui apportait davantage de souffrance que de bonheur.

Il eut une pensée pour Ana, là-bas, à Istanbul. Il aurait tout donné pour qu'elle vienne le rejoindre. En période de turbulences, la Turquie ne serait jamais une terre sans risques pour les juifs. Mais Israël l'était-elle davantage ? Ici, ce n'était pas la politique qui faisait l'événement mais l'événement qui faisait la politique. On ne pouvait rien prédire. Tout pouvait basculer à chaque seconde.

Zeev Kilmann se définissait comme un sioniste de gauche, attaché à des valeurs simples : la démocratie, la laïcité, les droits de l'homme. Il se souvenait de son arrivée à Haïfa comme si c'était hier, puis de son installation dans un kibboutz. Il n'était plus de la « poussière humaine », comme il disait, mais un juif à part entière, prêt à défendre Israël envers et contre tous. Aujourd'hui, son seul souhait était de léguer à ceux qui viendraient après lui un pays délivré de l'occupation et de la violence. Avec des frontières entre deux États mais certainement pas entre deux peuples.

Ces derniers temps, il était inquiet pour l'avenir de son pays, convaincu que de graves dangers le menaçaient s'il ne mettait pas fin à la colonisation. Le processus, pourtant, semblait irréversible.

Il s'arrêta un instant pour allumer une cigarette, les yeux perdus vers Bethléem dont les lumières s'allumaient peu à peu derrière les collines. Comme Jérusalem-Est, la ville palestinienne était en passe de devenir israélienne. Cela avait commencé par la Tombe de Rachel, puis on avait dressé des miradors et déroulé des barbelés, ils n'étaient plus loin de la place de la Mangeoire et de l'église de la Nativité où, une quinzaine d'années plus tôt, des Palestiniens avaient pris en otages des prêtres et des religieuses du couvent voisin.

Les Palestiniens, il faut le dire, avaient tout fait pour pousser les Israéliens à prendre le contrôle de la zone, où s'entre-tuaient musulmans et chrétiens. Ces derniers, les plus riches, avaient fini par fuir à l'étranger, abandonnant la ville aux petites frappes et aux illuminés.

« Quel gâchis », murmura Kilmann en saluant une voisine qui détourna les yeux. Son combat pour la fin de l'apartheid et le retrait d'Israël jusqu'aux limites de la ligne verte, la frontière d'avant 1967, en avait fait un traître aux yeux des siens. Et pourtant, il avait participé à deux conflits pour les défendre : celui de 1973 et la première guerre du Liban, en 1982.

Idéalisé à ses débuts, ce pays ne connaissait plus que le vide, songea-t-il. La population israélienne aurait dû exploser de colère contre ses dirigeants va-t-en-guerre et corrompus, elle faisait tout le contraire. C'était le fatalisme juif. Mais il n'y avait rien de plus antidémocratique que le fatalisme ! Il permettait aux individus de supporter toutes les catastrophes mais les empêchait de se mobiliser pour ouvrir d'autres chemins et donnait au pouvoir en place une puissance et une liberté incroyables !

Les autorités israéliennes, martelait Kilmann dans les médias étrangers (à l'exception d'*Haaretz*, la presse israélienne ne lui accordait aucune tribune), avaient fini par confondre leur propre propagande avec la vraie histoire qui se déroulait sous leurs yeux. Au lieu de traiter la cause de la crise, en prenant notamment à bras-le-corps le problème de la colonisation, elles passaient leur temps à expliquer au monde entier, à commencer par leurs compatriotes, que les kamikazes étaient générés par l'islam et animés par la haine des juifs. À aucun moment, elles n'admettaient qu'Israël pût avoir la moindre part de responsabilité dans ce chaos.

C'était pour des propos comme celui-ci que Zeev Kilmann était considéré, dans son propre pays, comme un ennemi.

Il approcha de la grille qui marquait l'entrée de son domicile, plongea la main dans sa poche pour y chercher ses clés et, ne les trouvant pas, s'accroupit au sol pour fouiller dans le cartable en cuir dont il ne se séparait jamais.

C'est alors que, dans la pénombre, il lui sembla apercevoir un clignotement fugace. Son cerveau analysa les données qui s'offraient à lui à une vitesse dont il ne se serait jamais cru capable. Quand il comprit ce qui se passait, il pensa d'abord à Ana qui n'avait que lui, puis aux Palestiniens qui n'avaient plus rien. Des gouttes de sueur lui brouillèrent la vue, ses jambes se mirent à trembler.

Il poussa un juron et se projeta le plus loin possible de la grille au moment où l'engin explosa, criblant d'éclats tout obstacle placé à moins de dix mètres.

*

* *

« Merci, mon Dieu, de m'avoir amené ici, là où tout a commencé… » Dès l'avion, Ibrahim el-Hakim avait commencé à ânonner ses prières, pétri d'émotion et de peur. Il savait que ce voyage allait marquer un tournant dans sa vie et que ni lui ni sa famille n'en sortiraient indemnes, mais il n'avait plus le choix. Il avait passé toute la durée du vol à lire des sourates du Coran, les yeux mi-clos, concentré sur les mots qui dansaient entre ses cils et lui évitaient de ressentir physiquement l'exiguïté de la carlingue.

L'arrivée à Jeddah avait été un pur cauchemar, il avait été ballotté dans la foule avec sa fille dans les bras et des bagages suspendus à chaque épaule. Amina, sa femme, avait tout fait pour apaiser ses angoisses, dégageant le chemin qui menait au car à destination de La Mecque et prenant soin de ne jamais hausser le ton ; c'était sa douceur qui permettait à Ibrahim de dompter sa propre panique.

Malgré son appréhension et le coût financier, le pèlerinage s'était imposé à lui quand, une nuit, il s'était réveillé en sursaut après avoir vu le Coran. Dans son rêve, une voix avait murmuré à son oreille : « Ta fille guérira de son autisme si tu la conduis à La Mecque, vers la source miraculeuse… »

Rien n'aurait pu l'empêcher de partir. Quand il avait évoqué le projet auprès de sa femme, hésitant, maladroit, elle s'était jetée à son cou. « C'est le moment que j'ai attendu toute ma vie. On dit que ce voyage est un événement plus fort encore que la naissance d'un enfant. La rencontre avec notre Créateur. Je suis tellement heureuse… »

Il avait pris contact avec une agence et déposé les demandes de visas à l'ambassade d'Arabie Saoudite. Il était confiant : il faisait ses prières cinq fois par jour et se rendait à la mosquée chaque semaine quand il n'était pas de permanence au poste de police du 10e arrondissement de Paris. Mais, tout de même, une pointe d'anxiété lui vrillait le cœur. Les autorités saoudiennes étaient d'une vigilance drastique. Aucun infidèle ne pouvait fouler le sol de La Mecque. Or son but n'était-il pas trop intéressé ? Aurait-il demandé à faire ce voyage si ce n'avait été pour guérir sa fille ? Certes, il n'était pas comme tous ces jeunes qui pensaient avant tout à leur bien-être personnel et réclamaient un « kit de pèlerinage » avec habit rituel, Coran de poche, puce saoudienne pour le portable, plans électroniques détaillés des lieux de cultes et de résidence… Mais avait-il suffisamment la foi ?

À cette question, sa femme avait répondu d'un sourire. « Rappelle-toi ce que dit le Coran : "L'homme bon est celui qui croit en Dieu, au Dernier Jour, aux anges, au Livre et aux prophètes. Celui qui, pour l'amour de Dieu, donne de son bien à ses proches, aux orphelins, aux pauvres, aux voyageurs, aux mendiants et pour le rachat des captifs. Celui qui s'acquitte de la prière ; celui qui fait l'aumône." » Elle s'était penchée vers lui : « Dis-moi, est-ce que cela ne te correspond pas trait pour trait ? » Le visage d'Ibrahim el-Hakim s'était empourpré. Le lendemain, il recevait les visas de l'ambassade d'Arabie Saoudite.

Pendant des semaines, il avait lu et relu les conseils pratiques destinés aux pèlerins. Comme un avant-goût du voyage. Surtout le passage évoquant les « transports terrestres » assurés par l'agence, qui incluaient « tous les transferts entre l'aéroport et l'hôtel, entre La Mecque et Muzdalifa, entre Muzdalifa et Mina, entre Mina et La Mecque, ainsi que les transferts aller-retour entre Médine et La Mecque ». Sa vie entière avait été rythmée par les noms de ces lieux mythiques, il ne parvenait pas à croire que, bientôt, il foulerait leur sol.

Certes, il y avait des risques, il le savait. Notamment de maladies. Le formulaire le précisait bien : « Se faire obligatoirement vacciner contre les méningocoques A, C, Y et W135 au moins dix jours avant l'entrée sur le territoire saoudien. Malgré tout, bien que vaccinés, les pèlerins peuvent développer une méningite et surtout transmettre l'agent de la maladie, au retour, à l'un de leurs proches. Il convient donc d'être attentif à l'apparition des signes évocateurs de la maladie tels que fièvre, maux de tête intenses, douleur ou raideur de la nuque, nausées et vomissements. » Ibrahim el-Hakim avait fait ce qu'il fallait pour lui et les siens. Mais il ne l'estimait pas nécessaire. Si Dieu voulait qu'ils reviennent en bonne santé, ils reviendraient en bonne santé. Leur destin ne leur appartenait pas.

En cette nuit de décembre, alors que la chaleur avoisinait déjà les vingt-sept degrés Celsius, allongé sur la terrasse marbrée de la Grande Mosquée, il n'était plus tout à fait sûr de vouloir laisser Dieu décider du destin de sa famille. Depuis une heure, sa femme et sa fille tremblaient de fièvre, et il se sentait démuni, impuissant. Le mal les avait saisies d'un coup, alourdissant leur tête, troublant leur vue. Ibrahim avait tout juste eu le temps de les étendre sur la pierre fraîche.

Il avait appelé à l'aide, mais ses cris avaient résonné dans le vide. Vibrante de foi et de vie quelques heures plus tôt, la place du Masjid el-Haram ne ressemblait plus qu'à un champ de bataille où tombaient les uns et dont s'enfuyaient les autres, épouvantés. Ibrahim el-Hakim était si concentré sur son combat contre la peur de la foule qu'il n'avait pas perçu le changement d'atmosphère.

C'est en croisant le regard pétrifié d'un homme qui portait son enfant à bout de bras qu'il avait compris. Il avait porté les mains à son front pour en arracher le casque et les antennes-capteurs, mais ses doigts n'avaient rencontré que sa peau.

Il n'était pas dans le monde virtuel.

*

* *

Sur le Mall soufflait un blizzard à décourager les touristes de déambuler devant le monument aux morts du Viêtnam. L'esplanade était inhabituellement déserte. Et flippante, songea Dennis Crocker en se détournant de la baie vitrée qui bordait le bureau de Susan Rice, au sixième étage du bâtiment qui abritait le département d'État, en plein cœur de Washington. L'homme devait être jeune mais tout chez lui donnait l'apparence d'un haut fonctionnaire usé. De son costume aux marques de stress qui marbraient son visage déjà abîmé par une longue balafre sur la joue gauche, sa seule originalité, souvenir d'une bagarre stupide à laquelle il s'était involontairement trouvé mêlé, une nuit, à la sortie d'un restaurant de Georgetown.

Le diplomate occupait la fonction la plus lourde et la plus difficile de tout le département d'État, celle de secrétaire exécutif. Il était l'ombre de Susan Rice, son double, l'interface entre le département et la Maison Blanche, le Pentagone et la CIA. Opérationnel vingt heures sur vingt-quatre, il se devait d'avoir une connaissance spectrale de la politique internationale et de ses principaux acteurs. Il suivait la secrétaire d'État pas à pas, filtrait ses appels, organisait son planning et lisait chaque matin à l'aube la totalité des télégrammes envoyés durant la nuit par les ambassadeurs, des centaines de notes qu'il transformait en une synthèse de quelques lignes que Susan Rice trouvait à 7 heures en arrivant à son bureau.

Un ordinateur en guise de cerveau.

Il n'avait le droit ni d'être malade ni d'être amoureux. Ou alors il prenait la porte.

Dennis Crocker s'avança vers la table de réunion où se trouvait déjà l'équipe de la secrétaire d'État et attendit pour s'asseoir que chacun ait gagné sa place.

— Allez-y, Dennis, faites-nous un résumé des éléments dont vous avez connaissance.

Susan Rice avait pris de l'assurance. Chercheuse à la Brookings Institution, un des *think tanks* les plus réputés de la capitale et au-delà, elle avait été à l'origine de la Phoenix Initiative, un groupe de jeunes experts de politique étrangère décidés à élaborer une stratégie post-guerre froide. Conseillère de la première heure du président, elle avait été récompensée par un poste d'ambassadeur auprès des Nations unies. Mission pas facile. Dans l'imaginaire américain, l'ONU n'était destinée qu'à affaiblir le pouvoir de toute puissance en place. L'ennemi en quelque sorte.

Elle s'en était plutôt bien tirée. Marquée par l'inaction de son gouvernement lors du génocide du Rwanda en 1994, elle était parvenue, en coordination avec les Nations unies, à extirper des dizaines de milliers de civils de l'enfer du Darfour. « Je suis convaincue que l'ONU est un forum indispensable, bien qu'imparfait », clamait-elle à la moindre occasion, faisant paradoxalement des États-Unis le plus ardent défenseur du « machin ».

Quand il avait fallu nommer quelqu'un de neuf au secrétariat d'État, c'est vers Susan Rice que le président s'était tourné. Le parcours n'était pas si illogique. Madeleine Albright, avant elle, était passée directement du poste d'ambassadeur auprès de l'ONU à celui de secrétaire d'État. Et elle n'avait pas démérité.

Dennis Crocker se racla la gorge. Il avait plutôt vocation à être un homme de l'ombre, un soutier. Toute mise en avant le tétanisait. Mais la fin de règne changeait la donne, Susan Rice se montrait plus coulante. Il planait depuis quelques semaines sur le département d'État comme une ambiance de départ en vacances. Crocker, d'ailleurs, connaissait déjà son affectation. Consul général à Istanbul. Il allait enfin pouvoir perdre des heures à regarder couler les eaux du Bosphore. Un avion l'emmenait le soir même en Turquie pour un voyage éclair de vingt-quatre heures destiné à le présenter à sa future équipe.

— Voilà. C'est une note que j'ai reçue hier de notre ambassade à Londres. Des journalistes russes exilés en Grande-Bretagne ont été contactés par des scientifiques basés à Moscou. Un accident biologique majeur serait survenu il y a quelques jours au Tatarstan. Une explosion dans une usine chimique près de Kazan…

— On sait ce qu'elle produit ?

— Non, elle n'est pas répertoriée et les scientifiques ont refusé de donner le moindre détail, leur appel n'avait qu'un but « humanitaire », ont-ils précisé. Mais on peut plus ou moins le deviner quand on sait que ce site produisait autrefois des vaccins contre la grippe…

— Tu as contacté l'équipe des *bugs-and-gas* ?

La question avait été formulée par Priscilla Knox, une femme d'un certain âge au visage adouci par des joues rondes et poudrées de rose, la conseillère scientifique de Susan Rice.

— Oui, ils confirment que l'usine avait vraisemblablement été transformée en site de production d'armes biologiques…

Les *bugs-and-gas* (littéralement « microbes et gaz ») formaient une petite équipe de chercheurs spécialisés dans les armes biologiques et chimiques. Plutôt axés sur le Moyen-Orient au début du siècle, ils s'étaient focalisés à nouveau sur la Russie en 2008 quand celle-ci avait semblé s'isoler du reste de la communauté internationale. Les chercheurs russes, racontaient-ils, étaient désormais capables de faire des choses dingues comme épisser des gènes de cobra avec des bactéries et des virus innocents qui pouvaient alors libérer un venin mortel dans le corps de leurs victimes.

— Et la CIA, qu'en pense-t-elle ?

Susan Rice n'avait jamais caché son mépris pour les services de renseignements américains qui n'avaient vu venir ni l'effondrement de l'Union soviétique, ni les attentats du 11 septembre 2001, ni le retour de la dictature russe. Et qui, dans une sorte de besoin frénétique d'obtenir les faveurs du président George Bush junior, avaient pris pour argent comptant tout ce qui pouvait justifier une guerre contre l'Irak. Et notamment ces ragots de deuxième ou troisième main sur l'existence des fameuses armes de destruction massive. « Non seulement la CIA ne sert plus à grand-chose depuis longtemps, mais elle est devenue dangereuse pour l'humanité car inefficace, voire incapable. Sur les quelque dix-huit mille agents que compte l'Agence, combien parlent le chinois, le russe, l'arabe, l'hindi, le farsi ? », se plaisait-elle à rappeler à intervalles réguliers.

— Ils sont en train d'éplucher les archives photographiques des satellites espions. Ils passent au crible les communications téléphoniques et les images prises autour de l'usine de Kazan. Il semblerait qu'ils aient repéré des camions de décontamination…

La voix de Dennis Crocker s'éleva, légèrement tremblante, comme étouffée par tant d'audace.

— Impossible, disait le poète russe Fiodor Tioutchev, de « comprendre la Russie avec la raison »…

Ce fut au tour de Susan Rice de se racler la gorge. Elle se tourna vers Priscilla Knox.

— Imaginons le pire, que ce drame soit avéré, quelles en seraient les conséquences ?

— Si cette usine fabriquait réellement des armes biologiques ou chimiques, des microbes mortels ont été disséminés dans l'atmosphère et des centaines, voire des milliers de personnes sont mortes ou en train de mourir dans des souffrances atroces. D'autres sont peut-être contagieuses. Dieu merci, Kazan est le trou du cul du monde, il y a peu de risques que ses habitants propagent la moindre saloperie.

*

* *

En cette période de campagne électorale, le programme d'Andreï Sokolov était minuté. S'il voulait être sûr d'emporter la mairie de Jérusalem, il devait arracher les suffrages là où ils se trouvaient : dans les rues, aux portes des maisons, à l'entrée des boutiques, devant les étals des marchés…

Sur l'écran incrusté dans la table de son véhicule blindé, le Russe prit connaissance de son arrêt suivant : Mahane Yehuda, au cœur de Jérusalem, non loin du quartier ultraorthodoxe de Mea Shearim. Il sourit. Une mine de rencontres. Et donc de voix.

Le marché de Mahane Yehuda était un des lieux bénis de la Ville sainte. Sokolov aimait les odeurs de harengs et de cornichons molossols mêlées à celles du *zaatar* et des olives cassées au piment, et cette impression confuse de passer en quelques secondes des marchés kolkhoziens de Moscou aux souks de Tunis et d'Agadir. Là où, quelques années plus tôt, il lui arrivait de mouiller son yacht.

Uri le déposa à l'angle de la rue de Jaffa et de la rue des Prophètes. Andreï Sokolov sortit d'un bond de son véhicule. Depuis qu'il avait repris le club de football du Betar, il s'imposait une heure de musculation chaque matin et le résultat commençait à se voir. Il se sentait aussi souple et rapide que le lion, emblème de Jérusalem.

Le jour tombait et les odeurs en semblaient plus fortes, comme si la lumière les avait jusque-là étouffées. Kippa sur la tête, gardes du corps sur les talons, Andreï Sokolov s'engagea dans l'allée principale du marché après avoir passé le portique de sécurité contrôlé par trois jeunes soldats à peine sortis de l'école. Tout sourire, il déambulait lentement entre les échoppes, serrant des mains et distribuant des aumônes. « Je vais voter pour lui parce que je suis un fan du Betar. Et puis il a de l'argent, il n'est pas candidat pour s'en mettre plein les poches ! », lança un commerçant à la meute de clients qui se retournaient sur son passage. Sokolov lui adressa un clin d'œil, pouce levé vers le ciel.

L'argent était sa grande force. Il l'avait amassé en vendant des armes de l'ex-puissance soviétique à des pays, d'Afrique notamment, qui les avaient payées en pétrole. Il était interdit de séjour en France, où l'affaire avait fait scandale, mais c'était plutôt un bon point aux yeux de son électorat qui voyait les Français comme de furieux pro-Arabes.

En Israël, il s'était surtout fait remarquer par des opérations caritatives spectaculaires. Ainsi, l'organisation de camps pour plusieurs milliers d'habitants du nord du pays pris sous les roquettes du Hezbollah. « Il ne parle pas, il agit », tel était son slogan de campagne, des mots qui avaient tout pour plaire aux Israéliens.

Soudain Sokolov en eut assez de la foule, il avait faim. Il obliqua sur la gauche et s'engagea dans Agrippas. Il avait un faible pour cette rue qui menait au marché, ces hommes en noir qui grimpaient la côte en fixant le sol comme si le ciel allait les foudroyer. Et surtout pour Shlomo, le vendeur de shawarma.

Le Russe lissa son crâne d'un geste machinal, et se glissa dans la queue formée devant le comptoir tandis que ses gardes du corps bloquaient l'entrée de l'échoppe.

— *Andreï ! Machlomkha ?*

— *Kol Tov, Shlomo... kol tov.*

Ils n'avaient jamais échangé beaucoup plus que ces quelques mots de salut, sauf le jour où Shlomo, entendant Sokolov parler français au téléphone, s'était penché vers lui dans les vapeurs graisseuses des frites qui rôtissaient. « Tu sais que j'ai été marié à une Française autrefois ? » Andreï Sokolov avait ouvert des yeux ronds. « Toi ? Mais tu l'avais dénichée où ? » L'autre avait haussé les épaules. « Peu importe. Cela n'a pas duré très longtemps. Elle ne connaissait pas un mot d'hébreu et moi, pas un mot de français. Je l'entendais me parler toute la journée sans s'arrêter, je pensais qu'elle était juste très bavarde. Et puis un jour ma mère est venue. Originaire du Maroc, elle comprend très bien cette langue. Au bout de quelques heures, elle s'est approchée de moi, et m'a dit : "Qu'est-ce qui s'est passé avec ta femme, vous vous êtes disputés ?" Je lui ai répondu : "Non, maman, pourquoi ?" Elle m'a regardé d'un drôle d'air, comme si j'étais fou : "Elle n'arrête pas de t'injurier." Tu te rends compte ? Je ne m'en étais jamais aperçu, je croyais que ma femme avait juste besoin de parler… »

Les yeux fixés sur les mains de Shlomo qui découpaient l'agneau en lamelles, Andreï Sokolov eut pour la première fois l'intuition que cette histoire avait un sens. Les gens, ici, croyaient se connaître mais ils étaient des étrangers les uns pour les autres. Tous. Les Israéliens entre eux, les Palestiniens entre eux. Et que dire des Israéliens et des Palestiniens… Cette région était un foutoir innommable, un pur *balagan* comme on disait ici. Mais quelle était la morale de l'histoire ? Sokolov était bien en peine de le dire. Il avait entrepris de chasser la plupart des Palestiniens de Jérusalem-Est, c'était déjà un début. Cela aurait dû être fait depuis longtemps mais aucun des maires précédents n'en avait eu les couilles. Un couinement de la communauté internationale et ils rétropédalaient. Pareil pour les Arabes. Qu'attendait-on pour les envoyer ailleurs ? Des villes flambant neuves avaient été construites à grands frais pour les héberger, chez eux, dans les pays arabes, il ne comprenait pas pourquoi ils préféraient rester en Israël où ils se disaient maltraités.

Lui, Sokolov, n'avait peur de rien. Là où il vivait, il n'y avait pas de pitié pour les faibles et pas de seconde chance pour ceux qui ne pouvaient pas se défendre. Si l'on en croyait les prophètes, à la fin des temps, l'agneau et le lion étaient condamnés à s'allonger côte à côte.

Mais aussi longtemps que les agneaux étaient destinés à se faire manger les uns après les autres, Andreï Sokolov préférait rester le lion.

— Comme d'habitude, Andreï ?

— Comme d'habitude, Shlomo…

Le petit homme attrapa une pita qu'il fendit en deux et ouvrit d'un coup sec pour mieux tartiner l'intérieur de hoummos et de tahina, avant d'y fourrer aubergines confites, tomates, concombres en salade, et agneau caramélisé à force d'avoir tourné devant la braise, le tout nappé d'une sauce au curry dont il était le roi incontesté dans toute la région. Il enveloppa le casse-croûte dans une serviette en papier et le tendit à Andreï Sokolov avec un large sourire.

— Bon appétit, mon ami…

C'est alors que des clameurs s'élevèrent au-dehors. Sokolov se retourna d'un geste brusque, la foule s'agitait, l'atmosphère s'était d'un coup chargée d'électricité.

Il fit un signe à son garde du corps qui poussa la porte souillée de gras.

— C'est Kilmann, monsieur. On dit qu'il vient d'être tué par l'explosion d'une bombe…

*

* *

Ana Güler avait failli adopter un chien le jour où, petite fille, elle avait entendu sa grand-mère évoquer ce terrible épisode de 1910, quand les autorités de Constantinople avaient raflé les chiens des rues par milliers pour les abandonner sur un îlot désert de la mer de Marmara. Ils s'étaient entre-dévorés en poussant des hurlements que l'on avait entendus depuis la tour de Galata. Profondément marquée par le sort réservé à cet animal qu'elle sentait si proche comparé à ces milliers de chats qui grouillaient tels des rats dans les rues d'Istanbul, sauvages et peut-être nuisibles, Ana Güler s'était fait la promesse de recueillir plus tard les chiens abandonnés du voisinage. Puis elle avait grandi et les livres avaient remplacé les bêtes. Mais celles-ci, sentant sa proximité et sans doute sa solitude, l'accompagnaient souvent dans ses séances de jogging, encourageant ses efforts en jappant, et parfois même patientant à la porte de la librairie.

Ce jour-là, elle remontait Istiklal à pas pressés pour retrouver dans son appartement de Cihangir son amie Zaynab qui venait de l'appeler, affolée par un message anonyme glissé le matin même sous sa porte. Elle se prit les pieds dans les pattes du chien qui gambadait entre ses jambes et tomba de tout son long sur les pavés au moment où surgissait le tramway en provenance de Taksim. Le temps qu'elle réalise la gravité de la situation, deux bras puissants l'avaient soulevée de terre et déposée sur un des plots en béton qui sécurisaient l'entrée du consulat général de Russie.

— Vous ne devriez pas marcher si vite, mademoiselle, lui lança l'homme qui l'avait sauvée des roues du tramway.

Elle leva vers lui des yeux hébétés. Il était grand, un peu raide, très pâle, une longue balafre lui barrait la joue gauche, et parlait avec un accent américain si prononcé qu'elle mit un certain temps à comprendre les mots pourtant simples qu'il lui avait adressés. Il l'observait, une inquiétude non feinte dans le regard, la main posée sur son épaule comme pour l'empêcher de tomber à nouveau. Elle finit par esquisser un sourire.

— Oui, je n'ai pas fait attention, je suis désolée.

Un deuxième homme s'approcha, qu'elle identifia comme un officier de sécurité, baraqué, cheveux ras, oreillette apparente.

— Monsieur, il faut y aller, l'ambassadeur de Russie vous attend, je crois qu'il a un emploi du temps très chargé.

— Un instant, je veux m'assurer que cette jeune femme a retrouvé tous ses esprits.

Ana Güler se leva lentement, soulagée que l'Américain à la balafre ne relâche pas son épaule, car ses jambes tremblaient si fort qu'elle n'était pas sûre de tenir debout.

— Ne vous précipitez pas, j'ai encore quelques secondes.

Elle lui adressa un regard reconnaissant, surprise qu'un homme si important daigne se soucier d'elle, rejeta en arrière sa chevelure rousse dans un geste de défi et esquissa quelques pas.

— Merci, je crois que ça va aller, je… je vais retourner à la librairie.

Il haussa un sourcil.

— La librairie ? Quelle librairie ?

Ana Güler indiqua du menton la direction de la place Tünel.

— Je tiens une librairie, là-bas, à quelques centaines de mètres.

L'homme se redressa, sembla hésiter un instant, puis lui tendit la main en affichant un large sourire.

— Je me présente : Dennis Crocker. Je viens d'être nommé consul général des États-Unis à Istanbul. J'aurai l'occasion de venir vous saluer un jour prochain dans votre librairie.

Il tourna les talons, poussé par son garde du corps qui lui fit franchir les grilles du consulat en direction du palais planté derrière une haie de palmiers, façade rose tranchant sur le bleu du ciel, comme si le feu, vraiment, était à ses trousses.

La jeune femme commença à marcher vers la place Tünel puis se ravisa et rebroussa chemin en direction de Taksim. Zaynab avait besoin d'elle, ce n'était pas une simple chute qui allait l'empêcher de la réconforter. Elle ne comprenait pas très bien ce qui venait de lui arriver, ni ce que ce consul des États-Unis faisait à Istiklal. D'ordinaire ces gens-là ne descendaient jamais de leurs voitures blindées aux vitres fumées. Puis elle aperçut le chien qui l'avait fait tomber, tapi dans un recoin contre le mur, et l'Américain lui sortit de la tête. La pauvre bête n'osait plus s'approcher d'elle, Ana Güler fit claquer sa langue et entraîna l'animal à sa suite.

Ce n'était pas la première fois que la jeune femme manquait se faire écraser par le tramway. Durant toute son enfance, sa grand-mère l'avait mise en garde : « Marche entre les rails, ma fille, ou tu seras assommée par tous ces objets qui tombent sur les trottoirs. » La vieille femme n'avait pas tort. Un an plus tôt, un passant avait été tué par un marteau qu'un ouvrier, qui restaurait un appartement près du palais de Hollande, avait laissé glisser du cinquième étage. Que valait-il mieux ? Mourir sous les roues d'un tramway ou la tête explosée par un objet tombant d'un immeuble ? Ana Güler n'avait jamais pu trancher.

La foule était si dense qu'elle mit quinze bonnes minutes à atteindre Cihangir. Zaynab habitait dans une de ces ruelles qui bordaient l'hôpital allemand, tout juste repeint à neuf d'un jaune qui rappelait certains palais vénitiens. De loin, elle vit un attroupement devant la porte, elle se dit que c'était un drôle de lieu pour une manifestation, puis son cœur se mit à battre si fort que les cognements couvrirent jusqu'à l'appel à la prière du muezzin qui s'échappait du minaret voisin. Elle se fraya un passage et grimpa quatre à quatre les marches qui menaient au sixième étage. Par la porte ouverte, elle vit son amie affalée contre le canapé, le visage entre les mains. Ana Güler se précipita.

— Zaynab, que se passe-t-il ?

La jeune femme leva vers elle un visage baigné de larmes.

— Ils ont emmené mon père.

— Qui ça, « ils » ?

— La police.

— Mais… ils l'ont emmené où ?

— En prison, Ana. Ils l'ont arrêté !

Elle lâcha ce dernier mot dans une sorte de cri, puis s'effondra sur le canapé en sanglotant.

Stupéfaite, Ana se dirigea à pas lents vers la large baie vitrée qui offrait une vue à cent quatre-vingts degrés sur le Bosphore. Ce spectacle était ici ce qui sauvait de tout. La nuit surtout quand les bateaux circulaient lumières éteintes ou presque, masses sombres glissant à fleur d'eau, hiératiques et inquiétantes, tandis que le Pont du Bosphore, qui reliait l'Europe à l'Asie, changeait de couleur au fil des heures, comme pour se jouer de tant de gravité.

Le père de Zaynab était recteur d'université. Laïc, il avait interdit le port du voile dans ses facultés, ce qui contrariait d'autant plus les autorités que celles-ci ne pouvaient rien faire : en Turquie, le pouvoir d'admettre ou non le voile était laissé à la seule appréciation du recteur. Mais celui-ci dépendait du Conseil supérieur des universités, dont le responsable était nommé par le président de la République et qui, depuis deux ans, était un islamiste. Certes, un islam modéré, comme celui que revendiquait l'AKP, le parti au pouvoir, mais Ana ne cessait de le répéter à Zaynab : « Qu'est-ce que cela veut dire "islam modéré" ? C'est antinomique ! » La preuve : le Conseil supérieur des universités avait entrepris d'éloigner ou de faire radier la plupart des recteurs laïcs.

Au fil des ans, le père de Zaynab, prenant le contre-pied du pouvoir en place, s'était transformé en kémaliste forcené, vouant une sorte de culte à la laïcité et à ses plus grands défenseurs, les militaires. Ce qui l'opposait à sa fille. « Quel est votre seul rempart contre les religieux ? L'armée ! Et donc, potentiellement, la dictature ! Excuse-moi, mais je ne choisis pas entre la peste et le choléra. Je suis musulmane laïque et je refuse qu'on me pousse à choisir un camp, je suis sûre qu'une troisième voie est possible ! »

Ana se retourna vers son amie, accablée. Au rythme où les religieux se débarrassaient des laïcs, la troisième voie semblait de plus en plus inaccessible.

*

* *

Nabil el-Sayyad replaça lentement le téléphone dans son étui. Ses doigts tremblaient.

La conversation avait été brève. Le Palestinien n'avait pas prononcé un mot, son visage s'était assombri, son regard, figé. Quand il s'était à nouveau intéressé à ce qui l'entourait, son attention avait été happée par son fils, étendu sous un arbre, qui peinait à respirer. Quelques heures après son arrivée à La Mecque, l'adolescent avait été saisi de violents maux de tête, accompagnés de nausées. Puis il avait failli étouffer, son corps frêle secoué par des quintes de toux qui l'empêchaient de respirer. Nabil l'avait conduit à l'hôpital mais on les en avait chassés. Le personnel était débordé. Le virus de la grippe, sans doute, qui se communiquait d'un pèlerin à l'autre. Pas grand-chose à faire, lui avait-on dit. Prendre de l'aspirine, se mettre à l'ombre, boire, dormir, transpirer pour éliminer le mal.

L'homme s'assit près de son enfant inconscient et glissa sa main dans la sienne. Puis il commença à marmonner entre ses lèvres, des mots incompréhensibles qu'il répétait sans se lasser. Une prière, peut-être.

Une famille égyptienne qui cherchait le chemin de la lapidation de Satan, où avaient lieu chaque année tant de bousculades et de morts, s'arrêta à la hauteur de l'homme.

— Ça va aller ?

— … juifs…

La femme s'agenouilla et baissa la tête, cherchant le regard du Palestinien qui se balançait d'avant en arrière au-dessus de son fils.

— Pardon ?

— Ce sont les juifs…

Elle se tourna vers son mari et ses trois grands fils qui se tenaient en retrait. Perplexe.

— Qu'est-ce que… ?

Nabil el-Sayyad se leva alors brusquement, le visage déformé par la haine.

— Ce sont les juifs !

— Mais…

— Ce sont les juifs qui ont empoisonné l'eau de La Mecque ! Je le sais, je viens d'avoir ma femme au téléphone, ils ont chassé ma famille de ma maison, à Jérusalem, celle que mon père occupait avant moi, et ils nous ont maudits, tous autant que nous sommes ! Ce sont eux, je vous dis !

Des Pakistanais s'approchèrent. Deux d'entre eux soutenaient un vieil homme qui ne parvenait plus à tenir sur ses jambes, courbé en deux par une toux violente. Ils s'arrêtèrent, s'enquirent par gestes de la raison de ces cris. L'Égyptien s'essaya au langage des signes tandis que son épouse tendait un verre d'eau au possédé.

Celui-ci le jeta dans le fossé.

— Malheureuse, vous ne comprenez pas qu'ils ont entrepris de nous éliminer jusqu'au dernier pour s'approprier l'ensemble de la Terre sainte !

Le groupe de pèlerins qui grossissait de minute en minute – il en venait de partout, des Iraniens, des Malais, des Chinois, des Russes, des Bosniaques, des Sénégalais, des Japonais, des Bangladais… – commença à s'agiter, puis des jeunes en sortirent et s'éparpillèrent vers le sud, le nord, l'est et l'ouest en hurlant comme s'ils s'étaient trouvés face à Satan : « Ce sont les juifs ! Ce sont les juifs ! Ce sont les juifs ! »

Ibrahim el-Hakim, qui courait vers l'hôpital en serrant sa fille contre son cœur pour lui transmettre un peu de son énergie vitale – elle crachait à jet continu un mucus rose vif qui moussait à la commissure de ses lèvres –, fut emporté par la marée humaine qui balayait tout sur son passage.

Les gardes de la Muttawa, la police religieuse saoudienne, tentèrent bien de ramener le calme mais ils furent vite débordés par l'hystérie collective. Non armés, ils n'avaient guère les moyens de faire face à une foule en folie.

En périphérie de La Mecque, dans la salle d'opération et de contrôle qui gérait les huit cents caméras de surveillance installées partout sur le site, un brouhaha se fit entendre.

— Qu'est-ce qu'ils disent ?

— Je sais pas, je comprends rien... Ils ont l'air d'avoir perdu la raison...

Le système électronique, qui permettait depuis quelques années de compter un par un les pèlerins à chacune de leurs étapes, s'emballa soudain dans un bruit suraigu de métronome avant de cesser brusquement de fonctionner. Les opérateurs eurent beau taper sur la machine, l'écran resta désespérément noir.

— Regarde... ils piétinent les blessés.

— Attends... je n'en crois pas mes oreilles... Vous savez ce qu'ils disent ?

Chacun se pencha, tendant l'oreille.

— Ils disent que ce sont les juifs... Vous croyez que c'est possible ?

*

* *

Il venait de passer Abu Gosh, la lumière enrobait d'un voile doré les minarets du village arabe et les collines qui annonçaient Jérusalem. Bishara commençait à sentir cette excitation intérieure que provoquait en lui chacune de ses arrivées dans la Ville sainte, comme une tension, une attente – toujours elle. Il savourait le silence qui régnait dans la voiture depuis qu'Orit avait enfoncé les écouteurs dans les oreilles, quand son téléphone sonna.

Ashkenazi, encore.

— Changement de programme. Tu files à Emek Refaïm. Zeev Kilmann a été victime d'une attaque.

— Une attaque ? Tu veux dire… cérébrale ?

— Non, non… une explosion, devant la porte de son domicile…

— Un attentat ?

Le chef de la police semblait éprouver du mal à prononcer le mot.

— Un attentat, je ne sais pas encore. Ne tirons pas de conclusions trop hâtives…

— Il est blessé ?

— Oui, je crois…

Le commissaire jura. Assez fort pour qu'Orit retire ses écouteurs et se tourne vers lui, interrogative.

— Je sais où il habite, j'y vais. C'est moi qui suis chargé de l'enquête ?

— Pas sûr. Landau est aussi sur le coup. Vos relations ne sont pas excellentes mais la situation me paraît suffisamment préoccupante à Jérusalem pour que tu étudies aussi ce dossier. Il y a peut-être des connexions avec les troubles dans la partie est…

Bishara eut l'impression de manquer d'air, il tâcha de reprendre son souffle mais ce qu'il inspira était glacé.

— Très bien, je te tiens au courant.

Il semblait si perturbé qu'Orit se pencha et posa la main sur son bras, presque chaleureusement.

— Qu'est-ce qui se passe ?

— Kilmann. Il vient d'être victime d'un attentat.
— Où ça ?
— Devant chez lui…
— Et il est… ?
— Juste blessé. On y va…
— C'est nous qui gérons ?
— Non. C'est Landau.
— Ah !

Elle se renfonça dans son fauteuil. Les relations entre Bishara et Landau étaient notoirement exécrables. Le second incarnait tout ce que le premier détestait : la suffisance et l'étroitesse d'esprit, ce qui allait souvent de pair. Les deux hommes ne s'étaient pas revus depuis que Bishara avait sauvé une enquête que Landau était en train de mener dans le mur. L'affaire avait laissé des traces. Landau n'avait jamais accepté l'idée qu'il s'était trompé, ni qu'il avait été moins bon qu'un Arabe.

Cette fois, Bishara n'eut pas le temps d'apprécier son entrée dans Jérusalem. Il pensait à Kilmann et il était inquiet. L'homme était régulièrement pris à partie par les extrémistes juifs. Depuis qu'il avait présenté sa candidature à la mairie de Jérusalem, il recevait des menaces de mort, la presse s'en était fait l'écho. Se pouvait-il que des juifs commencent à commettre des attentats contre d'autres juifs ? L'idée lui paraissait insensée mais, après tout, l'assassinat d'Yitzhak Rabin par un extrémiste juif avait créé un précédent.

Ce qui le rassurait, c'était qu'il n'était pas le seul à ne pas y croire. Si Ashkenazi ne parvenait pas à prononcer le mot attentat, c'était bien pour cette raison.

Bishara fut contraint de laisser sa voiture à l'entrée d'Emek Refaïm tant la circulation était bloquée. L'attentat contre l'universitaire avait provoqué une grande émotion dans ce quartier branché de Jérusalem où il comptait de nombreux sympathisants, journalistes notamment.

Le commissaire s'efforça de parcourir dans le plus grand calme les trois cents mètres qui le séparaient du domicile de Kilmann. Il voulait se présenter maître de lui-même à Landau. À ses côtés, Orit et Hertzl marchaient en silence, conscients qu'ils n'avaient guère intérêt à la ramener.

Un périmètre de sécurité assez vaste avait été délimité sur le lieu de l'attentat. Au cas où d'autres explosifs auraient été planqués dans les environs. Des barrières métalliques maintenaient la foule à distance ; malgré tout, certains parvenaient à passer. « Ils n'en ont donc pas assez de voir du sang et des flics », songea Bishara en approchant du portail.

Landau n'avait pas changé. Il faisait partie de ces hommes secs qui vieillissent d'un coup, en se parcheminant. Et ce n'était pas encore son heure. Il se tenait toujours très droit, les épaules en arrière, les bras collés le long du corps, la tête raide. « Pourquoi diable n'est-il pas entré dans l'armée, c'est une caricature d'officier », se dit Bishara.

Quand leurs regards se croisèrent, les deux hommes sentirent comme un souffle les repousser en arrière. Leur détestation mutuelle était telle que leurs corps se rejetaient l'un l'autre.

Bishara prit les devants.

— C'est Ashkenazi qui m'envoie. Cet attentat peut avoir un lien avec la mission qu'il m'a confiée.

Landau ricana.

— Il t'a confié une mission ? Tu ne paternes plus les Éthiopiens qui s'ennuient loin de leur désert ?

L'autre haussa les épaules.

— Je n'ai pas beaucoup de temps. Vous avez trouvé quelque chose ?

Landau sembla hésiter quelques instants, puis il se tourna vers le portail.

— À un quart de seconde près, il était mort. Plusieurs éclats se sont incrustés dans cette porte. Et puis on a trouvé ça en évidence sur un pot de fleurs.

Il tendit une feuille.

Un tract anonyme promettait deux millions de shekels à quiconque tuerait un membre de La Paix maintenant.

*
* *

C'était lui qui avait demandé à sortir de la voiture blindée pour parcourir à pied les quelques centaines de mètres qui le séparaient du consulat général de Russie. D'origine modeste – son père était ouvrier chez General Motors à Detroit –, Dennis Crocker ne supportait pas les passe-droits. Et voir la voiture diplomatique foncer en klaxonnant sur la foule qui déambulait dans Istiklal l'avait mis hors de lui. Certes, peut-être apprécierait-il plus tard le gain de temps, mais pour l'heure il n'en avait nul besoin. Par ailleurs, prendre un peu l'air ne lui ferait pas de mal. La vie de diplomate avait ce grand inconvénient : on ne marchait plus. On sortait de son consulat, de son ambassade ou, pire encore, du département d'État pour s'engouffrer dans une voiture avec chauffeur qui vous déposait devant une porte que l'on n'avait même pas à pousser, un laquais le faisait à votre place. Dennis Crocker ne savait plus ce que flâner voulait dire et il lui était venu une bouffée de rébellion en apercevant ces jeunes Turcs qui, par petits groupes, marchaient à pas lents en dégustant une glace, au mépris des voitures de police et des plaques diplomatiques.

Il était arrivé le matin même après un long voyage qui lui avait permis de récupérer tout le sommeil en retard. La plupart de ses dossiers étaient bouclés, son successeur ne trouverait pas de bombes à retardement, mais l'affaire de Kazan le turlupinait. L'expérience lui avait appris à se méfier des événements en apparence lointains ou anodins. Il connaissait bien la Russie pour y avoir été en poste dix ans plus tôt. Il en parlait la langue et son carnet d'adresses comptait la plupart des hommes qui aujourd'hui contrôlaient le pays.

C'est Susan Rice qui lui en avait donné l'idée. Comme lui, elle détestait le temps perdu.

— Dennis, je sens que nos services de renseignements vont encore nous pondre une note longue comme le bras pour nous expliquer que les conditions climatiques, ce jour-là au Tatarstan, empêchaient de distinguer la moindre trace d'explosion. Puisque vous allez dans la région… c'est bien la région, n'est-ce pas ?

Crocker avait opiné. Plusieurs milliers de kilomètres séparaient Kazan d'Istanbul mais, oui, on pouvait dire qu'il s'agissait de la même région. La Turquie n'était séparée de la Russie que par la mer Noire.

— Puisque vous allez dans la région, pourquoi n'essaieriez-vous pas d'en apprendre davantage ? S'il s'est passé quelque chose de grave, ils doivent être au courant. Ne serait-ce que parce qu'ils ont pu être touchés. Voyez si, par le passé, votre chemin n'a pas croisé celui de l'un de ces diplomates russes en poste à Istanbul. Faites le maximum. Je ne voudrais pas que l'on me reproche d'avoir traité cette affaire par-dessus la jambe avant de partir…

— Très bien, je vais m'y employer, vous pouvez compter sur moi.

C'est ainsi qu'il avait découvert que l'ambassadeur de Russie en Turquie n'était autre que le numéro deux du ministère russe des Affaires étrangères à l'époque où il était conseiller diplomatique à l'ambassade des États-Unis à Moscou. Ils avaient partagé nombre de crises internationales et de bouteilles de vodka. Il ne se faisait aucune illusion, l'homme ne lui donnerait aucune information – il n'était pas diplomate pour rien, mais Dennis Crocker était curieux d'observer sa réaction quand il l'interrogerait sur l'explosion de Kazan.

C'était donc l'esprit particulièrement acéré qu'il s'était engagé dans Istiklal, ce qui lui avait permis de se précipiter sur la jeune femme rousse qu'il suivait machinalement du regard au moment où celle-ci avait trébuché. « Il faut décidément que je marche plus souvent », avait-il songé en la laissant derrière lui, troublé par ce mélange de crainte et de détermination qu'elle dégageait, ainsi que par l'incroyable couleur de sa chevelure.

Iouri Limontiev n'avait guère changé. Les pommettes un peu plus marquées par la couperose peut-être et, à bien y regarder, le blanc des yeux strié de rouge. À 11 heures du matin, il sentait déjà – ou encore – la vodka, une odeur un peu aigre de transpiration mouillée d'alcool qui avait imprégné les narines de Crocker quand le Russe s'était levé d'un bond pour lui donner l'accolade.

— Dennis ! Je n'en ai pas cru mes oreilles quand mes services m'ont dit que tu étais nommé à Istanbul ! Tu sais que Michalet est là aussi, à deux pas d'ici, au Palais de France ? Nous allons pouvoir reconstituer notre vieille ligue dissoute, qu'en penses-tu ? Tu es là pour de bon ?

— Non, non… de passage. Je dois retourner à Washington pour quelques semaines. Mais j'espère bien prendre mes fonctions le plus vite possible, j'ai besoin de changer d'air…

Limontiev soupira.

— Je te comprends, mon vieux, je te comprends… J'ai éprouvé la même chose en quittant Moscou. L'impression de m'évader d'une cage dorée pour aller respirer l'air du grand large. La proximité du pouvoir est un vrai piège, un truc qui rend fou. Plus rien d'autre ne compte. On finit par oublier qu'il existe des fleuves, des forêts, des êtres humains, des livres et, mieux encore, le silence…

C'était une qualité que Crocker avait toujours appréciée chez Limontiev. Sa poésie. Grand amateur de littérature russe, il pouvait déclamer des pages entières de Tchekhov, Tourgueniev, Lermontov ou Boulgakov. Pour lui, *Le Maître et Marguerite* était le plus beau roman de tous les temps, et le diable un personnage familier de sa vie quotidienne qu'il ne cessait tour à tour de rechercher ou de tenir à distance.

— Encore que j'aie moins de chance que toi. Je suis basé à Ankara, une ville de fonctionnaires et de bureaucrates avec des avenues sans âme tirées au cordeau, l'endroit le plus sinistre de la terre. Mais je m'en échappe souvent pour venir ici. C'est à Istanbul que tout se passe, tu verras. Je ne sais pas s'il faut s'en réjouir, d'ailleurs. Cette ville est peut-être plus vivante, plus libérale, mais elle est aussi le cœur du pouvoir religieux. J'ai peur qu'elle ne prenne l'ascendant sur Ankara, la ville de Mustapha Kemal. Mais tu n'es pas venu pour m'entendre déblatérer ces sottises, n'est-ce pas ? Parlons de toi plutôt. Que deviens-tu ? Toujours pas de femme à l'horizon ?

Crocker sourit. C'était un jeu entre eux. Limontiev n'avait jamais compris comment l'Américain pouvait vivre sans femme. Lui-même en avait toujours deux ou trois sur le feu, des histoires passionnelles qui le consumaient avant de le lasser. Il s'était toujours moqué de Crocker qu'il considérait comme un homosexuel refoulé.

— Comment veux-tu avoir une femme quand tu travailles vingt heures sur vingt-quatre ? J'ai, contrairement à toi, une trop grande estime du sentiment amoureux pour le galvauder.

Le Russe éclata de rire.

— Je suis vraiment content de te retrouver, mon ami. Des diplomates comme toi, on n'en rencontre pas à tous les coins de rue…

Dennis Crocker se cala dans un fauteuil près de la fenêtre qui donnait sur des jardins à la française, refusa d'un signe de tête le verre de vodka que Limontiev lui tendait d'un geste automatique, et posa, d'une voix la plus atone possible, la question qui lui brûlait les lèvres depuis son arrivée au consulat.

— Nous avons eu connaissance d'une explosion anormale dans une de vos usines chimiques, à Kazan. Nous sommes bien entendu prêts à vous apporter toute l'aide nécessaire.

Le diplomate américain n'en aurait pas mis sa main au feu mais il lui avait semblé que le visage de son homologue russe avait pâli à l'évocation du nom de Kazan. Limontiev se laissa tomber dans le fauteuil qui faisait face à celui de Crocker, et plongea son regard dans le sien. On n'y lisait plus ni fleuves, ni forêt, ni Tourgueniev, ni Tchekhov, peut-être juste Belzébuth et les tourments de l'enfer.

— Je vois que tu n'as pas changé. Tu ne décroches jamais, n'est-ce pas ?

Crocker opina, silencieux. L'autre soupira.

— Je ne sais rien sur Kazan, tu imagines bien. Mais puisque tu cherches du sensationnel, je vais te donner un conseil. Regarde plutôt ce qui se passe du côté de La Mecque. Il nous en parvient des choses étranges. C'est à mon sens bien plus intéressant que ce qui se trame au fin fond de l'une de nos républiques…

*

* *

Aurait-il vraiment dû savoir ? En vingt ans de pratique de la médecine, Youssef Chedid n'avait jamais assisté à pareil spectacle. Les pèlerins affluaient à l'hôpital Ajyad, les plus faibles soutenus par les plus valides qui se bousculaient les uns les autres pour avoir une chance d'accéder aux médecins qui en venaient à se cacher afin d'éviter d'être submergés par les malades. Il flottait dans les couloirs de l'établissement une odeur aigre de sueur et de vomissures froides, une impression de fin du monde qu'accentuaient les prières récitées en boucle par ceux qui avaient encore la force d'ânonner deux ou trois mots.

On avait fait venir à La Mecque tous les médecins volontaires du monde arabe, pourtant cela ne suffisait pas. Il arrivait toujours plus de malades, sans distinction d'âge ni de race, le corps vidé de toute force comme si le mal qui les rongeait avait siphonné leur énergie vitale.

Les premiers temps, l'équipe médicale avait pensé à une épidémie de grippe. Le cas s'était produit quelques années plus tôt quand un virus particulièrement virulent avait été introduit par un pèlerin indonésien. Celui-ci était mort au bout de quelques jours après avoir transmis le mal à ses proches, lesquels avaient contaminé des malades soignés dans des chambres adjacentes. Il avait fallu isoler l'aile de l'hôpital où les patients étaient traités, et surtout garder le silence sur l'ampleur du drame afin d'éviter tout mouvement de panique. Le mal avait ainsi pu être contenu.

Cette fois, la direction de l'hôpital avait eu très peur d'assister à la résurgence d'une épidémie de grippe aviaire ou, pire, porcine, transmissible d'homme à homme. Le souvenir de 2009 était dans tous les esprits, quand un mal étrange était apparu au Mexique, avant de se répandre dans le monde entier et de tuer des milliers de personnes. Combinant les matériels génétiques des grippes aviaire, porcine et humaine, le virus s'était montré résistant aux traitements existants et il avait fallu une mobilisation internationale sans précédent pour en venir à bout. De nombreux experts avaient alors prédit qu'il réapparaîtrait un jour sous une forme bien plus difficile à combattre.

L'incroyable rapidité avec laquelle succombaient les hommes et les femmes rassemblés à La Mecque n'en était-elle pas le signe avant-coureur ?

On pensa aussi à la méningite, mal fréquemment répandu chez les pèlerins. Les symptômes concordaient : fièvre, maux de tête intenses, raideurs de la nuque, vomissements. Il pouvait s'agir d'une attaque de bactéries dans le liquide céphalorachidien entraînant réaction inflammatoire, formation de pus, dégradation des vaisseaux sanguins, et œdème du cerveau. D'où les vertiges et les migraines.

Le mode de transmission collait avec le principe du pèlerinage : par contact direct, via les postillons. Une seule personne atteinte et l'ensemble de la population était menacée. Même préalablement vaccinée.

Sans traitement, la mort survenait rapidement, dans la moitié des cas (le temps d'incubation était très court, de quelques heures à un ou deux jours).

Les survivants restaient infirmes.

Youssef Chedid avait été confronté une seule fois dans sa vie à une épidémie de méningite. Son équipe avait d'abord tenté de répondre à l'attaque par les antibiotiques qu'elle avait sous la main. La clinique al-Azhar venait juste d'ouvrir ses portes, elle n'avait pas beaucoup de stock. L'état des malades s'aggravant, Chedid était entré en contact avec un de ses anciens professeurs à l'Institut Pasteur, Victor Herbelot, grand expert des maladies bactériennes, qui l'avait aiguillé sur la Céfotaxime. Il avait fallu faire venir l'antibiotique d'Amman, le résultat avait été quasi immédiat.

Youssef Chedid gardait un souvenir atroce de ces instants où la médecine semblait balbutier. Cette fois encore, il eut un doute. Le mal qui affectait les pèlerins se traduisait entre autres par une forte toux, cela ne collait pas avec la méningite.

L'hôpital ultramoderne qui l'avait appelé en urgence à La Mecque comptait huit cents chambres de trois lits chacune et dix salles d'opération capables de fonctionner en parallèle. Les deux autres grands établissements de la ville pouvaient accueillir quatre cents malades chacun. Si l'on ajoutait les trois petits hôpitaux construits au siècle précédent, La Mecque avait une capacité totale supérieure à quatre mille lits.

Ajyad avait été reconstruit en 2008 sur les ruines encore fumantes de la forteresse du même nom qui surplombait la Grande Mosquée. La destruction de celle-ci avait fait grand bruit en Turquie. La forteresse Ajyad avait été érigée en 1775 par les Ottomans pour repousser les assauts des tribus rebelles contre les lieux saints. Et elle avait été démolie sans coup férir à coups de bulldozer par les autorités saoudiennes !

Aujourd'hui, quels rebelles oseraient s'attaquer à un tel blockhaus, songeait Chedid en parcourant un dédale de couloirs pour assister à la réunion de crise convoquée par la Direction des affaires sanitaires de La Mecque.

La salle de conférences se trouvait au dernier étage de l'hôpital. Murs insonorisés troués d'écrans géants affichant des champs de tulipes rouges – symbole de l'amour –, moquette épaisse, table en marbre, fauteuils en cuir brun. De grandes baies vitrées offraient une vue imprenable sur la mer de béton qui léchait l'édifice.

À son arrivée, un homme s'avança vers lui. Grand. Mince. Il portait une barbe de trois jours taillée avec soin et une lourde bague en or brillait à son annulaire droit. Ses yeux clignaient de façon un peu nerveuse mais il avait le regard direct.

Souleiman Pasha.

L'Égyptien l'avait croisé à deux ou trois reprises. Accaparés par l'urgence, les deux hommes ne s'étaient jamais parlé.

— Docteur Chedid, je sais que vous vous dépensez beaucoup pour nous venir en aide.

Chedid haussa les épaules.

— Ce n'est pas à vous que je viens en aide, c'est à nous tous.

L'autre le regarda longuement puis hocha la tête.

— Oui, vous avez sans doute raison…

Les médecins s'assirent autour de la table. Il y avait là un Marocain, un Tunisien, un Indonésien, un Malais et d'autres encore dont Chedid ne put deviner la nationalité, tant il était fatigué.

Au bout de la table, Souleiman Pasha malaxait un mouchoir en papier dont il s'était servi pour saisir l'anse brûlante d'une théière. Il semblait sous le coup d'un énorme stress.

— Mes amis… l'heure est difficile. Même si cet hôpital a été considérablement agrandi, il n'est pas équipé pour recevoir correctement toutes les personnes qui auront besoin de nos soins. Par ailleurs, sommes-nous désormais certains de la nature du mal qui touche les pèlerins ? Chedid ?

L'Égyptien se tassa sur son siège.

— J'ai d'abord procédé à des ponctions lombaires pour analyser le liquide céphalorachidien, seul moyen de déterminer l'origine de la bactérie. Mais je ne suis arrivé à rien. Les malades étant affectés de graves troubles respiratoires, j'ai ordonné des radiographies des poumons. Et sur chacune d'entre elles, nous avons décelé une anomalie. C'est là qu'il faut chercher. Nous sommes en train de pratiquer des fibroscopies bronchiques et surtout des analyses des crachats. Mais quelque chose doit clocher. Nous avons découvert des traces du *Yersinia pestis*, le bacille de la peste…

Pasha sursauta.

— Vous plaisantez j'espère ?

— Malheureusement non. Cela dit, sauf votre respect, cet hôpital a beau disposer du matériel le plus sophistiqué, il n'est pas outillé pour procéder à des analyses aussi fines. Il faudrait pouvoir envoyer des échantillons à un laboratoire agréé par l'Organisation mondiale de la santé, je pense au centre de contrôle des maladies d'Atlanta, le plus pointu, ou à l'Institut Pasteur, à Paris, le plus proche…

Souleiman Pasha garda le silence quelques instants. Quand il reprit la parole, sa voix tremblait légèrement.

— Si nous faisons ça, nous alerterons les autorités sanitaires, et nous serons mis au ban de la communauté internationale. Il est préférable d'essayer de nous en sortir seuls, comme nous l'avons fait en son temps avec l'Indonésien…

À l'extrémité de la table, le médecin marocain opina du chef.

— Vous imaginez le cadeau pour les Occidentaux ? Les musulmans du monde entier contenus dans le périmètre de La Mecque ? On ne va pas leur faire ce plaisir…

Chedid se leva d'un bond.

— Le mal progresse à une vitesse phénoménale et vous parlez de cacher cette catastrophe au monde entier ! D'abord, pour ce qui est de la discrétion, laissez-moi rire… vous oubliez les téléphones portables et Internet ! Les pèlerins sont en train d'alerter le monde entier à l'heure où nous parlons. Et, croyez-moi, nous serons bien plus montrés du doigt si nous ne prenons pas les devants…

Pasha joignit les mains devant sa bouche, regard fixé sur la baie vitrée et, au-delà, les cieux d'azur. Comme s'il en attendait un signe. Puis il se tourna vers Chedid.

— Je n'avais pas pensé à ça, je le reconnais. J'alerte l'OMS. Et je demande au ministre de la Santé d'affréter un avion spécial pour Paris. Mais je vous conjure, à ce stade, de ne pas évoquer la peste. Tous les musulmans risqueraient d'être considérés comme des pestiférés aux yeux du monde entier. Pour l'heure, ne mentionnez que des cas suspects de méningite. D'ici là, il faudra tenter d'enrayer l'épidémie. Par tous les moyens possibles.

Un silence glacial régnait autour de la table, accentué par la climatisation et la vision de ces tulipes qui se balançaient sans même un bruissement.

— Quel que soit le diagnostic, méningite ou même – j'ose à peine y penser – peste, il va nous falloir des quantités astronomiques de Rifampicine, ne serait-ce que pour administrer un traitement prophylactique à tous ceux qui ont approché les malades.

— Eh bien… où est le problème ?

— Je suis allé voir les stocks. Il doit nous en manquer la moitié.

Souleiman Pasha blêmit.

— Je vous demande pardon ?

Il se tourna vers un homme massif coiffé d'un keffieh à damier rouge et blanc. L'intendant.

— Sami ? Comment est-ce possible ?

L'homme écarta les mains, dans un geste d'impuissance.

— Je n'y suis pour rien. Cela fait des semaines que j'attends d'être livré. Je ne pensais pas en avoir besoin si vite.

C'est alors qu'un homme surgit en trombe. L'assistant de Pasha. Rouge de sueur.

— Docteur, docteur… il se passe de drôles de choses dehors…

— Quoi encore ?

— Les pèlerins… ils… ils accusent les juifs d'avoir empoisonné notre eau.

— Les juifs ! Il ne manquait plus que ça… Qu'est-ce que c'est que cette histoire de fous ?

Chedid se précipita vers la baie vitrée, aperçut la foule qui courait dans tous les sens, et se tourna vers Pasha.

— Que peut-on faire ?

Le responsable des affaires sanitaires leva les deux paumes vers le ciel.

— Je ne sais pas. Prier, peut-être. Après tout, nous avons ici une ligne directe…

*

* *

C'était l'heure où, sur les pavés, les têtes des crevettes venaient chatouiller les yeux des calamars. Par seaux entiers, les poissonniers déversaient une eau rougeâtre qui glissait dans les rigoles, charriant écailles, entrailles et arêtes, tout ce que les Siciliens préféraient laisser sur les étals du marché et qui, tôt ou tard, finissait sous les pieds des passants.

Chaque jour à la même heure, posté sur son balcon, Victor Herbelot se repaissait du spectacle. Ce n'était jamais le même. Selon le temps, la saison, la situation politique, l'offre était plus ou moins généreuse, la foule plus ou moins dense. Quand le chef historique de la mafia sicilienne avait été arrêté dans les environs du village de Corleone, à une centaine de kilomètres à l'intérieur des terres, poissons et crustacés avaient paru plus gros, plus brillants, l'air du marché de Catane chargé d'électricité, comme s'il fallait être à la hauteur de cette nouvelle qui plaçait soudain l'île oubliée au centre du monde.

Pour la troisième fois ce matin-là, Victor Herbelot tenta d'activer la manette qui lui permettait de répondre au téléphone. Une simple pression de l'index et il prenait la communication via la puce implantée quelques mois plus tôt dans son conduit auditif. Ce n'était rien, mais l'effort mobilisait jusqu'à ses orteils, crispés au pied du siège comme s'ils voulaient se ficher en terre. Dans un juron, il se laissa retomber dans son fauteuil.

Son corps l'avait lâché depuis longtemps mais il refusait de l'admettre. Toute sa vie, il s'était battu contre l'affaiblissement des organismes humains, l'attaque des agents pathogènes hostiles… Il ne pouvait pas être devenu ce corps impotent qui n'obéissait plus qu'avec réticence aux ordres de son cerveau. Sa tête fonctionnait encore, pire même, elle moulinait sans relâche, méprisant chaque jour davantage la carcasse qui refusait de suivre. Il était deux en un ; une abomination pour lui, qui n'avait jamais présenté qu'un seul bloc.

Afin de retrouver son calme, il laissa errer son regard sur les auvents de toile rouges que les poissonniers tendaient au-dessus de leurs étals pour protéger la poiscaille des rayons du soleil. Même en plein hiver, ceux-ci pouvaient faire des dégâts.

À force d'immobilité, sa peau était devenue insensible mais ses autres sens semblaient s'être développés avec l'oisiveté. De son balcon, il sentait – au sens littéral du terme – les arrivages de rougets et de maquereaux, et il se mettait instantanément à saliver, anticipant le goût qu'ils auraient. De la même façon, il reconnaissait l'ordre d'arrivée des poissonniers au simple bruit des roues de leurs camionnettes cahotant sur les pavés. Il savait alors qui, de Stefano ou de Guido, s'installerait le premier.

Cette sensibilité au bruit lui donna la certitude que le téléphone allait sonner de nouveau. Pas question, cette fois, de rater l'appel. Il mobilisa ses abdominaux, ou ce qu'il en restait, puis gonfla sa poitrine et, dans un souffle, entreprit de lâcher le peu de force qu'il avait accumulé vers le bras puis la main, et le bout de l'index. Celui-ci frémit, tremblota, et s'abattit d'un coup bref sur la manette au moment où le téléphone se mit à vibrer. Épuisé par l'effort, il souffla plus qu'il n'articula.

— Herbelot…

— Professeur Herbelot ? Heu… C'est Youssef Chedid. Je vous dérange peut-être… ?

Le visage du vieil homme se détendit. Au premier mot, il avait reconnu la voix.

— Youssef… quelle joie… Donne-moi deux secondes, je reprends juste mon souffle.

— Je peux rappeler un peu plus tard si vous le désirez…

— Surtout pas. Cela fait combien… Quatre ans ? Cinq ans ?

Un rire d'adolescent éclata dans son oreille, il le savoura comme une bouffée de ces Cohiba qu'il s'offrait autrefois pour les grandes occasions et qu'il n'avait même plus le droit de fumer en rêve.

— Vous n'y pensez pas… J'exerce à la clinique al-Azhar depuis bientôt sept ans. La dernière fois que nous nous sommes parlé, je venais juste de commencer.

— Je m'en souviens parfaitement. Une épidémie de… de… Une épidémie de quoi déjà ?

— Méningite. Et je crains de vous appeler pour la même raison.

— Dieu du ciel ! Tu n'es pas parvenu à l'enrayer ? Je croyais que…

Un nouvel éclat de rire l'interrompit.

— Professeur, la population du Caire aurait disparu si cette épidémie de méningite sévissait encore. Non, cette fois je suis à La Mecque et nous avons un problème… Un gros problème.

La voix s'était durcie.

— Je t'écoute.

À l'Institut Pasteur, le Pr Herbelot était autrefois connu pour sa capacité à appréhender et résoudre rapidement les problèmes les plus divers sans laisser paraître la moindre inquiétude. Ni le moindre agacement. Ses étudiants l'appréciaient pour cette qualité. Il était carré, solide, fiable. Depuis qu'il avait pris sa retraite en Sicile, un rêve de toujours, on continuait à l'appeler des quatre coins du monde. Il se plaisait à dire que les bactéries et les poissons avaient en commun de savoir glisser à travers les mailles du filet et lui, précisément, était là pour les attraper. Un scientifique doublé d'un poète.

— Professeur…

La voix tremblotait. Ce qui ne ressemblait pas à Youssef Chedid, songea Herbelot, un des médecins les plus robustes qu'il lui ait jamais été donné de rencontrer.

— Les pèlerins tombent malades les uns après les autres. J'ai été appelé en renfort avec une dizaine de collègues pour tâcher de comprendre ce qui se passait. Les symptômes m'ont d'abord orienté vers une épidémie de méningite…

Un silence s'étira entre La Mecque et Catane.

— Professeur Herbelot ? Vous êtes toujours là ?

— Oui, oui… je t'écoute. C'est tout ?

Un raclement de gorge résonna à l'autre bout du fil.

— Non, bien sûr, je ne vous aurais pas dérangé pour ça. Je ne suis plus très sûr qu'il s'agisse de la méningite. Les malades toussent considérablement. J'ai analysé les crachats et ce n'est pas très clair… J'ai trouvé des traces de *Yersinia pestis*. J'ai envoyé quelques échantillons à Pasteur, j'attends les résultats. Le plus grave, c'est que nous manquons de Rifampicine. Si le diagnostic est confirmé, je n'ai même pas de quoi éviter aux proches des personnes touchées, et Dieu sait qu'il y en a, de contracter le mal.

En bas, sur la place, les poissonniers passaient leurs étals au jet. Victor Herbelot songea que la trattoria La Paglia n'allait pas tarder à lui monter son plat du jour. Il pariait sur des pâtes aux *alici*, ces petits anchois qu'il voyait scintiller sur la glace depuis l'aurore. Quand le professeur reprit la parole, sa voix semblait venir de l'au-delà.

— Oui, je sais. Les résistances à la Rifampicine se sont multipliées ces derniers temps. Et l'industrie pharmaceutique refuse d'investir dans ce créneau. Pas assez rentable. Mais je crois que quelqu'un est sur la piste d'une molécule plus efficace. C'est sans doute pour ça que vous manquez de cet antibiotique. Il ne fonctionne plus et il y aura bientôt mieux sur le marché. Hélas, c'est une question de mois…

*
* *

À l'aéroport Ben-Gourion, d'ordinaire, c'était son oncle Zeev qui venait la chercher, sa chevelure blanche et ses yeux bleu turquoise dominant la foule tel le drapeau d'Israël, fixant la sortie des voyageurs avec le mélange de douceur et d'angoisse qu'elle lui avait toujours connu et qui la saisissait chaque fois.

Ce jour-là, elle ne put s'empêcher de le chercher parmi les familles massées derrière les barrières. C'était idiot mais elle le savait capable d'avoir déjoué la surveillance des infirmières pour sauter dans un taxi, vêtu de sa blouse de malade, à seule fin de l'accueillir avec ces mots qui, à ses oreilles, avaient la douceur de l'écume chuintant sur le sable : « *Mazel tov*, ma fille, te voilà enfin ! »

Aucun drapeau ne claquait au vent et le cœur d'Ana Güler se serra.

Elle traversait le pont de Galata pour acheter du sumac et de la salça au marché aux épices, savourant le brouhaha de la foule et la sirène des *vapur* qui se croisaient sur les eaux sombres de la Corne d'Or, quand son téléphone avait sonné. Elle avait hésité à répondre. C'était l'heure qu'elle préférait entre toutes, le soleil se couchait derrière les collines d'Istanbul, la ville scintillait et sans doute sa chevelure rousse aussi, elle le sentait au regard des hommes qui traversaient le pont.

Elle avait fini par répondre, ce pouvait être Zaynab, partie pour Paris et Bruxelles afin d'alerter les intellectuels européens sur la réalité de ce qui se passait en Turquie, seul moyen de pression possible sur Ankara. Mais ce n'était pas Zaynab. Ana Güler reconnut la voix grave de Michel, le meilleur ami de son oncle, un militant pacifiste franco-israélien avec qui le vieux Zeev passait de longues soirées, dans la maison d'Emek Refaïm, à tenter de monter des opérations chocs pour sensibiliser la communauté internationale au drame qui se jouait en Israël.

« Michel ? Je suis contente de t'entendre ! Tu viens me voir ? » Parfois, pour fuir les pesanteurs de la Ville sainte, il passait quelques jours à Istanbul. Il en aimait la lumière, si différente de celle de Jérusalem, disait-il, plus sombre, plus tourmentée, et le trafic des bateaux glissant sur le Bosphore.

— Non, Ana, c'est toi qui viens. Ton oncle a eu un… heu… un accident.

— Un accident ?

Ses jambes s'étaient dérobées sous elle. Ana avait juste eu le temps de s'appuyer contre le parapet du pont tandis que le soleil disparaissait derrière une mosquée.

— Enfin… pas vraiment un accident. Un attentat. Ils ont failli l'avoir.

Elle se souvint de la voix inquiète de son oncle, la dernière fois qu'ils s'étaient parlé au téléphone : « J'ai un mauvais pressentiment, fais attention... » Le vieil homme en avait tant vu qu'il savait les choses avant même qu'elles ne se produisent.

Elle avait rassemblé quelques affaires à la hâte, appelé Zaynab pour la prévenir qu'elle ne serait pas de retour à Istanbul avant plusieurs jours, verrouillé le rideau de fer de la librairie, et réservé une place dans le premier avion pour Israël.

Et elle se retrouvait là, au milieu de la cohue des taxis collectifs qui proposaient une course vers Haïfa, Jérusalem ou Tel-Aviv, bousculée par des ultraorthodoxes empêtrés dans leurs valises et leur marmaille, émue comme chaque fois de poser le pied sur la Terre sainte même si celle-ci nourrissait aussi ceux qui avaient voulu la mort de son oncle.

Il finit par arriver, essoufflé, paupières de plus en plus tombantes, et la bouche aussi, l'effet de la moustache peut-être. Michel avait cet air fatigué que tous les amis de son oncle affichaient depuis l'assassinat d'Yitzhak Rabin.

— Bienvenue, Ana. Allons-y vite, il t'attend... Tu vas voir, il a bouffé du lion. Ce n'est pas un engin explosif qui va le faire taire.

Ils s'engagèrent sur la double voie et Ana s'enfonça dans son siège, savourant le bonheur de savoir son oncle en vie. Et aussi le paysage qui défilait sous ses yeux. L'autoroute Tel-Aviv-Jérusalem était bien plus qu'un simple axe routier : entre les orangeraies, les usines qui miroitaient au loin et les carcasses de chars rouillant sur les bas-côtés, c'était un concentré de l'incroyable histoire d'Israël.

— Il pense que les auteurs de l'attentat sont les mêmes que ceux qui ont tenté d'empêcher juridiquement qu'on lui attribue le prix Israël. Tu sais, celui qui lui a été décerné pour l'ensemble de ses travaux en sciences politiques, et notamment ceux sur l'étude du fascisme.

— Mais… en quoi ces travaux sont-ils répréhensibles à leurs yeux ?

Michel haussa les épaules.

— Là, on frôle l'irrationnel. Figure-toi que deux organisations d'extrême droite ont jugé inacceptable que ce rescapé des persécutions nazies puisse légitimer la résistance armée des Palestiniens dans les territoires occupés…

— Je ne peux pas croire que cela mérite la mort d'un homme…

— Tu sais, tout est possible ici… Notre société était déjà dominée par le messianisme et le militarisme, voilà qu'elle risque de tomber entre les mains de la mafia russe et peut-être demain voudra-t-elle, sous son influence, chasser tous les Arabes du pays, même les israéliens. Il faut stopper net cette spirale de la folie, retrouver nos valeurs fondatrices, et prouver à tous ces *hmars* que notre mixité est notre plus grand atout. Bon sang ! Comment ne s'en rendent-ils pas compte ? On a tout ici pour faire d'Israël un pays de rêve, et on est en train de se mettre au ban des nations civilisées, cela me rend fou !

*
* *

Le temps que Crocker revienne à Washington, la nouvelle s'était répandue comme une traînée de poudre. Une épidémie inconnue sévissait à La Mecque, tuant des enfants mais aussi des hommes dans la force de l'âge. Les autorités sanitaires saoudiennes semblaient dépassées par l'ampleur du drame. Elles avaient saisi l'OMS plusieurs heures après que les victimes ou leurs familles avaient envoyé des appels téléphoniques désespérés dans le monde entier. L'Afrique du Nord, l'Europe, le Moyen-Orient, l'Indonésie, étaient en pleine ébullition, paralysés : fallait-il rapatrier les malades ou envoyer des renforts ?

Au sixième étage du département d'État, Crocker essayait de chasser ses idées noires en fixant l'esplanade baignée de soleil sur laquelle s'égaillaient de jeunes touristes étrangers excités par la découverte du monde. Depuis qu'il avait décollé d'Istanbul, une boule d'anxiété lui serrait la gorge. Pendant quelques semaines encore, la communauté internationale ne pouvait se permettre la moindre crise, il y avait encore trop de flottement à la tête des États-Unis : l'ancien président n'était plus vraiment là, et le nouveau n'avait aucune prise sur les affaires de la planète.

— Pardonnez-moi pour mon retard, messieurs, j'étais au téléphone avec mon homologue britannique. Nous pouvons commencer.

Susan Rice venait de faire irruption dans le bureau. Sa voix était tendue, légèrement hésitante, ce qui n'était pas dans ses habitudes, Crocker le perçut dès les premiers mots. Il se détourna de la baie pour prendre place à la table de réunion.

— Marlon, faites-nous un résumé de la situation.

Marlon Bowles était le principal conseiller de la secrétaire d'État. Il avait la raideur et l'affabilité des diplomates de carrière, et une tendance à l'embonpoint qu'il combattait en mâchouillant tout au long de la journée – sans jamais ouvrir la bouche comme il se doit – des chewing-gums sans sucre dont il affirmait qu'ils lui coupaient la faim. Ce qui en faisait sourire plus d'un, le résultat n'étant pas vraiment probant.

— Depuis deux jours, les pèlerins tombent comme des mouches à La Mecque. On compte déjà une centaine de morts et plusieurs milliers de malades.

— Quels sont les symptômes ?

— Nausées, maux de tête, difficultés respiratoires… Les autorités sanitaires locales ont d'abord cru à une épidémie de grippe…

La conseillère chargée de la presse étouffa un ricanement.

— Avec la chaleur qu'il fait là-bas ?

Bowles haussa les épaules.

— Je ne suis pas un spécialiste mais il arrive aux virus de muter… Au Mexique, il faisait chaud quand le virus A (H1N1) est apparu en 2009…

Susan Rice réprima un mouvement d'impatience.

— Poursuivons, je vous prie, le temps nous est compté…

— Il s'agirait plutôt d'une épidémie de méningite, on le saura avec certitude quand l'Institut Pasteur, à Paris, aura établi son diagnostic, c'est une question d'heures. Les autorités saoudiennes ont donné l'alerte un peu tard mais la localisation du drame a un avantage : personne ne quitte La Mecque tant que le pèlerinage n'est pas terminé. L'épidémie est donc circonscrite. Mais elle progresse vite. Le plus grave, c'est que les hôpitaux locaux semblent manquer de traitements adéquats. Ils ont donc lancé un appel à l'aide internationale.

— Que dit l'OMS ?

— Elle vient d'avancer la réunion de son comité d'urgence qui doit éventuellement décider de relever le niveau d'alerte. Je vous rappelle que le stade 3, décrété hier matin, marque le « potentiel pandémique » de la maladie. La phase 4, décidée dans la soirée, implique une « montée en puissance significative ». Le déclenchement de la phase 5 intervient quand la maladie a développé des foyers autonomes dans plus de deux pays d'une même région ce qui, grâce à Dieu, ne s'est pas encore produit. La dernière réunion du comité a déjà estimé que la situation relevait, je cite, « d'une urgence de portée internationale en termes de santé publique », ce qui a conduit l'Organisation à recommander à « tous les pays d'intensifier leur surveillance de chaque cas inhabituel de maladie ressemblant à une grave pneumonie ».

— Mais… cela signifie que les liaisons terrestres, aériennes et maritimes avec l'Arabie Saoudite n'ont pas été coupées ?

— Pour cela, il faudrait que l'OMS décide de passer au niveau d'alerte 6, le plus élevé, ce qu'elle hésite encore à faire…

Susan Rice prenait des notes. Sans lever la tête, elle interrogea son conseiller.

— Elle attend quoi pour ça ?

— Selon ses critères, il est nécessaire que deux régions distinctes dans le monde soient touchées avec des foyers autonomes.

— Cela signifie que l'on peut encore entrer en Arabie Saoudite et en sortir ? Malgré les risques de contagion ?

Marlon Bowles leva les bras en signe d'impuissance.

— Tout le monde en est bien conscient. Mais on ne coupe pas comme ça un pays du reste du monde. Surtout l'Arabie Saoudite. Pour l'heure, seule la région de La Mecque est en quarantaine, ce qui est déjà pas mal puisque la maladie ne semble pas s'être propagée au-delà. Et, dans le doute, les contrôles aux aéroports ont été renforcés via des caméras et des portiques thermiques.

À l'autre bout de la table, la conseillère scientifique émit un raclement de gorge volontairement bruyant.

— Heu… Je m'en voudrais de troubler cet optimisme béat mais les caméras thermiques sont une vraie connerie. Elles sont censées repérer les passagers fiévreux. Or je vous rappelle que les personnes en phase d'incubation n'ont pas de fièvre.

Susan Rice se leva brusquement.

— Bon, j'en conclus que nous sommes totalement impuissants. Sommes-nous sûrs, au moins, que personne ne peut sortir de La Mecque ?

Un silence s'étira autour de la table. La secrétaire d'État s'apprêtait à quitter la salle, visiblement agacée par le bilan de la réunion, quand Dennis Crocker, qui pianotait sur son BlackBerry, rugit sur son siège.

— Putain de Dieu !

Susan Rice se retourna, indignée.

— Dennis, je ne vous permets pas de…

— Pardonnez-moi mais je viens de recevoir des nouvelles alarmantes de La Mecque. Cela dépasse l'entendement…

2

L'air était si froid qu'il semblait crisser à chacun de ses pas. Rein Laristel retint un instant sa respiration, la moindre goulée d'oxygène le brûlait jusqu'aux os. Il rentra la tête dans les épaules, remonta le col de son pardessus et marcha plus vite.

C'était stupide de s'imposer cette promenade quotidienne dans les jardins de Central Park, il le savait bien, mais les plages de son pays lui manquaient déjà, et les promenades qu'il y faisait avec Marina, tôt le matin quand la brume enveloppait sous un même voile les côtes de Russie et d'Estonie. Marina... Son souvenir le transperça plus encore que le froid. Elle avait préféré le laisser partir seul pour New York. « Tu vas avoir beaucoup à faire dans cette ville étrangère pleine de tours en verre où je ne connais personne, je préfère rester chez nous, dans notre maison en bois. Va, je te rejoindrai plus tard... » C'était donc seul qu'il avait été élu quelques jours plus tôt au poste de secrétaire général de l'ONU, sur les bords de l'East River, à l'est de Manhattan.

Marina était née soviétique en 1950, au temps où Saint-Pétersbourg s'appelait Leningrad. À quatorze ans, elle avait été envoyée en camp pour « déviance » et y avait rencontré Rein qui, à quinze ans, purgeait une peine de cinq ans de prison pour avoir fredonné l'ancien hymne estonien à l'atelier où il travaillait comme apprenti. Le grand garçon blond un peu pataud avait été séduit par le charme de cette jeune fille brune aux yeux d'un vert profond, qui parvenait à sauvegarder en toutes circonstances un minimum d'élégance malgré le froid, la faim et la crasse. Progressivement, les autres prisonniers avaient fait de ces deux-là leurs mascottes, protégeant leur amour du mieux qu'ils le pouvaient.

Quand Marina avait attrapé une dysenterie qui l'avait transformée en une pauvre chose squelettique de trente kilos, incapable même de se lever, Rein, pour tromper la surveillance des geôliers, s'emplissait la bouche de pain et, en l'embrassant, lui faisait passer la mie mâchée, telle une mère oiseau donnant la becquée à ses petits. Elle avait guéri, à la stupéfaction des gardiens du camp.

Ils avaient été libérés ensemble. Le couple s'était installé dans une minuscule maison de bois, entre bord de mer et forêt, à quelques kilomètres de Tallinn. Là, ils parlaient sans relâche du jour où l'Estonie serait indépendante. Lorsque les menaces avaient été trop fortes, Rein et Marina avaient réussi à quitter clandestinement l'Union soviétique, entamant un long voyage en Europe de l'Ouest : Paris, Rome, Bruxelles, Amsterdam, Copenhague. De ces années, ils avaient gardé, outre un goût démesuré pour la liberté et une haine farouche pour tout ce qui ressemble à un asservissement, un carnet d'adresses impressionnant et la pratique de plusieurs langues.

Tout naturellement, après la chute du mur de Berlin et l'effondrement de l'URSS, lorsque l'Estonie avait déclaré son indépendance, Rein avait été chargé de conduire la politique étrangère de son pays. Ministre, lui qui détestait les mondanités et peinait à vaincre sa timidité ! Marina ne manquait pas de se moquer de lui quand il racontait les interminables réunions européennes, les réceptions dans les palais gouvernementaux, l'onctuosité diplomatique de ses collègues.

Ils avaient gardé leur maison en bois. Ils y avaient juste ajouté une grande pièce afin que Rein puisse s'adonner à sa passion : le train électrique. Lorsqu'il était en mission à l'étranger, le diplomate parvenait toujours à trouver une heure pour dénicher le magasin où il pourrait acheter la locomotive ou le wagon qui manquait à sa collection.

Le jour de ses soixante-huit ans, Rein Laristel avait décidé de mettre fin à sa carrière. Il était fasciné par l'exemple de ces Japonais richissimes qui, parvenus à la fin de leur vie, abandonnaient leurs biens pour mener une vie dépouillée du superflu. Avec Marina, ils avaient encore tant de choses à se dire.

Sans le savoir, il avait acquis une notoriété étonnante dans la diplomatie internationale. Sa modestie, la netteté de ses convictions, son expérience avaient fait de lui un des piliers de l'Union européenne. Et quand il avait fallu trouver un successeur au Sud-Coréen Ban Ki-moon, c'est tout naturellement vers lui que s'étaient tournés les diplomates du monde entier. Le tour de l'Europe était venu, et la fonction devait échoir à un représentant des anciens pays du bloc de l'Est libérés de la dictature communiste. Il fallait un homme d'expérience, capable d'afficher de la souplesse dans les négociations internationales. Rein n'avait pu refuser.

Et c'est ainsi qu'il se retrouvait, en ce matin de janvier, à marcher dans les allées de Central Park, protégé par trois gardes du corps qui ne déviaient jamais de la distance invisible qu'ils s'étaient fixée l'un par rapport à l'autre. Une hérésie pour lui qui aimait tant la nature et la liberté. Officiellement, il n'était pas encore en fonction. Mais son prédécesseur avait subi une alerte cardiaque peu après l'élection, la décompression sans doute, et il se retrouvait aux commandes sans avoir eu le temps ni de plonger dans les dossiers ni de se constituer une équipe.

Il s'arrêta un instant pour reprendre son souffle et observer le jeu de deux écureuils qui montaient et redescendaient sans relâche le long d'un tronc d'arbre. Et s'il s'était fourvoyé dans un monde qui n'était pas le sien ? Toute sa vie, il avait agi en concordance totale avec ses aspirations et ses principes. Était-il possible que, sur la fin du parcours, il s'égare ? Le pouvoir et les honneurs valaient-ils un mois de séparation avec Marina alors qu'il leur en restait si peu à partager ?

Il s'accouda au parapet d'un pont qui surplombait une rivière et, le regard fixé sur un bout de bois dont la trajectoire variait suivant les caprices du courant, il tâcha de se raisonner. Il tenait là une chance unique de mettre ses convictions et son expérience au service de la collectivité. Le monde allait de mal en pis, lancé dans une fuite en avant qui ne laissait pas une seconde à la réflexion, il était urgent de restaurer le dialogue entre les cultures, les confessions, les civilisations. Et qui, mieux que lui, qui avait connu l'oppression, la prison, la faim, pouvait y parvenir ?

Il se redressa, suivit du regard une jeune femme blonde qui, le long de la berge, courait en survêtement, queue-de-cheval voletant dans les airs, et songea aux enfants que Marina et lui n'avaient jamais pu avoir. C'était peut-être pour ça qu'il était là aujourd'hui. Pour transmettre. Convaincre le monde de ne pas renouveler les drames de l'histoire.

Il eut une pensée pour Susan Rice qu'il avait croisée à plusieurs reprises dans les arrière-salles combles des conférences internationales. Ils avaient échangé davantage que de la simple courtoisie. Une sorte de respect et d'affection filiale. Ils représentaient l'un pour l'autre tout ce qu'ils n'étaient pas et rêvaient d'être : elle, la madone noire américaine, emblème d'un monde nouveau ; lui, le vieil Européen forgé par les soubresauts de l'ancien monde.

Susan Rice avait été la première à féliciter Rein Laristel après son élection à la tête de l'ONU. Pendant quelques semaines, elle allait devenir son interlocutrice privilégiée dans le cadre du Quartet. Créé en 2002 au plus fort des violences israélo-palestiniennes, ce groupe de travail comprenait les États-Unis, l'Union européenne, la Russie et l'ONU. Il était censé servir de médiateur dans un processus de paix qui n'avait plus de réalité que dans les livres d'histoire.

— Dommage que vous arriviez au moment où je m'apprête à partir. À nous deux, nous serions peut-être parvenus à pacifier le monde.

— Il n'est pas trop tard, Susan. Il nous reste deux mois. Tout peut encore arriver…

— Ne parlez pas de malheur. Je rêve d'un break. Six mois de repos total. Sans téléphone. Sans informations. Rien. La forêt. Le lac. Quelques livres…

Il avait soupiré, songeant à Marina qui l'attendait dans leur maison en bois.

— Oui, je comprends. J'en rêve aussi. Mais j'aime également l'idée d'être encore utile, de mettre ma vie passée au service des générations nouvelles. Que toutes ces années n'aient pas été vécues en vain.

— Vous pensez trop, Rein, je suis plus basique. Ou plus égoïste. Les nouvelles générations n'ont qu'à se débrouiller toutes seules. Moi, j'ai assez donné…

Il s'était tu un instant. Puis il l'avait interrogée, de sa belle voix grave, qui commençait – un soupçon – à chevroter :

— Vous connaissez la théorie des attracteurs étranges de David Ruelle ?

— Jamais entendu parler.

— Un physicien théoricien. Intrigué par les phénomènes chaotiques, il a élaboré une théorie qui montre que le chaos est organisé, lui aussi, selon des figures structurantes. Songez, Susan, que nous sommes peut-être là pour consolider ces figures structurantes, pour faire en sorte que ce chaos ait un sens…

— C'est bien ce que je disais, Rein, vous réfléchissez trop. Je ne comprends rien à ce que vous racontez. Je ne vois pas comment le chaos peut avoir un sens. En tout cas, je vous souhaite sincèrement de le trouver s'il existe. Quand vous le pourrez, venez me rendre visite dans ma maison au bord du lac. Toutes mes amitiés à Marina la prochaine fois que vous l'aurez au téléphone…

Ils ne s'étaient pas reparlé. Jusqu'à ce coup de téléphone de la veille. Cet échange lui rappelait des jours si sombres qu'il se mêlait dans sa mémoire à sa propre histoire.

Il avait décroché au moment où il s'apprêtait à quitter son bureau.

— Susan Rice.

— Susan ! Je pensais à vous il y a quelques instants…

— Que me disiez-vous au lendemain de votre élection, Rein ? Que tout pouvait encore arriver ?

— Quelque chose comme ça, oui…

— Eh bien, c'est le cas…

Là-haut, au-delà de la cime des arbres, le ciel semblait coulé en plomb. Rein Laristel resserra machinalement les pans de son pardessus, glacé.

*
* *

Eli Bishara était accoudé à une table en Formica du Shawarma Palace, rue Salah-Eddin, concentré sur les lamelles de viande graisseuse qu'il tentait d'attraper avec des morceaux de pita, quand des cris venus de la porte de Damas le poussèrent à se lever pour rejoindre la grappe humaine massée sur le trottoir. À coups de coude et de hanche, il se fraya un chemin entre deux femmes voilées qui dégageaient une force insoupçonnable sous leurs amples robes noires, et tourna la tête vers la gauche.

Il ne comprit pas tout de suite de quoi il s'agissait. Un incendie ? Une manifestation ? Un petit groupe de Palestiniens arrivait en hurlant, les yeux exorbités, comme s'ils fuyaient le diable. Ils couraient sur la chaussée au mépris des voitures qui pilaient net, paralysant le trafic, ajoutant au chaos. Bishara donna un ultime coup de coude à la masse de chairs qui lui bloquait le passage et parvint à s'extraire du groupe qui grondait déjà, gagné par la panique qui suintait de ceux qui criaient là-bas.

— Qu'est-ce que… ?

Bishara avait assisté à de nombreuses émeutes durant la dernière intifada ; il s'était trouvé à plusieurs reprises sur le lieu d'un attentat sanglant, quand la mort semble figer dans l'air la moindre goulée d'oxygène ; mais jamais il n'avait ressenti l'angoisse folle qui se dégageait des hommes et des femmes qui, en cet instant, couraient vers lui. Un vieillard le bouscula en fonçant dans la direction de l'Institut Madeleine-Albright, le commissaire se raccrocha à un autre qui observait la scène les bras ballants et s'affaissa contre une voiture tel un fétu de paille.

Il se retrouva à quatre pattes, groggy. Autour de lui, la foule grondait de plus en plus fort, il flottait dans l'atmosphère une sorte d'hystérie qui le saisit aux tripes, une sensation inouïe, comme si le bloc de certitudes qui constituait la base de toute vie humaine venait de voler en éclats.

Il se releva à moitié, prenant appui sur une poubelle débordant des restes du Shawarma Palace, des bouts de gras mêlés aux morceaux de pitas racornis et des épluchures de légumes flétrissant au soleil, quand soudain il comprit les mots hurlés par la foule :

— C'est les juifs ! C'est les juifs !

Il parvint enfin à se mettre debout et agrippa le bras d'une jeune femme qui courait.

— Qu'est-ce qui se passe bon sang ! C'est quoi ce raffut ?

— C'est les juifs ! C'est les juifs ! Ils ont empoisonné l'eau de La Mecque ! Nos frères sont en train de mourir là-bas, ils veulent nous exterminer jusqu'au dernier…

Et la fille se dégagea pour reprendre sa course folle, suivie par d'autres qui irradiaient la même démence.

Un enfant abandonné au milieu de la chaussée se mit à pleurer, paniqué par la bousculade et les cris. Le commissaire fendit la foule et s'agenouilla près de la fillette qui serrait contre elle un téléphone portable en plastique dont les touches pendaient, démantibulées.

— Où est ta maman ?

La morve au nez et les yeux à moitié collés, comme bon nombre de petits Palestiniens, elle indiqua du doigt la direction dans laquelle ils couraient tous, et sanglota de plus belle, agrippée à son jouet. Bishara la soulevait dans ses bras pour la mettre à l'abri quand une femme en furie se jeta sur lui.

— Rendez-moi ma fille ! Rendez-moi ma fille !

Son voile s'était détaché et des mèches de cheveux balayaient son visage en sueur, elle tremblait de fureur.

— Vous êtes qui, vous, d'abord ? Vous n'êtes pas d'ici !

Et se tournant vers la foule, elle se mit à hurler :

— Il n'est pas des nôtres ! Il va nous empoisonner aussi !

Sentant venir le danger, Bishara apostropha la femme en arabe avec une brutalité qui eut pour effet de la calmer aussitôt. La tête rentrée dans les épaules, elle saisit la fillette par la main et s'enfuit en jetant des regards inquiets derrière elle. Le commissaire dédaigna les coups d'œil suspicieux, et s'approcha d'un pas assuré du centre culturel français dont la porte avait été fermée à double tour quelques instants plus tôt par un gardien apeuré. Il s'adossa contre la grille, saisit son téléphone et composa le numéro d'Ashkenazi.

Le chef de la police décrocha dans la seconde.

— Eli… J'étais en train de t'appeler…

— C'est quoi cette histoire d'empoisonnement à La Mecque ? Je suis rue Salah-Eddin, ils semblent tous avoir perdu la raison…

— On n'y comprend rien. Il semblerait qu'une épidémie d'origine inconnue soit en train de faire des ravages à La Mecque, en plein pèlerinage. Et les musulmans accusent les juifs d'avoir empoisonné l'eau des puits de Zamzam…

— Attends… Tu veux dire que cette hystérie-là est en train de balayer le monde entier ?

— Elle touche surtout Jérusalem-Est. Mais je suppose que c'est une question d'heures. Comment est la situation là où tu es ?

— Ils ne sont que quelques dizaines, mais leur folie risque de gagner les autres et la situation peut déraper très vite. Qu'est-ce que je fais ?

— Des dizaines de cars de police sont en train de se diriger vers Jérusalem-Est, ils seront là d'une minute à l'autre. On va investir les lieux, décréter le couvre-feu. Idem pour la vieille ville. Les territoires palestiniens sont bouclés, de ce côté-là ça devrait aller. Et la sécurité des colonies doit être renforcée. Ce qui m'inquiète le plus, ce sont les Arabes israéliens…

Un long silence s'étira entre Bishara et Ashkenazi. L'air sentait le pneu brûlé et la pourriture, odeur presque consubstantielle aux territoires palestiniens, songea le commissaire dont les neurones ne parvenaient plus à distinguer la réalité du cauchemar.

Le directeur de la police se racla la gorge.

— Bishara, je… je pense connaître ta réponse mais il faut que j'en sois sûr à cent pour cent, tu comprends ?

Le commissaire sentit soudain la solitude peser physiquement sur ses épaules. Ils se méfieraient toujours de lui. Quoi qu'il fasse. De chaque côté.

— Dans cette histoire, tu es avec nous ou contre nous ?

*
* *

Le hall en marbre blanc lui fit l'effet d'une douche fraîche après la sieste. Il y avait des jours où Andreï Sokolov ne supportait plus les vieilles pierres, la foule, les odeurs, la lumière ; il rêvait de glace, de neige, de blanc, de métal. D'un lied de Mahler dans le calme de son penthouse, climatisation poussée au maximum. Depuis que la campagne électorale avait commencé, il avait la sensation que tout lui collait à la peau : les gens, le graillon, le bruit, les regards. Et surtout la sueur, qu'il combattait avec plus de vigueur encore que les Arabes, mais de façon tout aussi vaine : ça dégoulinait, ça collait, ça sentait, on avait beau nettoyer, ça revenait toujours. *Kachmar !* comme on disait chez lui.

Un groupe de juifs américains, kippa sur la tête, fit irruption dans l'hôtel en braillant, il accéléra le pas et s'engouffra dans l'ascenseur. Il y avait des jours aussi où tout l'excédait : les juifs comme les

Arabes, il ne parlait même pas des chrétiens, ce ventre mou de l'humanité.

C'est cet attentat contre Zeev Kilmann qui l'avait mis hors de lui. Heureusement que ce type n'était pas mort, il serait devenu un héros et le camp de la paix aurait été projeté sur le devant de la scène, lui qui ne représentait rien de plus qu'une poignée de barbus illuminés et de vieilles peaux habillées de noir. Il fallait être débile pour imaginer débarrasser le pays d'un quelconque danger en éliminant ce pauvre fou.

L'ascenseur s'ouvrit sur une pièce au plafond si haut qu'on le distinguait à peine, voilé de gris et de noir pour étouffer la lumière qui entrait à flots par la baie ouverte sur les remparts de la vieille ville, au bout du quartier de Mamilla.

Murs blancs et nus, assortis à la moquette et au canapé géant, aucun objet, aucune trace d'être humain, le comble du luxe.

Sokolov se rua dans sa chambre, une pièce sans fenêtre, ronde, de même forme que le lit qui trônait au milieu, et se débarrassa de ses vêtements comme on s'arrache une peau morte. Un peignoir et il s'affala sur le canapé, boîtier en main. Il avait dix minutes pour s'informer de la marche du monde.

Le mur qui lui faisait face s'ouvrit en deux, laissant apparaître un écran géant. Au même moment, une jeune femme brune en robe rouge se glissa dans la pièce par une porte escamotée poussant un chariot avec divers ustensiles et deux bassines d'eau. Sokolov s'enfonça dans le canapé avec un soupir d'aise et ferma les yeux. Le monde pouvait bien patienter quelques secondes.

La jeune femme s'agenouilla à ses pieds, écarta doucement les deux pans du peignoir qui dégagèrent un sexe tendu à rompre. Visage impénétrable, gestes précis, elle saisit une sorte de gant-éponge qu'elle mouilla d'eau chaude avant de le glisser délicatement sur le corps du Russe qui s'abandonnait sur son siège, jambes écartées, bouche entrouverte. Quand le gant attaqua son sexe, il siffla entre ses dents : « Vite... » Elle écarta à son tour le haut de sa robe qui s'ouvrit sur une poitrine gonflée par la pression du tissu, il empoigna les deux seins en grognant tandis qu'elle tendait ses lèvres laquées de rouge vers le sexe qu'il tentait fébrilement d'approcher de son visage. L'affaire fut expédiée en quelques secondes, le Russe n'était pas du genre à perdre son temps.

Elle s'employait à le laver une nouvelle fois quand il pressa un bouton sur le boîtier et brancha CNN. Il se redressa en rugissant, écartant d'un geste brusque la jeune femme qui tomba à la renverse, retournant les bassines d'eau chaude qui s'étalèrent sur la moquette. Sokolov venait de reconnaître Jérusalem-Est. Des hordes de Palestiniens y couraient en tous sens, comme possédés. La voix du journaliste, grimpant dans les aigus, commentait en direct. « Depuis une heure, les rues de Jérusalem-Est sont le théâtre d'un spectacle d'un autre âge. Des dizaines, et bientôt des centaines de Palestiniens dévalent la chaussée en accusant les juifs d'avoir empoisonné les pèlerins de La Mecque. Pour l'heure, aucune image ne nous est parvenue d'Arabie Saoudite mais il semblerait en effet qu'une épidémie d'origine inconnue soit en train de décimer les rangs des pèlerins et que ceux-ci en fassent porter la responsabilité aux juifs. Avec leurs téléphones portables, ils sont en train de soulever le monde entier contre Israël. Une tension terrible est perceptible dans les rues de Paris, Londres, Casablanca, Tunis, Amman ou Jakarta... »

Sokolov fixait les images, si crispé que la main de la jeune femme, quand elle le frôla en ramassant les objets épars, lui fit l'effet d'une décharge électrique. Il se leva d'un bond et, excédé, fit signe à la brunette de déguerpir. Quelque chose de dingue se déroulait sous ses yeux mais il ne parvenait pas à savoir s'il s'agissait d'une catastrophe ou de l'élément manquant qui allait lui permettre de remporter l'élection haut la main.

Et pourquoi n'avait-il rien vu venir, rien senti dehors ? Cela signifiait-il que les émeutes étaient circonscrites à Jérusalem-Est ? Qu'avait-il fait ce matin ? Son planning était si chargé que ses journées finissaient par se fondre en un magma de moiteur, de congratulations, d'embouteillages, et de raki tiède. Oui, c'est ça, il s'était rendu au palais de la Nation, pour une rencontre avec la communauté russe. À l'autre bout du quartier palestinien.

Sokolov se rassit et décrocha le téléphone incrusté dans le canapé. Il n'eut qu'une touche à presser pour composer la ligne directe du Premier ministre.

— Moshe ? Je viens de voir les images sur CNN. Est-ce que tu penses pouvoir maîtriser la situation rapidement ?

L'autre soupira.

— Aucune idée. On est dans l'irrationnel pur. Tout va dépendre des Arabes israéliens. S'ils restent calmes, on devrait pouvoir s'en tirer. Sinon…

Un silence lourd de menaces s'étira entre les deux hommes. Sokolov se racla la gorge.

— Je crois que c'est le moment de les couper du reste du pays, on ne peut pas prendre le risque de les voir déferler dans les rues d'Israël en criant : « Mort aux juifs ! » Or, dans une affaire comme celle-ci, ils vont forcément se montrer solidaires de leurs frères palestiniens.

— Je sais, je sais… Mais c'est plus facile à dire qu'à faire ! On peut boucler sans problème Oum el-Fahem et même une partie de Nazareth, mais comment feras-tu pour isoler les Arabes dans des villes comme Haïfa, Akko, Jaffa ? En faisant des descentes dans les quartiers et en raflant ceux qui ne sont pas de la bonne origine ? Tu imagines ce que ça va provoquer comme réactions dans le reste du monde ?

Depuis plusieurs mois, Andreï Sokolov se battait pour imposer une loi exigeant des Arabes un serment de loyauté à l'État d'Israël. « *Bli ne'emanout, ein ezrahout* » : « Sans loyauté, pas de citoyenneté », l'affaire avait fait grand bruit. Mais le gouvernement restait partagé. Certains craignaient la réaction de la communauté internationale, d'autres considéraient la mesure comme inutile : qui pouvait assurer que les

Arabes respecteraient leur serment ? Le Premier ministre, un séfarade grandi dans le désert du Néguev, avait toujours considéré les Arabes comme une cinquième colonne. Du temps où il était simple député, il s'était rendu célèbre pour les avoir comparés à des « vers » qui s'emploieraient « de manière souterraine » à « faire du mal au peuple juif ». Mais, depuis qu'il était Premier ministre, il avait tempéré ses propos, apprenant que l'art de gouverner tenait d'un savant mélange de fermeté et de compromis.

Sokolov étouffa un ricanement.

— Je crois que tu te fourres le doigt dans l'œil jusqu'au coude. Dans cette affaire, c'est nous les victimes, pas eux. Personne ne peut croire une seconde que leurs accusations sont fondées. Dans ces circonstances, si les Arabes nous attaquent, nous nous devons de réagir. Et surtout de prévenir ! C'est l'occasion que nous attendions Moshe, ce serait trop bête de la laisser passer…

*
* *

Un silence de mort s'était abattu sur la grande salle de réunion de l'hôpital Ajyad. D'un geste machinal, Youssef Chedid tourna la tête vers les tulipes qui ondulaient sur les murs, cherchant sans doute une ultime trace de douceur. Mais la vision des images artificielles eut sur lui l'effet inverse. Ici, même les fleurs semblaient vidées de leur substance vitale…

Il était en compagnie de Souleiman Pasha quand le standard les avait alertés par haut-parleur. L'Institut Pasteur était en ligne, il ne parvenait pas à joindre le Dr Chedid sur son portable, la saturation des réseaux sans doute, pouvait-on leur passer la communication dans la salle de réunion ? Les deux hommes avaient foncé au dernier étage, rameutant au passage les rares médecins disponibles. De l'information qui allait leur être donnée dépendait le sort de milliers de personnes.

Au téléphone, une voix d'homme, bizarrement faible, comme si un poids compressait ses cordes vocales.

— Docteur… Nous avons été un peu longs, nous en sommes désolés, nous avons voulu nous assurer que nous ne nous étions pas trompés. Les résultats des analyses nous semblaient tellement invraisemblables. Mais ils sont bons.

— Quoi donc ? Vous allez accoucher, oui ou non ? Vous savez bien que chaque seconde compte !

— La peste. Vous avez affaire à une épidémie de peste, docteur Chedid.

Même si, au fond de lui, il s'attendait à cette catastrophe, l'Égyptien avait eu un quart de seconde d'absence totale. Les mots avaient perdu leur signification, aucun d'eux ne semblait vouloir se fixer dans son cerveau saturé. Il ne ressentait rien, qu'une immense fatigue. S'il avait été seul, il se serait laissé glisser de son siège pour s'allonger sur le sol glacé et fermer les yeux. Cela faisait si longtemps qu'il n'avait pas dormi que le sommeil l'aurait emporté très vite, et avec lui cette angoisse indicible qui lui tordait le ventre.

Mais il n'était pas seul. Souleiman Pasha fixait sur lui des yeux écarquillés et la voix au téléphone reprenait de la vigueur.

— Docteur Chedid ? Vous êtes toujours là ?

— Je… oui… je suis toujours là. Vous avez bien dit la peste ?

— Oui. La peste.

— Mais… cette maladie n'a pas été éradiquée depuis longtemps ?

— Si… en principe. Seulement… nous sommes là en présence d'un de ces fléaux qui affectent aussi bien l'homme que l'animal et qui peut donc réapparaître à tout moment. La peste a disparu d'Europe depuis plus d'un siècle mais elle circule toujours parmi les rongeurs sauvages de divers pays d'Asie, d'Afrique et d'Amérique. Je vous rappelle que nous avons en commun avec le chien au moins soixante-cinq pathologies et que cinquante maladies bovines peuvent se transmettre à l'homme, sans parler de celles des moutons et des chèvres. Avec le porc, quarante échanges sont possibles, plus de trente avec le cheval, le rat et la souris, et au moins vingt-quatre avec la volaille. Il existe donc plusieurs centaines de germes latents chez l'animal qui peuvent à tout moment passer à l'homme et muter dans son organisme. Le grand pèlerinage de La Mecque, qui réunit des gens de tous les pays du monde, ou presque, est sans doute le lieu et le moment le plus propices à l'apparition d'un tel phénomène.

De l'autre côté de la table, Souleiman Pasha se leva brutalement, les doigts crochetés sur le col de sa chemise qu'il tentait maladroitement d'ouvrir. « Je manque d'air… saleté de chemise… » Chedid fit signe à un des médecins présents. « Tu peux monter la clim ? Moi aussi j'étouffe… » Un autre se mit à trembler, visage convulsé. « La peste… et je n'ai même pas mis de masque, ni de gants… »

La clim fut poussée à fond et pourtant ils peinaient tous à respirer. Chedid sentit qu'il fallait reprendre la main, ou ils allaient tous devenir fous.

— Bien. Essayons d'être constructifs. Vous êtes toujours en ligne ?

— Oui, oui. Nous sommes là. Et croyez bien que nous vous apporterons toute l'aide nécessaire… dans la mesure de nos moyens, bien sûr.

— Justement. Vous imaginez bien que nous sommes totalement démunis…

— Ce qu'il y a, c'est que je… je ne vous ai pas encore tout dit.

Chedid sentit au son de la voix que la suite ne lui réservait rien de bon. Ni à lui, ni à ces milliers de pauvres bougres qui, à quarante kilomètres à la ronde, en étaient réduits à se remettre corps et âme entre les mains d'Allah.

— Allez-y… mieux vaut tout déballer d'un coup. Je crois qu'on est mûrs, là…

L'Égyptien leva les yeux vers ses collègues et réprima le sourire qui lui naissait au coin des lèvres. Ils n'étaient pas beaux à voir. Comme si leurs traits avaient fondu d'un coup.

À l'autre bout de la ligne, le scientifique s'éclaircit la voix :

— Je ne sais pas si vous vous souvenez de vos cours de médecine générale mais…

— S'il vous plaît, soyez bref… nous avons beaucoup de travail.

— Il s'agit de la forme de peste la plus dangereuse. La peste pulmonaire primitive. Mortelle à cent pour cent en l'absence d'un traitement précoce. Et terriblement contagieuse.

*
* *

Ils allaient prendre sur la droite, pour attraper directement la route d'Eïn Kerem, quand des dizaines de véhicules militaires les dépassèrent en trombe. À l'arrière de chaque blindé, des soldats en armes se tenaient prêts à bondir.

Ana se dévissa la tête pour suivre le convoi des yeux, mi-fascinée, mi-inquiète.

— C'est quoi, ça ? Une opération en cours dans les territoires ?

Michel jeta un œil surpris dans le rétroviseur.

— Je n'ai entendu parler de rien. Peut-être un exercice de simulation. Ils n'arrêtent pas. Pour maintenir la population dans un état d'angoisse qui permette de justifier tous les excès. Tu ne sais pas ce qu'ils nous ont fait le mois dernier ? Les responsables de l'armée avaient demandé aux Israéliens d'entreposer des vivres, de l'eau et des trousses de premier secours dans les abris. Figure-toi que le scénario envisageait une attaque simultanée d'Israël par des missiles et des roquettes, des attentats terroristes massifs et pour couronner le tout… un tremblement de terre ! La totale !

— Les gens se sont exécutés, je suppose.

— Bien sûr. Et je ne peux pas les en blâmer. Il y a quand même un paquet de méchants cons qui aimeraient nous rayer de la surface du globe. Un jour ou l'autre, tout ça finira par arriver… Mais le tremblement de terre n'était peut-être pas nécessaire.

Depuis qu'ils avaient quitté l'autoroute, le paysage avait changé. De périurbain, il était devenu champêtre. Petites routes à flanc de colline, forêts accrochées aux vallons, ruisseaux serpentant entre les roches. Maisons en pierre cachées sous les citronniers et les bougainvilliers. On était tout proche de la plaine où, selon la légende, David avait terrassé Goliath. Un lieu protégé des dieux. Sans une trace de béton.

Ana savourait chaque image qui défilait sous ses yeux. Comment pouvait-on éprouver à la fois autant de détestation et d'amour pour un pays ?

Elle posa sa main sur celle de Michel.

— Dis-moi. Comment fais-tu pour supporter tout ce qui se passe ici ? Et surtout pour continuer à te battre ? Toute ta vie, tu as milité pour la paix, et regarde le résultat. La situation empire de jour en jour. Excuse-moi d'être aussi directe mais est-ce que ce n'est pas, pour toi et pour mon oncle, un échec total ? Surtout après ce qui vient de lui arriver ?

Il se tourna vers elle, un triste sourire au coin des lèvres.

— Tu sais, moi qui suis un grand randonneur, j'ai l'impression d'avoir grimpé une montagne, lentement, avec des gens qui m'ont rejoint au fil de la montée. Un jour, je suis parvenu au sommet, j'étais heureux, galvanisé même, quand tout à coup j'ai glissé brutalement pour tomber plus bas encore que là où j'avais commencé mon ascension, moi et tous ceux qui m'avaient suivi. Ce sommet, ce fut l'assassinat d'Yitzhak Rabin. Après lui, on n'a connu que des chefs qui ne pensaient qu'à nous ramener le plus loin possible en arrière. Nous regrimperons la montagne un jour, je le sais, car il n'y a pas d'alternative. Mais ce sera probablement sans moi, je ne serai plus là pour le voir. Les gens qui vivent ici sont des fous furieux, c'est vrai mais, malgré tout, je les aime. Ce sont mes frères. Et puis… c'est mon pays. Je suis tellement attaché à ces paysages…

À cet instant, une sonnerie de téléphone retentit et Ana mit quelques instants à comprendre qu'il s'agissait de son appareil. Sur l'écran, s'affichait le nom de Zaynab.

— Ana ? C'est bien toi ?

— Mais oui, c'est moi. Qui veux-tu que ce soit d'autre ?

— Ana, j'ai eu tellement peur, tu es où ?

— Je viens d'arriver en Israël, tu n'as pas reçu mon…

— En Israël ? Mais… tout est normal ?

— Normal, normal… rien n'est normal ici, tu sais bien. Mais rien d'inhabituel…

— Tu n'as donc pas vu les images à la télé ?

— Non, j'arrive juste, je suis en route vers l'hôpital. Que se passe-t-il ?

— Les musulmans sont en train de se soulever contre les juifs et ils sont particulièrement échauffés à Jérusalem-Est.

— Quoi ? Qu'est-ce que tu racontes ?

— C'est sur les chaînes d'information continue, et sur le web. Un déchaînement d'attaques antisémites…

— Mais… pourquoi ?

— Une épidémie est en train de faire des ravages à La Mecque. Les musulmans accusent les juifs d'avoir empoisonné leur eau. Ils deviennent tous fous, Ana. À Istanbul, des familles juives auraient été agressées. J'ai eu si peur pour toi…

— Tout cela ne rime à rien. Je regarde comment la situation tourne ici et je te rappelle…

Quand elle raccrocha, Ana se rendit compte que Michel était lui aussi au téléphone. Il parlait hébreu avec un effroyable accent français et mangeait la moitié de ses mots. Il en avait trop à dire, sans doute.

Quand il eut fini, il se tourna vers elle, blême.

— Tu as entendu ?

— Cela explique peut-être le convoi militaire…

— Qu'est-ce qu'on fait ? Ton oncle ne craint plus rien, il ne sait même pas à quelle heure ton avion devait atterrir. Cela t'embête si on va jeter un œil du côté de Jérusalem-Est ? Je n'arrive pas à croire ce qu'on vient de me dire. Il faut que j'en aie le cœur net.

Ana n'hésita pas un instant.

— Allons-y…

*

* *

Le corps de Mounir Baraka avait été balancé – un pur hasard – dans le même camion frigorifique que ceux de son oncle et de son grand-père. Les trois hommes étaient morts sans se revoir, dans deux hôpitaux différents, unis par le seul espoir que la femme laissée là-bas ne soit pas en train de s'éteindre dans des souffrances aussi terribles que les leurs.

Ibrahim el-Hakim avait vu sa fille exhaler son dernier souffle dans ses bras, petit corps tordu dans des convulsions qui, sur la fin, s'enchaînaient sans un seul instant de répit. Il n'avait rien pu faire, pas même alléger les douleurs de l'enfant. Les hôpitaux avaient distribué leurs derniers stocks d'analgésiques. Pris d'assaut par la foule, ils jetaient désormais les malades à la porte et les morts à la benne, impuissants.

Ravagé par le chagrin, Ibrahim el-Hakim s'était terré dans un recoin de béton, cramponné à la dépouille de sa fille qu'il ne pouvait se résoudre à voir jetée sur un tas de cadavres. À ses côtés, sa femme commençait à décliner. Son corps, affaibli par la chaleur et le manque de nourriture, était secoué par de violentes quintes de toux. L'appétit coupé par le malheur, ils n'avaient rien avalé depuis plus de vingt-quatre heures. D'une voix sifflante, elle interrogea son mari :

— Tu crois que c'est vrai ce qu'ils disent ?

Il posa sur elle un regard sans vie.

— Quoi ?

— Que les juifs ont empoisonné notre eau…

Il esquissa un faible sourire.

— Je ne crois plus rien…

Elle posa sa main sur le bras de son mari.

— Dis… Ibrahim.

— Oui ?

— Tu m'enterreras avec elle, n'est-ce pas ? Tu ne les laisseras pas nous ensevelir dans une fosse publique ?

Il se tourna vers elle, les yeux écarquillés par l'horreur que lui inspiraient ses propos.

— Tu ne penses pas ce que tu dis ?

Elle posa sa tête sur son épaule, trop lasse pour se tenir droite. Sa voix n'était plus qu'un souffle sec et cassant.

— Allons, Ibrahim. Pas de ça entre nous. Tu sais bien que j'ai attrapé le mal. Et que rien ne le guérit. Regarde autour de nous… Si tu en réchappes, tu penseras au bonheur que je ressens de partir rejoindre notre fille. Et de finir ma vie là où tout a commencé. Ne nous pleure pas, je t'en conjure. Mets-toi plutôt au service des autres. Essaie de comprendre ce qui nous est arrivé. Et fais en sorte que… que…

Une quinte de toux d'une brutalité sans précédent

empêcha la jeune femme de continuer. Ibrahim el-Hakim se jeta sur elle.

— Reste avec moi ! Je t'en supplie, reste avec moi !

Il n'y avait plus rien à faire. Quand elle releva la tête, après avoir craché de la bile pendant d'interminables minutes, une mousse rose s'était déposée à la commissure de ses lèvres. Il sut alors qu'elle avait raison. Comme d'habitude.

De grosses larmes coulèrent sur son visage, qu'elle tâcha maladroitement d'essuyer du doigt.

— Fais en sorte que cela ne déclenche pas une de ces guerres sanglantes et stupides dont les hommes ont le secret. Promets-le-moi, ainsi je partirai tranquille. Promets-le-moi…

Il enfouit sa tête contre la poitrine de sa femme, cherchant une dernière fois à sentir battre son cœur.

— Je te le promets…

Le visage de la jeune femme se détendit d'un coup. Elle passa doucement le doigt sur la joue de son mari, comme pour emporter avec elle le souvenir du moindre de ses traits, et sourit faiblement.

— Alors, je pars en paix…

Et son corps s'affaissa comme une feuille morte sur un chemin de cailloux.

Nabil el-Sayyad, lui, n'eut pas cette chance. Aveuglé par la haine des juifs, qu'il croyait repérer en chaque garde armé, le Palestinien se jeta sur un membre de la Muttawa qui gardait la Kaaba, lequel n'eut d'autre choix que de sortir un couteau qu'il ficha entre les côtes de son agresseur. Son fils, qui tentait de lui porter secours malgré sa faiblesse, fut fauché par la rafale de mitraillette qu'un agent de sécurité accouru à la rescousse lâcha sans même réfléchir. L'adolescent s'écroula sur son père qui poussa un hurlement d'une telle intensité que le garde agressé l'acheva d'une balle dans la tête, craignant que son cri ne provoque une émeute.

Les pèlerins encore valides observaient la scène sans trop savoir quel mal ils devaient redouter le plus : la folie des hommes ou la punition de Dieu. Mais la punition de quoi ? Qu'avaient-ils fait pour mériter un tel châtiment ?

Il fallut beaucoup de temps et de sueur à Ibrahim el-Hakim pour tenir la promesse faite à sa femme. Sous la direction du Dr Youssef Chedid, les autorités médicales et policières avaient reçu l'ordre d'organiser une très stricte mise en quarantaine des malades et surtout, malgré l'interdit qui pesait sur cette pratique chez les musulmans, l'incinération immédiate des morts. La maladie était si contagieuse que l'on ne pouvait se permettre de conserver en pleine chaleur des centaines, bientôt des milliers, de cadavres contaminés. Les camions frigorifiques étaient pleins jusqu'à la gueule et les experts étaient formels : le germe de la peste restait particulièrement résistant dans un corps en putréfaction.

Il avait fallu toute la finesse diplomatique de Souleiman Pasha pour convaincre le ministre saoudien des Affaires religieuses d'accepter que des convois funéraires emmènent les dépouilles à une centaine de kilomètres de La Mecque, pour y être brûlées, en plein désert. Nul ne devait voir ce brasier qui, plus que tous les autres, incarnait le feu de l'Enfer. Le feu de la Géhenne.

Même la toilette de purification avait été proscrite. Les liquides organiques auraient pu véhiculer les germes. Seule concession faite aux rites religieux, les corps ne devaient pas être jetés en vrac mais disposés de telle façon qu'ils soient orientés vers La Mecque. Pour effectuer ce travail abject, on avait extrait des prisons une dizaine de condamnés à mort. Malgré l'insistance de Chedid, il avait été jugé inutile de les équiper de gants et de masques. Leur vie ne valait déjà plus rien.

Ces dispositions avaient d'abord provoqué le grondement de la foule. Mais celle-ci était si faible, si désemparée, si inquiète pour ceux qui vivaient encore, que le sort des morts était bien vite passé au second plan.

Pour renforcer les équipes d'infirmiers, Pasha et Chedid avaient entrepris de recruter des pèlerins non contaminés, jeunes si possible, et sans charge d'âmes. Affublés d'une blouse blanche, ceux-ci avaient la consigne d'arpenter les ruelles et les grands lieux de rassemblement de La Mecque pour séparer les individus sains de ceux qui commençaient à manifester les symptômes de la maladie. Le travail s'effectuait dans des conditions déchirantes, les maris refusant de laisser partir leurs femmes, les mères s'accrochant à leurs enfants qui n'avaient même plus la force de pleurer.

–

Peut-être parce qu'il n'avait plus rien à perdre, Ibrahim parvint à déjouer la vigilance de ces patrouilles d'un autre âge et, alors que le soleil plongeait dans les entrailles de la terre, à l'heure d'al-Maghrib, la prière du couchant, il échoua sur un recoin de terre entre deux dalles de béton que surplombait un eucalyptus.

Il creusa le sol à mains nues jusqu'à ce que les derniers rayons disparaissent au loin et déposa délicatement les deux corps enlacés au fond du trou avant de les recouvrir d'une couche de terre fraîche.

*

* *

Il ne l'avait jamais considéré comme un vieil homme. Même son épaisse chevelure blanche ne parvenait pas à faire courber l'échine à Zeev Kilmann.

Mais quand il aperçut l'universitaire sur son lit d'hôpital, à peine protégé du regard des autres par un rideau en plastique sale que les infirmières ne cessaient d'accrocher avec leurs chariots roulants, Eli Bishara éprouva la même brûlure qui l'avait torturé de longs mois après la mort de son père. Il avait sous les yeux un être en partance, étouffé par ses pensées, ses souvenirs, ses peurs, ses croyances… Que deviendrait tout ça après son départ ? Un tas d'os enfoui sous une terre dont il n'était même pas sûr qu'elle ne le vomirait pas un jour.

Il régnait dans la pièce un bruit effroyable. Autour du lit voisin, sur lequel reposait un jeune homme au corps percé de tuyaux, une famille s'était installée, déployant les mêmes tables en plastique qui fleurissaient le samedi sur la pelouse du parc Sacher, couvertes de bouteilles de soda et de sachets de *bambas*, ces chips aux cacahuètes dont les Israéliens gavaient leurs enfants, pensant leur donner des vitamines. Une radio posée sur la table de chevet diffusait la dernière émission à la mode, un débat entre une vedette de la téléréalité et un auditeur tiré au sort, et les parents du malade s'esclaffaient, haussant le ton pour couvrir le bruit ambiant.

Le commissaire s'approcha à pas lents et tira le rideau. Kilmann posa sur lui un regard étonné.

— Nous nous connaissons ? Je…

— Commissaire Bishara. Je suis chargé d'enquêter sur l'agression dont vous avez été victime. Je voulais venir plus tôt mais…

L'universitaire leva doucement la main.

— Ne vous fatiguez pas. Je sais tout. Vous entendez la radio à côté ? Elle est branchée en permanence, même la nuit. J'ai bien tenté de… mais…

Et il esquissa un pauvre sourire.

— Ils ont l'avantage du nombre…

Bishara tira une chaise à lui.

— Vous avez tout ce qu'il vous faut ?

— Tout ce qu'il me faut ? Mon Dieu, non, je n'aurai jamais plus tout ce qu'il me faut et en même temps, merci, je n'ai besoin de rien… Ma nièce va venir, c'est la seule chose qui compte.

— Elle vit à Jérusalem ?

Le regard de Kilmann s'éclaira.

— Non, elle vient d'Istanbul. J'aurais préféré qu'elle s'installe ici mais… je comprends qu'elle préfère rester là-bas. Elle y a une partie de ses racines…

Un silence s'installa entre les deux hommes. Silence, le mot était peut-être excessif. Derrière le rideau, la mère du jeune malade avait fini par mettre la main sur son portable qui sonnait depuis de longues minutes, faisant résonner la Tikva, l'hymne israélien, dans un bruit de casseroles ébréchées.

Bishara se pencha vers le lit.

— Vous savez ce qui s'est passé ?

Kilmann passa une main longue et pâle sur ses joues émaciées qu'une barbe de trois jours peinait à arrondir.

— Depuis le temps que je reçois des menaces de mort, ça devait finir par arriver… Cela dit, je ne pensais pas qu'ils passeraient à l'acte. Je ne suis qu'un vieil idiot. Rabin a bien été assassiné par un juif…

— Vous confirmez donc la thèse de l'attentat politique ?

Pour la première fois, Bishara vit s'afficher un vrai sourire sur le visage du militant.

— Mon jeune ami, dans la mesure où ce ne peut être un mari trompé, je ne vois pas ce que ça pourrait être d'autre. Et puis… on a retrouvé un message qui n'était pas le moins du monde ambigu, non ?

Bishara hocha la tête. Kilmann se souleva sur un coude et se pencha à son tour vers le policier. Proche à le toucher.

— De toute façon… croyez-vous qu'il soit encore temps de s'intéresser à cette misérable affaire ? J'ai entendu ce qui se passait dans les rues de Jérusalem-Est. Si les autorités de ce pays ne trouvent pas un moyen de calmer le jeu, nous courons à la catastrophe. Il y a forcément un moment où l'humiliation rend fou. Et je crois bien qu'il est arrivé…

— De quelle catastrophe parlez-vous ?

Kilmann se laissa retomber sur son lit.

— Je me bats et je me battrai sans relâche pour la paix, mais je ne me fais aucune illusion. Si un jour tous les Palestiniens, voire tous les Arabes, disparaissaient par une intervention divine, un tremblement de terre ou une épidémie, quatre-vingt-dix pour cent des Israéliens pousseraient un soupir de soulagement. De la même façon, si les Arabes avaient les moyens de nous annihiler, ils le feraient avec joie. Si les Palestiniens, les Égyptiens et tous ceux qui ont signé avec nous des accords de paix pouvaient faire en sorte que nous disparaissions, ils en seraient enchantés. Or, même si je suis contre l'occupation, même si je souhaite que les Palestiniens disposent des mêmes droits que nous, je n'accepte pas l'idée qu'Israël disparaisse. Je n'ai pas de famille, je ne suis pas religieux, si on m'enlève Israël, il ne me reste rien, je suis complètement nu…

— Je ne conçois pas comment il est possible d'être si attaché à un bout de terre sur lequel on n'est même pas né…

Kilmann soupira et laissa son regard errer sur le paysage verdoyant qui, derrière la fenêtre, apparaissait comme la seule trace de vie dans ce sinistre lieu.

— Je considère le droit de chaque homme à être maître de son destin comme un droit naturel. Un droit dont les juifs ont été privés par l'histoire et que le sionisme leur a rendu. En ce sens, pour moi, Israël n'est pas une question politique, c'est quelque chose de beaucoup plus profond, élémentaire. C'est un retour à l'humanité.

Bishara se leva brusquement.

— Je comprends. Et en même temps, j'ai du mal…

— Oui, je sais. Moi aussi, parfois, j'ai du mal. J'étais l'autre jour à la buvette de la Knesset. Quelle honte ! Quelle vulgarité ! La plupart de ces hommes et de ces femmes politiques sont devenus petits. Ils ont un comportement de mafieux… Le pouvoir, pour eux, c'est uniquement une occasion de faire de l'argent. Ils n'ont aucune vision, aucune élégance. Le marché de Mahane Yehuda, à côté, c'est la Sorbonne !

— Je crains que la population arabe israélienne ne finisse par pâtir de tout ça…

Kilmann se redressa sur son lit. La discussion lui avait redonné des couleurs. Il avait toujours aimé débattre, c'était son moteur. Si la vie était devenue si difficile, c'est qu'il n'avait plus guère d'interlocuteurs.

— Laissez-moi vous raconter un truc. Lorsque Rabin a été élu, il a demandé à voir les députés arabes et il leur a dit : « Je ne peux décemment pas avoir de députés arabes dans ma coalition mais j'ai besoin de vos voix pour mener à bien le processus de paix. » Et il leur a proposé un deal : « La situation des Arabes en Israël est catastrophique mais, je vous préviens tout de suite, il n'y a pas d'égalité possible entre juifs et Arabes. On est dans un État juif, il ne peut pas en être autrement. Cependant, je peux vous promettre beaucoup moins d'inégalités. Faites-moi une liste de vos revendications et je tâcherai d'y répondre le mieux possible. » Et il l'a fait. À cette époque, la société israélienne donnait une vraie visibilité aux Arabes. Depuis ce jour d'octobre 2000 où des soldats israéliens ont tiré sur des Arabes qui manifestaient pour soutenir leurs frères palestiniens, plus rien n'est pareil. Les menaces d'alors sont les directives d'aujourd'hui, c'est aussi simple que ça...

*
* *

— La peste !

Depuis quelques jours, Dennis Crocker avait la sensation de vivre un mauvais rêve, de ceux qui restent en mémoire longtemps après le réveil, jetant sur la réalité un voile lourd et opaque. À ses côtés, Susan Rice semblait décomposée. Peu maquillée d'ordinaire, elle avait ce jour-là forcé sur le fond de teint, ce qui accusait davantage encore le creusement de ses traits. Le diplomate avait pourtant côtoyé la secrétaire d'État dans des circonstances bien plus pénibles, au Darfour notamment, dans des camps de fortune où s'entassaient des milliers de femmes et d'enfants à l'agonie. Mais jamais il ne lui avait vu ce regard égaré.

— Dennis… Le président me somme d'agir. Mais là… nous sommes confrontés à la peste… Que pouvons-nous faire ? Vous avez eu Priscilla Knox ?

— Oui, elle arrive. Par ailleurs, l'OMS vient d'activer le SHOC, sa cellule de crise, pour analyser seconde après seconde la progression de l'épidémie. Le Centre stratégique d'opérations sanitaires avait fait un excellent travail lors de l'apparition de la grippe A, H1N1.

— Bien… organisez-moi immédiatement avec eux un contact par visioconférence.

Crocker s'activa devant un panneau où s'affichaient quatre écrans géants. Au bout de quelques instants, un homme apparut sur l'un d'entre eux. La quarantaine, brun, des lunettes à fine monture, l'air affairé.

— Docteur Lévy, vous êtes en liaison avec la secrétaire d'État des États-Unis. Mme Rice souhaiterait savoir si vous disposez d'informations nouvelles…

— Mes respects, madame Rice. Malheureusement, nous n'avons rien de neuf. Ou peut-être devrais-je dire heureusement ? Cela signifie que l'épidémie est toujours circonscrite à La Mecque.

— Comment parvenez-vous à collecter vos informations ?

— Nous avons mis en place un réseau qui devrait nous permettre de maintenir une vision planétaire de la situation. Cette cellule de crise est située dans les sous-sols de l'Organisation mondiale de la santé, à Genève. Une quinzaine de personnes s'y relaient jour et nuit. Comme vous le voyez, les lieux sont équipés d'écrans géants, d'ordinateurs et de téléphones. Ici, nous collectons, analysons et vérifions des données en provenance des six agences régionales de l'OMS mais également de ses cent quatre-vingt-treize États membres. Depuis 2007, ceux-ci centralisent les informations sur les épidémies via un point de contact qui fonctionne vingt-quatre heures sur vingt-quatre…

— Êtes-vous censés avoir des contacts avec les médias ?

— Bien sûr, cela fait partie du job. Une quarantaine d'attachés de presse, tous détachés volontaires de différents services de l'OMS, font les trois-huit pour répondre aux demandes des médias, donner des bulletins d'informations et organiser la conférence de presse quotidienne…

— Mais… le message est contrôlé, j'espère ?

— Deux fois par jour, à 9 h 30 et 17 h 30, notre directrice vient faire le point. Si elle a un doute, elle en informe le secrétaire général.

— Quelle est votre analyse de la situation ?

L'homme sembla hésiter.

— Nous sommes partis avec l'idée de contenir l'épidémie à la source. Chaque minute compte…

— Bien, je vous laisse travailler. Je me permettrai de revenir vers vous régulièrement.

La porte s'ouvrit à la volée. Précédée de Marlon Bowles, Priscilla Knox fit irruption dans la salle de réunion. Essoufflée. Comme beaucoup de personnes un peu fortes, elle était engoncée dans des vêtements manifestement choisis à une époque où elle faisait deux tailles de moins. Les boutons de son chemisier semblaient prêts à sauter et sa jupe était si serrée à la taille que, à la regarder, on en avait la respiration coupée.

Susan Rice lui lança un regard peu amène. Cette femme l'avait toujours un peu agacée : trop blonde, trop grosse, trop relâchée, trop *middle-class*. Elle ne l'avait acceptée dans son équipe que pour respecter le quota hommes-femmes. Et aussi, elle devait bien le reconnaître, parce qu'elle était compétente.

— Priscilla… asseyez-vous. Reprenez votre souffle. Vous avez appris la nouvelle ?

La scientifique opina. Elle se laissa tomber sur une chaise qui faisait face à Dennis Crocker. Susan Rice était à sa droite, Marlon Bowles se tenait debout, près de la fenêtre.

— Ces malheureux ont-ils un moyen de s'en sortir ?

— Ces malheureux ?

Priscilla Knox regardait Susan Rice fixement, sourcils relevés, regard flottant au-dessus des lunettes demi-lune.

— Vous parlez de ces gens comme s'ils étaient en train de mourir dans une cage en verre sans que cela nous perturbe…

Dennis Crocker sentit la tension monter d'un coup dans la pièce. Les deux femmes se détestaient, il s'en rendait compte désormais. Et elles allaient devoir travailler en parfaite symbiose dans les heures, voire les jours à venir.

— … Or nous sommes tous concernés par ce drame.

Susan Rice eut un geste d'agacement.

— Bien sûr que nous sommes tous concernés. Mais eux le sont quand même bien plus que nous, vous ne croyez pas ?

La scientifique hocha la tête.

— Je ne le crois pas. Nous ne parviendrons jamais à boucler le périmètre de La Mecque à double tour. C'est impossible. Une ou plusieurs personnes atteintes par cette bactérie parviendront forcément à fuir la ville. Je vous laisse imaginer l'ampleur du drame. Et le nombre de morts à prévoir avant qu'un vaccin efficace ne soit mis au point.

Susan Rice accusa le coup. Elle tentait de se tenir droite au bout de la table mais tout en elle semblait s'affaisser. L'espace d'un instant, elle songea à cette théorie du chaos avancée par Laristel. Peut-être le vieil homme n'était-il pas aussi illuminé qu'il en avait parfois l'air.

Priscilla Knox rompit le silence. Contrairement à la secrétaire d'État, la situation ne paraissait en rien l'affecter. Ses petits yeux pétillaient d'excitation.

— J’ai une bonne nouvelle tout de même.

Dennis Crocker fit mine de joindre les deux mains à hauteur de son visage.

— Oh oui ! De grâce !

— Les juifs ne peuvent pas avoir empoisonné l’eau de Zamzam…

Susan Rice la coupa sèchement :

— J’espère que vous n’en doutiez pas…

— Bien entendu. Je vous donne là un argument à communiquer de toute urgence à la communauté internationale pour mettre un terme à l’hystérie collective.

La secrétaire d’État se détendit légèrement. Dennis Crocker était suspendu aux lèvres de Priscilla Knox.

— La peste primitive ne se transmet que par voie aérienne, à partir d’un autre malade… C’est pour ça qu’on l’appelle aussi peste pulmonaire. Il reste juste à établir comment cette bactérie est arrivée à La Mecque.

— Cela ne va pas être facile. Ils sont en train de brûler tous les cadavres.

— Vous oubliez un élément important…

La voix grave de Marlon Bowles les fit tous sursauter. Front collé à la baie, il semblait fixer un point invisible sur le Mall.

— Nous parlons de l’Arabie Saoudite. Un pays entièrement fliqué. Les autorités connaissent le nom du moindre nourrisson entré sur son territoire, ainsi que son pays d’origine, la nationalité de son père et de sa mère, et sans doute celle de son grand-père et de sa grand-mère. Normalement, ces listes sont tenues secrètes. Mais je pense que nous ne manquons pas d'arguments pour convaincre les Saoudiens de nous les transmettre. Il va nous falloir retracer le parcours et la vie de chaque pèlerin.

*
* *

Cette nuit-là, Rein Laristel n'avait pas quitté son bureau. Enfoncé dans un vieux fauteuil en cuir que plusieurs secrétaires généraux avaient contribué à élimer, il avait attendu l'aube en fixant les lumières de la ville derrière la baie vitrée. La vie était un drôle de truc, songeait-il en suivant des yeux la trace scintillante d'un avion qui traversait le ciel telle une étoile en train de mourir. Cinquante, soixante, soixante-dix ans d'existence puis d'autres reprenaient le flambeau après vous sans tenir compte des erreurs passées, ou si peu. À quoi cela servait-il donc ? Et quel enseignement fallait-il en tirer ? Qu'ils n'étaient tous, au fond, que de la poussière humaine tout juste bonne à fertiliser une terre qui tournait si vite qu'elle finissait par rendre fou ? Ne valait-il pas mieux aller au bout de ce pitoyable spectacle et laisser ces êtres décervelés s'entre-tuer ?

À 6 heures, il avait appelé Marina. Avec le décalage horaire, elle sortait tout juste de la sieste alors que son cerveau à lui commençait à s'embrumer. Il sentit à sa voix qu'elle s'était levée tôt ce matin pour marcher dans la forêt, elle était tonique et gaie, c'était ainsi qu'il l'aimait.

— Marina, je suis fatigué…

Elle avait ri doucement.

— On le serait à moins. Toutes ces cérémonies, ces gens à qui il faut faire des mondanités, ces rapports à ingurgiter… C'est un mauvais moment à passer. Tu t'y habitueras, tu finiras par trouver ton rythme.

— Tu n'as pas écouté les informations ?

— Surtout pas. Je t'ai toi. S'il se passe quelque chose de suffisamment grave pour bouleverser ma misérable vie, je sais que tu me le diras…

Il avait longuement hésité. Ne méritait-elle pas d'être laissée en dehors de ce chaos ? N'était-ce pas profondément égoïste de vouloir partager son angoisse avec l'être qui lui était le plus cher ? Puis il avait craqué. Il ne lui avait jamais rien caché.

Elle avait écouté en silence, il avait entendu son souffle comme si elle reposait là, entre ses bras, un livre à la main. Quand il en avait eu fini, elle n'avait prononcé que quelques mots.

— Le retour de la peste noire…

Il était resté figé quelques instants, le regard perdu dans le ciel qui pâlissait, savourant cet instant fugitif durant lequel le métal des gratte-ciel se confondait avec la couleur indéterminée de l'aurore, ce temps suspendu qui lui permettait soudain d'avoir une vision globale de l'histoire.

Une heure et demie plus tard, il se trouvait dans le bureau de Susan Rice en compagnie de Dennis

Crocker, Marlon Bowles et Priscilla Knox. La plupart d'entre eux n'avait pas ou peu dormi, cela se devinait à leur teint brouillé et à leur regard flottant.

Rice prit la parole. Elle ne se donnait même plus la peine de cacher son anxiété sous le fond de teint, sa peau semblait avoir été tout juste aspergée d'eau froide, ses vêtements étaient légèrement froissés, elle s'était sans doute assoupie là, dans son bureau, songea Dennis Crocker qui l'avait quittée à 5 heures du matin pour la retrouver à 7 h 30.

— Mes amis…

Sans même qu'ils se concertent, ses trois conseillers échangèrent un regard surpris. Il fallait que la situation soit grave pour qu'elle les qualifie ainsi, cela faisait quatre longues années qu'ils travaillaient ensemble et c'était la première fois qu'ils entendaient ces mots dans sa bouche.

— … la plupart d'entre vous n'ont pas encore eu l'honneur de rencontrer Rein Laristel, le nouveau Secrétaire général de l'ONU. J'aurais préféré vous le présenter dans d'autres circonstances, mais je crois que celle-ci va lui permettre de donner la pleine mesure de sa culture et de son expérience.

La voix de Susan Rice se fit plus douce, légèrement altérée par l'émotion. Une nouvelle fois, ses collaborateurs découvrirent en elle une trace insoupçonnée d'humanité.

— C'est un homme rare que vous avez devant vous. Souvenez-vous-en à chacune de vos interventions.

Rein Laristel tapota la table du bout de son crayon, gêné par tant d'éloges. Il toussota nerveusement.

— Susan, vous ne me facilitez pas la tâche. Ces jeunes gens risquent d'être déçus…

La secrétaire d'État sourit et, dans un geste où se mêlaient affection et encouragement, posa sa main sur celle de Laristel qui tremblait légèrement. Le stress et la fatigue.

— D'accord, Rein… trêve de politesses, dites-nous ce qui vous amène ici de si bon matin.

Il croisa ses avant-bras sur la table, se pencha comme s'il plongeait dans un abîme puis se lança.

— Je viens de passer une heure entière à feuilleter des livres d'histoire. Notamment ceux relatifs au Moyen Âge. C'est une réflexion de ma femme qui m'y a poussé…

Devant les regards étonnés, il sourit.

— Oui, je sais, cela fait un peu inspecteur Columbo. Mais ma femme est comme le second hémisphère de mon cerveau. Sans elle, je n'aurais peut-être pas fait le rapprochement entre ce qui est en train de se passer sous nos yeux et la tragédie que l'humanité a vécue il y a quelques centaines d'années…

*

* *

L'air était d'une douceur crémeuse. Pas un souffle. Pas un nuage. Entre palmeraies et bananeraies, une route goudronnée filait tout droit vers le nord, Bet'Shean et plus loin Tibérias. Pas une automobile en vue. Les musulmans étaient à la mosquée, les juifs préparaient shabbat. Autour de Jéricho, les collines pelées semblaient oubliées des hommes.

Des tentes de Bédouins ne subsistaient que de vieux morceaux de tissu pendouillant à des poteaux de bois et des troupeaux de chèvres efflanquées broutant les cailloux.

Au creux d'un vallon, un poste militaire surveillait les environs. Une sorte de fort en carton-pâte protégé par trois chars Merkava et, fiché à l'entrée, un drapeau décoré d'une tête de mort. Assis sur un rocher, à quelques mètres de là, un jeune Palestinien observait les rares soldats, cerné par les silhouettes en carton de militaires israéliens plantées dans la poussière pour effrayer les chebabs tels des épouvantails à moineaux.

Au détour d'un chemin, deux vieilles femmes apparurent, appuyées sur des cannes en bois qu'elles plantaient à petits gestes rythmés. Alourdies par les ans, elles se cachaient sous d'amples voiles noirs qui leur battaient les chevilles et couvraient jusqu'à leur visage. Elles avançaient lentement, sans un regard pour les bêtes qui frottaient leur museau au sol asséché.

Des quintes de toux rauque les secouaient par instants, la sécheresse de l'air sans doute, ou la chicha qu'elles suçotaient tard le soir à la veillée.

Bientôt le troupeau fut loin mais elles marchaient toujours, elles semblaient avoir un but. La pente se fit plus raide, les vieilles plantaient leurs bâtons un peu plus haut à chaque pas, d'un même mouvement, sans se concerter.

Puis une clôture de barbelés se dessina au loin, protégeant une trentaine de maisons construites sur le même mode, blocs de béton soudés les uns aux autres.

De l'autre côté de la barrière en fil de fer, trois garçonnets jouaient, coiffés d'une kippa. Du haut d'un mirador, planté à l'entrée de la colonie, un homme armé interpella les deux femmes, elles ne lui jetèrent pas même un regard. L'une s'approcha de la tour de béton tandis que l'autre s'accroupissait non loin des enfants, comme pour satisfaire un besoin naturel.

La déflagration se fit sentir jusqu'aux rives de la mer Morte où un groupe de naturistes israéliens prenait le soleil. Quand le sable et la poussière eurent fini de retomber, les habitants de la colonie accourus en trombe découvrirent deux cratères, les restes des terroristes, le gardien qui gisait dans son sang et les corps déchiquetés des trois bambins.

Au même instant, quatre autres colonies, à Hébron, Naplouse, Qalquiya et Jénine, étaient victimes d'une attaque similaire.

Bilan : quinze colons tués dont dix enfants, et huit Palestiniens explosés par leurs bombes.

Partout, les femmes se mirent à hurler, tandis que les hommes fonçaient chez eux pour récupérer des armes, des bâtons, des couteaux… tout ce qui leur tombait sous la main. « Ils tuent nos enfants, nous allons tuer les leurs, c'est la guerre ! », criaient-ils en dévalant les collines.

Ce jour-là, une vingtaine de Palestiniens furent tabassés à mort dans leurs oliveraies par des colons ivres de colère. Un enfant d'Hébron qui marchait sur le bord de la route pour gagner son champ fut écrasé par une Subaru blanche conduite par un jeune colon du Gush Etzion.

À Hébron justement, où plusieurs centaines de colons vivaient au cœur de la vieille ville, entourés de dizaines de milliers de Palestiniens, les soldats de Tsahal ne purent rien faire. La bagarre se déclencha tard le soir alors que les juifs allaient prier, au mépris des consignes de sécurité rabâchées par l'armée. Du haut des collines, de jeunes Palestiniens commencèrent à jeter des pierres sur les grappes d'hommes en noir qui s'éparpillèrent en criant, alertant ceux qui montaient la garde armés de fusils. Des coups de feu partirent, puis les pierres furent remplacées par des Uzi qui balayèrent la route empruntée par les Israéliens, et, très vite, la vieille ville d'Hébron devint un champ de bataille sanglant sur lequel, au petit matin, on découvrit des dizaines de cadavres entremêlés de colons juifs et de Palestiniens.

À Jérusalem, un ultraorthodoxe qui traversait la vieille ville arabe pour aller prier au mur des Lamentations fut tué d'un coup de couteau en plein cœur par un balayeur palestinien dont le père se mourait à La Mecque. Filmé par une des centaines de caméras installées dans la vieille ville pour surveiller les Palestiniens, le jeune homme fut repéré en quelques secondes par les soldats qui l'abattirent sans sommation. Cet acte déclencha la colère des jeunes qui, protégés par des poubelles, se ruèrent sur les forces de sécurité en lançant jusqu'aux bassines d'huile bouillante destinées à la friture des falafels. Trois membres de la police des frontières furent sérieusement blessés tandis que sept jeunes Palestiniens étaient exécutés d'une balle en plein front.

À la demande d'Ashkenazi, Eli Bishara s'était replié au quartier général de la police, le long du grand boulevard qui, avant la construction du Mur, reliait directement Jérusalem à Ramallah. C'est là, dans ce lieu où stationnaient toutes les forces de police de la ville, qu'il serait le plus utile. Des bureaux jusqu'au parking, où les jeeps déboulaient dans des crissements de pneus, l'affolement se sentait à la frénésie qui s'était emparée d'hommes d'ordinaire plutôt nonchalants.

Il n'était plus question d'ajuster ses Ray-Ban sur le front ou de passer une main caressante sur l'étui de son arme, il fallait lister au plus vite les lieux les plus chauds afin d'utiliser efficacement les hommes disponibles sur le terrain. Car le plus dur était de savoir où envoyer les troupes. De chaque quartier de Jérusalem, des habitants appelaient, affolés : des Palestiniens ou des Arabes israéliens, ils ne savaient plus, les avaient regardés bizarrement, ou rôdaient autour de leur maison, ils allaient les égorger. À Musrara, le quartier qui jouxtait la ligne virtuelle qui séparait Jérusalem-Ouest de Jérusalem-Est, là où le mouvement des Panthères noires était né en 1971, les hommes s'étaient regroupés en milice. Ils prirent à partie un Arabe israélien qui venait livrer une fontaine d'eau et le rouèrent de coups jusqu'à ce qu'il sombre dans le coma.

À Rehavia, Emek Refaïm et Baka, des lieux fréquentés d'ordinaire par des gens ouverts – journalistes, universitaires, artistes… –, les commerçants avaient descendu leurs rideaux de fer, les parents enfermé leurs enfants à la maison.

*

* *

— Mon Dieu ! On se croirait revenus avant 1967…

Michel avait réduit l'allure, sa voiture cahotait sur le boulevard qui longeait Jérusalem-Est ; le véhicule zigzaguait entre les chats sauvages qui, en l'absence de circulation, sautaient de poubelles en cageots de fruits défraîchis, créatures osseuses et hostiles, songea Ana qui, d'Istanbul à Jérusalem, se sentait poursuivie par le malin.

— C'était comment, avant 1967 ?

Il sourit, hochant la tête, comme si la chose lui paraissait aujourd'hui incompréhensible.

— Un grand mur de béton coupait Jérusalem en deux. Tu vois… il passait au bout de la rue de Jaffa ; là, c'était fini, tu ne pouvais pas aller plus loin. Et nous, enfants, on n'avait aucune conscience de ce qu'il y avait de l'autre côté. Je me souviens, quand j'étais petit, mon père nous emmenait tous les vendredis soir, mes frères et moi, prier au sommet de Notre-Dame, près de Musrara, car c'était l'endroit le plus haut de la ville. Nous récitions des psaumes, entre « hommes », en regardant par-delà le mur. Eh bien, figure-toi que je me souviens très bien des bâtiments, de la mosquée, des remparts, du Saint-Sépulcre, de tout ça… mais que je n'ai aucun souvenir d'y avoir jamais vu le moindre être humain. Pour nous, les Arabes n'existaient pas…

— Un peu ce que Sharon a voulu recréer en installant sa fameuse barrière de sécurité.

— Oui… sauf que l'espace alloué aux Palestiniens, depuis, a été réduit de plus de moitié…

Plus ils approchaient de la porte de Damas, plus le boulevard était désert. Seules les jeeps de l'armée ou de la police des frontières osaient s'approcher de la ville arabe. Au bas de la rue des Prophètes qui filait vers le centre de Jérusalem-Ouest, des barrages de Tsahal filtraient le passage, bloquant les indésirables. Systématiquement stoppés, les Arabes israéliens n'étaient autorisés à repartir qu'après d'interminables palabres.

De l'autre côté, à Jérusalem-Est, des barrières métalliques empêchaient les voitures palestiniennes de passer. Mais les individus, eux, parvenaient à se faufiler entre les obstacles. Au moment où Michel et Ana abordèrent la descente qui filait en direction de la porte Neuve, un caillou lancé du parking palestinien fit voler leur pare-brise en éclats. Surpris par le choc, Michel perdit le contrôle de son véhicule qui, après avoir tournoyé deux fois sur lui-même, partit s'encastrer dans un palmier.

Les agresseurs s'éparpillèrent vers la rue Salah-Eddin, craignant des représailles. Un groupe d'ultraorthodoxes qui filait accomplir ses prières, tête baissée et corps recroquevillé, fut bousculé dans la panique et l'un d'eux chuta en hurlant, excitant davantage encore les chebabs.

Sirène poussée au maximum, un véhicule s'approcha de la voiture accidentée puis un deuxième et un troisième. Très vite, un attroupement se forma, les hommes de la milice voisine de Musrara criant haut et fort leur volonté d'en finir avec les cafards qui grouillaient à leurs portes.

Une Palestinienne qui tentait de ramener à la maison un jeune ado équipé d'un lance-pierre, comme aux premières heures de l'Intifada, fut molestée par les Israéliens armés qui lui reprochèrent d'élever ses enfants comme une grosse truie, et avec eux tous les enfants de Palestine. Ils s'apprêtaient à lever la main sur son fils qui les insultait en hébreu quand une voiture de la police pila net de leur côté avec trois passagers à bord.

Eli Bishara, qui avait regagné le quartier général de la police après avoir quitté l'hôpital, avait suivi l'accident sur vidéo. Il avait sauté dans une voiture puis roulé pied au plancher jusqu'au lieu du drame. Il savait qu'étaient réunis là tous les ingrédients pour que la situation dégénère en bain de sang : des Palestiniens surexcités, des ultraorthodoxes fous et des miliciens armés à la frontière entre Jérusalem-Est et Jérusalem-Ouest.

Une guerre pouvait éclater pour moins que ça.

Il était parti si vite qu'il n'avait pas eu le temps de prendre son insigne, rien ne le distinguait d'un civil.

Le commissaire s'adressa aux Israéliens.

— Allons, dispersez-vous, vous n'avez rien à faire ici…

Les autres le toisèrent de haut en bas.

— Qui tu es, toi, pour nous donner des ordres ? Nous sommes chez nous ici ! Es-tu sûr de pouvoir en dire autant ?

— Commissaire Bishara ! Peu importe d'où je viens, je représente la loi, êtes-vous certains que vos armes vous donnent le pouvoir d'en dire autant ?

Les miliciens hésitèrent quelques secondes, le temps qu'Orit sorte de la voiture et se plante devant eux.

— Messieurs, pour votre propre sécurité, je vous demande de nous remettre vos armes et de regagner vos domiciles.

Son uniforme eut pour effet de calmer leurs ardeurs guerrières. Ainsi que les sirènes qui se rapprochaient.

En maugréant, les hommes se détournèrent.

— Regagner nos domiciles, si vous y tenez, mais vous remettre nos armes, jamais ! Vous avez vu ce que ces fous furieux sont capables de faire ? Vous serez peut-être bien contents, demain, que l'on vienne vous prêter main-forte !

Orit lança un coup d'œil à Bishara qui haussa les épaules.

— Au point où nous en sommes, ils peuvent bien garder leurs armes. Nous avons mieux à faire que de nous préoccuper d'une bande de cinglés…

Et il se détourna du groupe de justiciers pour s'approcher de la voiture accidentée.

Le soleil, ce jour-là, tapait déjà fort ; la Ville sainte semblait écrasée sous la chape de chaleur et de haine qui pesait sur ses vieilles pierres. « Pas étonnant qu'ils soient tous fous ici », songea Ana avant de perdre connaissance.

*

* *

Sous un olivier millénaire, un groupe d'hommes en noir avait pris place sur des bancs de fortune, tas de cailloux ou billots de bois, pour écouter le plus âgé d'entre eux qui les haranguait en dessinant des arabesques de la main. Étranglé par le col de sa chemise blanche, son cou gonflé semblait prêt à exploser.

— Beaucoup d'entre vous se demandent : que faire maintenant ? Allons-nous rester les bras croisés alors que ce gouvernement laisse les Arabes s'en prendre à nos enfants, maudire nos ancêtres ? Allons-nous céder à l'axe du mal au pouvoir à Jérusalem, l'aider à faire de deux cent mille juifs des réfugiés sur leur propre terre ? À transformer en gravats des centaines de villages prospères ? Est-il possible de collaborer à quelque chose qui menace l'existence physique de millions de juifs ?

La troupe hurla en chœur.

— Nooooon ! Honte au gouvernement !

L'un des ultraorthodoxes se leva. Jeune, pâle, émacié, flottant dans un costume qu'il avait sans doute hérité de son père.

— Cessons de nous faire des illusions ! C'est à nous de décider si nous voulons être conduits à l'abattoir, Dieu nous en préserve, ou bien combattre ce gouvernement !

Sur son estrade, le rabbin au cou de taureau haussa encore le ton.

— Je vous le dis, mes frères : la seule solution est de déclarer immédiatement la fin de cet Israël qui ne nous apporte que du malheur et la création d'un État juif autonome en Judée et Samarie ! Un État qui bannirait les laïcs et les Arabes ! Le moment est venu d'envisager sérieusement la création d'une entité légale qui unirait les colonies de Judée et Samarie, et pourquoi pas celle du Gush Etzion !

Les hommes en noir s'étaient rassemblés devant les remparts de la vieille ville de Jérusalem, au pied de la porte de la Miséricorde. Ils avaient vu les hordes de Palestiniens dévaler la rue Salah-Eddin en criant « Mort aux juifs ! » et bloquer le chemin qui menait au mur des Lamentations, et ils s'étaient regroupés là, devant la Porte par laquelle le Messie entrerait un jour dans la Ville sainte.

D'autres les rejoignirent, toujours plus nombreux, et bientôt ils furent des centaines amassés sous le soleil, cherchant l'ombre des tamaris car la chaleur et la colère trempaient leurs chemises blanches plus sûrement encore que le travail aux champs.

À quelques encablures de là, sur les marches qui conduisaient à la porte de Damas, un autre groupe d'ultraorthodoxes haranguait la foule. L'un d'eux, le plus massif et le plus âgé, se tenait debout sur un cageot, bras levés vers le ciel turquoise.

— Nous sommes ici pour corriger l'idée répandue à travers le monde selon laquelle Juifs et Arabes sont en conflit. C'est une erreur tragique ! Nous avons vécu pendant des milliers d'années en paix et en harmonie. Juifs et Arabes peuvent vivre ensemble ! C'est le sionisme qui a créé, voilà une centaine d'années, cette rupture entre Juifs et Arabes ! Or le sionisme est la négation du judaïsme ! Est-ce que la notion d'État juif comporte espoir et justice ? Est-ce que l'on doit vraiment vivre ici ? En tant que juifs, nous avons été envoyés en exil. Et, selon la Torah, il nous est interdit d'avoir notre propre État. Leur terre doit être rendue aux Palestiniens, Jérusalem doit redevenir leur capitale !

Un vendeur palestinien de kalachnikovs en plastique les écoutait, ébahi, tandis que deux fillettes, reproduisant ce qu'elles avaient sans doute entendu de la bouche de leurs grands frères, faisaient la ronde en chantant : « Mort aux juifs ! Mort aux juifs ! »

Du haut de son cageot, le rabbin tonna :

— L'État israélien doit être démantelé car telle est la voie prescrite par Dieu. Nous devons nous soumettre aux règles d'un État palestinien. Nous étudions et nous prions pour cela, et cela arrivera un jour !

D'autres ultraorthodoxes qui partaient prier au Mur en file indienne jetèrent un regard horrifié au petit groupe installé sur les marches, souffle et voix coupés par tant d'insanités. Un journaliste américain venu témoigner des violences qui couvaient dans la Ville sainte prenait des notes, frénétiquement. Au bout d'un instant, il arrêta un vieil homme qui empruntait le chemin de la mosquée.

— S'il vous plaît ! Que pensez-vous des déclarations de ce groupe d'Israéliens ?

Le vieux haussa les épaules.

— Nous n'avons rien contre les Juifs en tant que peuple et religion ! Ils appartiennent à une religion divine et représentent une communauté, comme n'importe quelle autre communauté dans le monde, que nous respectons et avec laquelle nous pouvons coexister. Mais nous sommes opposés aux sionistes qui représentent une pensée raciste visant à asservir les Palestiniens…

Une fois sa tirade débitée, le vieil homme posa sa main sur le micro.

— Maintenant, coupez votre machine, jeune homme, et écoutez-moi bien. Je ne conseille pas à ces juifs de vivre dans un État soumis aux règles palestiniennes, ils se feraient massacrer…

*
* *

Rein Laristel resta d'interminables minutes le regard fixé sur le crayon qu'il tripotait de ses doigts veinés de bleu. Susan Rice, figée, ne le quittait pas des yeux tandis que les trois autres attendaient sans comprendre. Si un bouchon de champagne avait sauté dans la pièce, ils auraient tous hurlé tant la tension était grande. Mais l'heure n'était pas aux réjouissances.

— Elle est arrivée au port sicilien de Messine en 1347, en provenance de Mongolie et du désert de Gobi où elle existait – et existe toujours – à l'état endémique chez les rongeurs locaux. De là, elle s'est propagée de l'est vers l'ouest décimant la moitié de la population européenne et des millions de personnes dans le monde entier. La peste noire.

Dennis Crocker était si noué qu'il avala sa salive en s'y reprenant à deux fois. Oui, cela lui revenait maintenant, la pire épidémie de tous les temps.

Le Secrétaire général de l'ONU leva enfin son visage et balaya de son regard chacune des personnes assises autour de la table.

— Vous voulez savoir comment elle s'est répandue si vite ? En 1345-1346, les Génois étaient assiégés par les forces de Yanibeg, khan de la Horde d'Or, dans le port de Caffa, qui se trouve aujourd'hui en Crimée. Ses hommes furent frappés de la peste et il élabora alors un stratagème d'une perversité diabolique pour entraîner ses ennemis dans la mort : il fit catapulter les cadavres de ses propres troupes par-dessus les remparts de Caffa. Les Génois tentèrent bien de se débarrasser des corps en les brûlant ou en les jetant à la mer mais beaucoup finirent par succomber à la contagion. Et leurs navires, fuyant la zone, propagèrent le mal dans toute la Méditerranée en suivant les axes maritimes…

Priscilla Knox hocha la tête.

— Si cette histoire est vraie, sauf votre respect bien sûr, monsieur le Secrétaire général, nous serions là en présence du premier acte de guerre bactériologique de tous les temps…

— Le premier, dites-vous ? Vous êtes bien optimiste. Je crains que les hommes n'aient maîtrisé l'art d'infecter leurs ennemis bien avant le Moyen Âge.

Marlon Bowles, qui avait entrepris de prendre des notes, resta le stylo en l'air.

— Et… donc ? Quel est le rapport avec la situation actuelle ? Vous voulez nous dire que les habitants de La Mecque sont victimes d'une forme de guerre bactériologique ?

Laristel sourit.

— Non, mon ami, non… Encore que je n'en sache rien. Pour l'instant, personne ne comprend comment cette épidémie a pu se propager. Non, mon propos concerne les juifs.

— Les juifs ?

Susan Rice s'était redressée. Crocker songea que, pour la deuxième fois, il la surprenait à réagir de façon particulièrement vive à ce sujet.

— Oui, les juifs. À cette époque, au Moyen Âge, les calamités comme la peste étaient considérées comme des punitions divines, c'était la colère de Dieu qui se déclenchait sous la forme d'une épidémie contagieuse, il fallait donc qu'il y eût un coupable ou des coupables. Et ce furent les juifs, qu'on accusa d'empoisonner intentionnellement l'eau des puits.

Susan Rice blêmit.

— Mon Dieu ! Exactement le même scénario qu'aujourd'hui !

Le Secrétaire général hocha la tête.

— Oui... c'est incroyable...

— Mais... pourquoi ?

— Si nous avions la réponse, nous aurions peut-être les moyens de trouver une parade efficace à cette nouvelle catastrophe.

Marlon Bowles se leva, rejoignit l'endroit précis, près de la baie, d'où il aimait observer le Mall.

— À l'époque, au Moyen Âge, qu'est-ce qui avait poussé la population à accuser les juifs ?

Laristel haussa les épaules.

— L'Église les avait si souvent accusés d'assassiner les chrétiens, d'égorger les enfants pour utiliser leur sang lors de cérémonies religieuses, qu'elle a fini par s'en convaincre. La seule différence avec aujourd'hui, et elle est de taille, c'est que ni les musulmans ni les Mongols, qui pourtant périrent nombreux de la peste noire, ne songèrent alors à en accuser les juifs.

— Mais... les juifs furent épargnés par la peste noire ?

— Pas du tout, c'est ça le plus fou.

Dennis Crocker, qui n'était pas encore intervenu, se tourna vers Laristel.

— Empoisonner les chrétiens, cela supposait une entente entre les juifs, ou plutôt, un pouvoir central capable de décider et d'orchestrer une telle opération…

— En effet. Comme les juifs d'Espagne jouissaient alors d'une très grande influence sur leur communauté, ce furent eux qu'on accusa. L'ordre d'empoisonner toute la chrétienté serait parti de Tolède, et plus particulièrement d'un certain Jacob de Paskate. On donnait même à l'époque la composition du poison utilisé pour infester les chrétiens. On disait qu'il était préparé par des sorciers judéo-espagnols et composé tantôt de chair de basilic, tantôt d'un mélange d'araignées, de crapauds et de lézards, tantôt, enfin, de cœurs de chrétiens pétris avec de la pâte d'hostie. Vous voyez le topo…

— Que leur arriva-t-il ?

— À qui ?

— Aux juifs.

— Vous pouvez aisément l'imaginer. Ils furent brûlés par milliers, voire dizaines de milliers. Et ceux qui parvinrent à s'échapper des villes furent assommés dans les campagnes par les paysans. Certains furent soumis à la torture et, sous l'effet de la douleur, avouèrent bien sûr tout ce que leurs bourreaux voulaient les entendre dire, confortant les chrétiens dans leur conviction que le mal venait d'eux. On l'a oublié aujourd'hui, mais l'antisémitisme était fortement ancré dans les populations chrétiennes à cette époque, y compris chez les intellectuels. Je vous rappelle que, dans *Le Marchand de Venise*, Shakespeare, pas moins, n'hésite pas à écrire : « Cela ne fait aucun doute, le juif est l'incarnation du diable »…

Un silence de mort suivit l'exposé de Laristel. Ils avaient tous de terribles images en tête, des hommes, des femmes, des enfants pourchassés, persécutés, battus à mort, brûlés vifs. Des images d'un autre temps, du moins le croyaient-ils encore quelques jours plus tôt.

Marlon Bowles se racla la gorge.

— Restons calmes. Nous sommes au XXIe siècle, plus au XIVe. Nous ne brûlons plus les impies sur des bûchers…

Susan Rice ricana.

— Non, mais êtes-vous sûr que nous ayons vraiment beaucoup évolué depuis le Moyen Âge ? Avec cette histoire de juifs qui auraient empoisonné les puits de La Mecque, nous ne sommes pas dans le rationnel, Marlon, mais dans un phénomène d'hystérie collective. Contre ça, nous sommes impuissants. À l'époque, les chrétiens étaient les bourreaux, aujourd'hui ce sont les musulmans, encore qu'ils se montrent pour l'instant infiniment moins violents… La roue tourne, charriant les mêmes inepties. Et, cette fois, quoi que nous disions, les musulmans considéreront que nous nous montrons solidaires des juifs puisqu'ils nous mettent dans le même camp, ne serait-ce que parce qu'Israël est notre plus proche allié.

Priscilla Knox se leva et tira sur sa jupe qui tirebouchonnait.

— La seule chose à faire, c'est de trouver une réponse à l'épidémie. Quoi qu'il nous en coûte. Quand les gens cesseront de mourir, l'hystérie retombera.

*
* *

Le médecin tunisien fut le premier à présenter des signes de faiblesse. Quelques heures après la réunion, Youssef Chedid l'aperçut affalé contre un mur, front perlé de sueur, souffle court, regard flou. Il se précipita et l'autre se redressa avec un effort manifeste.

— Ce n'est rien, je n'ai pas dormi depuis deux jours, j'ai juste besoin de sommeil…

Mais quand il commença à tousser, l'Égyptien prit peur. Si eux aussi étaient atteints, qui leur porterait secours ? Le monde extérieur avait si peur qu'il avait dressé une véritable barrière de sécurité autour de La Mecque : plus personne n'y entrait, plus personne n'en sortait. Les échantillons de crachats envoyés par avion à l'Institut Pasteur avaient été manipulés avec des combinaisons, des gants et des masques, et la personne chargée de les convoyer enfermée à double tour dès son arrivée le temps de vérifier qu'elle n'avait pas été contaminée.

L'OMS était en train de collecter à travers le monde les stocks de Rifampicine disponibles, mais comment les leur envoyer ? Aucun pilote ne prendrait le risque d'atterrir à La Mecque, ni même à Djeddah. Et s'ils mouraient tous, aucun médecin, aucune infirmière ne viendrait les remplacer.

Rétrospectivement, sa vie d'« avant » paraissait bien légère à Youssef Chedid. Sa petite clinique du Caire où il soignait à la chaîne les lumbagos des Égyptiens aisés de la capitale, sa mère qui lui mitonnait le *foul* les soirs de fête, ses quarante-cinq minutes de rameur quotidiennes… il y a un siècle.

Accablé, il appela son mentor pour la deuxième fois, Victor Herbelot, le seul en qui il ait une confiance absolue.

À Catane, le soleil se levait tout juste, l'atmosphère portait en elle quelques ultimes parcelles de fraîcheur, les marchands arrivaient par grappes pour monter leurs étals, sombres et engourdis de sommeil, pas encore excités par le soleil et l'appât du client. La trattoria La Paglia n'avait pas remonté son rideau de fer, les touristes dormaient.

Réveillé depuis l'aube, Herbelot décrocha à la première sonnerie.

— J'attendais ton coup de fil, Youssef. La maison m'a prévenu. Tu es dans un sacré merdier…

— Que puis-je faire, professeur ? Comment s'en sortaient-ils, autrefois, quand ils n'avaient rien ?

Herbelot suivit du regard une jeune Italienne qui profitait de l'heure matinale pour courir dans les rues de Catane et se demanda pourquoi les vieux messieurs aimaient tant regarder courir les jeunes filles. La réponse était si évidente qu'il s'en voulut d'avoir des pensées aussi futiles en un tel moment.

— On raconte beaucoup de choses ici. Tu sais, Messine est à quelques kilomètres de Catane, la population a été profondément marquée par cette catastrophe médiévale, les histoires se sont transmises de génération en génération.

À La Mecque, Chedid monta la climatisation d'un cran. La chaleur compensait certes l'effet du stress, ramollissant ses nerfs à vif, mais c'était trop. Il peinait à respirer et cela ne pouvait pas être seulement dû au feu qui brûlait l'air qu'il inhalait.

— Tu imagines bien qu'au Moyen Âge, on était totalement démuni face à la peste. Longtemps le traitement s'est limité à prier les saints antipesteux, saint Roch et saint Sébastien, à organiser des processions de flagellants, à se gaver de thériaque, un mélange de plantes dont la teneur en opium permettait de freiner la diarrhée et les douleurs… Les bézoards, ces sécrétions animales dont on disait qu'elles avaient la vertu de combattre les effets du poison, étaient aussi utilisés, notamment le sang de vipère et la bave de crapaud… Tu veux que je continue ?

Malgré la distance, Herbelot vit Chedid sourire.

— Oui, cela me change les idées. Et puis… on ne sait jamais, peut-être que dans toutes ces légendes je trouverai le remède miracle…

— Alors, écoute bien ça. À cette époque, les médecins incitaient les bien portants à se tenir éloignés des maladies qui répandaient une odeur fétide car elles étaient, disaient-ils, contagieuses. Pour eux, les substances odoriférantes étaient donc les armes principales contre la peste. Ils recommandaient de procéder à des fumigations de storax, costus, oliban ou gomme arabique, de s'oindre de lotions de menthe ou de cardamome, de boire du sirop de citron ou de grenade, et de porter devant sa bouche – pour se protéger de la contagion – une éponge imbibée de vinaigre, le « vinaigre des quatre voleurs » composé de vinaigre blanc, d'absinthe, de genièvre, de marjolaine, de sauge, de clou de girofle, de romarin et de camphre. Un certain de Lorme, médecin de Louis XIII, avait aussi imaginé un masque à bec de canard pour protéger les médecins de la contamination, tu peux t'en inspirer. On plaçait dans le bec des plantes aromatiques aux propriétés désinfectantes, de la girofle et du romarin notamment. Tu prends des notes j'espère ?

— Vous savez, je crois à ce qu'on appelle le bon sens populaire. Si ces remèdes ont traversé les siècles, c'est peut-être parce qu'ils étaient, partiellement, efficaces, du moins sur certaines personnes. Cela me rappelle ce que me disait mon père en citant le Prophète. « Quiconque aura mangé sept dattes le matin ne sera pas incommodé ce jour-là ni par le poison, ni par la magie. » Peut-être devrais-je offrir des dattes à tous ces malheureux…

— Tu peux… je ne suis pas sûr qu'ils soient en état d'en avaler sept d'affilée. Mais le traitement le plus sûr, c'est celui des trois adverbes *Cito, longe, tarde* : (pars) vite, (va) loin, (reviens) tard. Dès que la peste arrivait, il fallait partir le plus loin et le plus longtemps possible. Si ce traitement était suivi par une personne déjà contaminée, le résultat était catastrophique car la maladie se propageait encore plus vite. Dans ton cas, c'est trop tard. Vous êtes tous susceptibles de colporter la peste dans vos pays d'origine.

À l'autre bout du téléphone, Herbelot entendit un bruit de moteur.

— Qu'est-ce que c'est ? Tu es en voiture ?

— Non, je monte encore la clim, la chaleur ne cesse d'augmenter ici…

— On disait aussi que trois professions étaient épargnées : les chevriers et les palefreniers, car l'odeur des chèvres et des chevaux était censée repousser les puces du rat, principaux vecteurs de la maladie, et les porteurs d'huile car l'huile aussi repousse les puces. Je suppose que tu n'as pas ça en magasin…

Chedid soupira.

— Pas vraiment, non. J'ai des informaticiens, des ingénieurs, des épiciers, des médecins – pas assez malheureusement – mais des chevriers…

— J'y pense tout à coup : vous avez lancé une enquête pour identifier la source de cette catastrophe ?

— On n'en a pas eu le temps, on a tant à faire ici…

— Cela me semble pourtant primordial. S'il s'agit de la peste pulmonaire, c'est un individu qui l'a introduite à La Mecque. Il faut très vite savoir s'il l'a fait de façon intentionnelle ou non.

*

* *

Elle ouvrit les yeux et son regard tomba sur une forêt de pins dévalant en cascade sur la plaine où

David avait terrassé Goliath, Ana se dit qu'elle était morte et qu'elle se réveillait sur la dernière belle image de sa vie sur terre. Mais le voile blanc qui tentait de cacher le paysage se mit à frémir doucement sous l'effet du courant d'air – Dieu qu'elle aimait cette image du voile voletant à une fenêtre – et elle se rendit compte qu'elle se trouvait dans une chambre d'hôpital, sans doute celui de la Hadassah d'Eïn Kerem, à l'endroit exact où se trouvait son oncle.

Dans un flash, elle revit la voiture glissant sur le boulevard désert, les jeeps de la police israélienne, et les groupes de Palestiniens courant entre les barrages. Que faisait-elle là ? La Mecque, l'épidémie, Zaynab… tout lui revint en mémoire. Et aussi les dernières paroles de Michel : « Mets-toi en boule ! Les bras devant ta tête ! »

Elle observa ses bras. Ils étaient bandés. Elle tenta de bouger les doigts. Ils gigotèrent.

Sa tête retomba sur l'oreiller. Tout allait bien.

Puis elle se redressa d'un coup. Et Michel ? Où était Michel ?

Elle cria mais aucun son ne sortit de sa bouche. Épouvantée, elle essaya une seconde fois, en vain. Elle tâtonna autour d'elle, aperçut une petite poire en plastique pendouillant sur le lit et pressa le bouton comme une furie.

Rien.

À la seconde tentative, une infirmière entra, suivie d'un homme brun, massif, qui portait une moustache comme les pêcheurs du pont de Galata, mais certainement pas leurs tee-shirts pouilleux. Il était vêtu d'une chemise blanche qui lui fit le même effet que le voile un instant plus tôt, quelque chose de doux, familier. Apaisant.

— Pas la peine de sonner comme une sourde ! On n'a pas dix paires de jambes et de bras !

Elle ouvrit la bouche pour expliquer à l'infirmière pourquoi elle avait si vite besoin d'aide mais les mots mouraient dans sa gorge. Il n'en sortait pas même un râle.

L'homme s'approcha, tira une chaise près du lit et s'assit.

Regard direct. Intense.

— Vous avez eu un accident de voiture. Vos bras ont été lacérés par les bris de verre du pare-brise mais ce n'est rien. En revanche, vous avez perdu la voix, le choc sans doute.

— … !

— Rassurez-vous, c'est momentané. Les médecins disent qu'avec un peu de repos, ça reviendra dans quelques jours.

Elle le regardait avec de grands yeux apeurés, ses cheveux roux étalés sur l'oreiller, d'une telle fragilité que Bishara sentit un drôle de vide s'emparer de son côté gauche. Comme si toute sa vie s'écoulait goutte à goutte, ses attentes, ses doutes, ses colères, ses peurs. Quand il l'avait vue, inanimée dans la voiture, le reste n'avait plus eu aucune importance. Palestiniens, Israéliens, Russes, Arabes israéliens, Américains… Au fond pourquoi s'en faire ?

Mais il avait reconnu la personne qui gisait à ses côtés et la rage lui était revenue. Michel Zanievski, un des plus fervents militants israéliens pour la paix. Et il avait fallu qu'il soit blessé par des pierres palestiniennes.

L'homme respirait encore mais il semblait bien plus mal en point que la jeune femme. Le commissaire avait aidé à les extraire du véhicule. Désert quelques instants plus tôt, le boulevard s'était peu à peu rempli, les badauds israéliens tournaient autour des ambulances comme sur un plateau de cinéma. Jérusalem n'était au fond qu'un décor, songea Bishara en observant les images familières qui défilaient ainsi sous ses yeux. La ville avait peut-être juste besoin du réalisateur de génie qui saurait dire si les acteurs avaient atteint leur degré de performance maximal et demander le clap de fin.

Relâche.

Mais on en était encore loin.

Orit avait sécurisé la zone, repoussant les curieux, doublant les effectifs de la police le long du boulevard. Le résultat, c'est qu'il n'y avait plus un seul Palestinien en vue. L'accident aurait pu les exciter davantage, il avait eu pour effet de stopper la folie, de ramener chacun sur terre. Zanievski était peut-être mort, le mot avait couru dans la ville arabe qui se calmait au fur et à mesure que la ville juive s'échauffait.

Bishara avait insisté pour accompagner les blessés à la Hadassah. Il craignait pour leur sécurité et savait Orit capable de gérer la situation sur le terrain.

— Tu t'assures qu'aucun Palestinien ne s'approche de cette ligne à moins de cent mètres, et tu m'appelles à la moindre alerte.

La jeune femme lui avait jeté un regard reconnaissant. Après tout, ce flic-là en valait bien un autre.

Sur son lit d'hôpital, Ana cherchait désespérément à avoir des nouvelles de Michel. Elle finit par tracer un M du doigt sur le drap. Le regard de l'homme s'assombrit.

— Dans le coma. Il a pris le volant dans le thorax. Le pronostic vital est engagé. C'est quelqu'un qui vous est proche ?

En prononçant ces mots, Bishara avait ressenti une sensation désagréable. Il n'avait pas trop de doutes sur la réponse – la femme de Zanievski était une avocate connue, le couple était donné en exemple dans tous les milieux d'extrême gauche – mais la vie vous réservait parfois des surprises et là, en cet instant, il n'en avait pas envie.

Ana ouvrit la bouche pour répondre avant de se rappeler que c'était inutile. Il sortit un carnet et un crayon de sa poche et les lui tendit.

— Ce sera plus simple…

Elle griffonna quelques mots – sa main tremblait un peu –, et tendit le tout à Bishara.

Il lut et ses yeux s'écarquillèrent.

— Kilmann ? Vous êtes la nièce de Kilmann ?

*

* *

Andreï Sokolov entra en trombe dans la résidence du Premier ministre, à Rehavia, en plein cœur de Jérusalem-Ouest. Il lui aurait suffi de dix minutes à pied pour remonter la rue Agron et longer le parc de l'Indépendance, en savourant le parfum de Méditerranée dégagé par les pins et les eucalyptus, mais il détestait marcher. Il payait un chauffeur à prix d'or, ce n'était pas pour le laisser patienter à l'ombre tandis qu'il courait en plein cagnard. Même pour cinquante mètres, il prenait sa voiture.

Sur sa véranda, Moshe Bensimon fumait en buvant des mugs de café que lui servait en continu un serveur pâle comme un Polonais. « Ici, ce sont les ashkénazes qui servent les séfarades, ça change un peu », se plaisait à répéter le chef du gouvernement pour le plus grand plaisir de cette frange de la population israélienne qui, depuis des décennies, souffrait d'être considérée comme une catégorie de seconde zone.

Il était entouré d'un homme en noir qui buvait de la citronnade, papillotes sur les épaules, chapeau sur les genoux, et d'un militaire à la moue suffisamment autosatisfaite pour que l'on puisse affirmer à coup sûr qu'il s'agissait du chef d'état-major des armées.

Par la fenêtre entrouverte parvenait un air de violon ponctué du tic-tac lancinant d'un métronome, signe que le conservatoire de musique tout proche était resté ouvert malgré les menaces de guerre civile.

— Entre, André, nous t'attendions. Quel drôle de prénom, je ne m'y ferai jamais. Tu ne pouvais pas te faire appeler Boris ou Vladimir comme tout bon Russe qui se respecte ?

Sokolov sourit, pas mécontent de devenir le sujet de la conversation.

— D'abord, je ne suis pas un bon Russe, Moshe, je te le rappelle. Ensuite, je paie sans doute le fait d'avoir eu un père trop cultivé. Il était fou de Tolstoï, voilà la vraie explication.

— De qui ?

Le Premier ministre avait au moins une qualité : il assumait son inculture. Il la revendiquait même, parfois, quand il devait haranguer une assemblée de séfarades du Néguev que rien n'insupportait plus que la morgue des intellectuels ashkénazes de la bande côtière.

Le Russe affecta la consternation. Un jeu entre eux.

— Léon Tolstoï. L'auteur de *Guerre et Paix*, roman-fleuve sur les guerres napoléoniennes vues de Russie. Il n'est jamais trop tard pour bien faire, je suis sûr que ça te plairait. À vous aussi, mon général…

Le chef d'état-major fit la moue tandis que Bensimon posait son mug sur une table couverte de photos de famille dans des cadres dorés.

— Quel rapport avec ton prénom ?

— Le prince André en est un des principaux personnages. Mais mon pauvre père a mal calculé son coup. J'en suis pour ainsi dire l'antithèse.

L'ultraorthodoxe hocha la tête.

— Ce prince André devait être un bien brave type…

Arieh Azran était connu pour son humour et son intelligence hors du commun. Leader du principal parti religieux d'Israël, il avait converti par son esprit bon nombre de laïcs mous qui se cherchaient un chef. Beau visage effilé, petits yeux pétillants derrière des lunettes hexagonales, col de chemise ouvert sur un bout de peau mat, il n'avait rien de l'ultraorthodoxe coincé qui fuyait l'idée même de tentation. Pour lui, celle-ci n'était qu'une carte à jouer dans la grande partie de poker menteur qu'était la vie.

C'est ainsi d'ailleurs qu'il voyait Sokolov, un homme inepte, sans scrupule, mais dont il était recommandé d'user et abuser à loisir. Grâce à lui, des familles avaient pu être relogées, des synagogues érigées dans la ville arabe, des écoles talmudiques agrandies et enrichies de livres rares.

Il fallait juste savoir s'arrêter au moment où l'on s'apprêtait à frôler le mal.

Bensimon sourit. Même s'il ne partageait pas toutes ses idées, il avait toujours été impressionné par l'esprit caustique de l'ultraorthodoxe.

— Arieh, puisque tu as la parole, garde-la. Peux-tu me dire ce qui se passe devant la porte de la Miséricorde ? J'ai entendu dire que des religieux de Toldot Aaron s'y étaient rassemblés pour réclamer la fin d'Israël et qu'ils étaient de plus en plus nombreux. C'est quoi ce *balagan* ?

Azran haussa les épaules.

— Que veux-tu que je te dise ? Ils ont toujours été opposés à l'État d'Israël. Pour l'heure, ils sont une minorité mais ce qui se passe en ce moment les conforte dans leur idée. Nous allons leur envoyer des émissaires pour tenter de les ramener à la raison. Mais je ne te garantis rien. C'est la foi qui les inspire…

Sokolov se servait une bière sur la table basse disposée près d'un écran géant qui diffusait Fox News, quand un cinquième homme apparut sur le pas de la porte. Chevelure blanche, peau bronzée, yeux myosotis, il se tenait exagérément droit, comme pour conjurer la pression des années qui poussait son dos à se voûter. Amos Shattner avait été élu président d'Israël le jour de ses soixante-quinze ans après plusieurs décennies de bons et loyaux services pour le compte du Parti travailliste, dont il avait été un des plus éminents représentants, mais également du Likoud avec lequel il avait maintes fois conclu des compromis à seule fin de conserver une parcelle, même infime, de pouvoir.

Il refusa le verre de bière que lui tendait Sokolov et se laissa tomber sur la banquette en osier qui, sous un auvent de plantes grasses, occupait toute la longueur de la véranda.

— Non merci, je me dois de rester l'esprit clair, la situation est trop confuse…

— Allons, Amos… je pensais que tu avais tout vu et que plus rien ne pouvait t'étonner. Ne me dis pas que…

— Je te le dis tout net, Moshe, je ne pensais pas vivre assez longtemps pour voir ça. Un tel déchaînement de haine. Faut-il que nous ayons été aveugles…

Shattner avait gardé cette voix grave et rauque qui faisait autrefois défaillir les suffragettes de son parti, et aussi un léger accent polonais qu'il cultivait avec un brin de coquetterie.

Sokolov haussa les sourcils.

— Aveugles ? Aveugles à quoi ?

— À tout ce ressentiment. Je ne comprends pas comment nous avons pu en arriver là.

Le Russe fit claquer sa langue, agacé.

— Ressentiment, mon cul. Ils veulent juste notre place. Ce sera eux ou nous, c'est moi qui vous le dis.

Le président Shattner jeta sur Sokolov un regard si méprisant que l'autre tourna la tête vers le militaire qui fixait obstinément son verre.

— Nous ne sommes pas en Tchétchénie, ici, monsieur Sokolov. Là-bas, vous pouvez massacrer la population en toute impunité, le monde s'en fout. Ni même à Moscou où vous n'hésitez pas à éliminer froidement tous ceux qui osent contester votre politique. Non, ici, nous sommes au Proche-Orient et le monde entier a les yeux rivés sur nous.

Estomaqué, le Russe chercha à la hâte une réplique digne de cette remarque cinglante. Comme il n'en trouvait aucune, il se tourna vers celui qu'il considérait comme son ami.

— Moshe, tu ne vas pas mollir, j'espère. Si tu leur montres que tu as peur, nous sommes foutus… Ils ne connaissent que la force, tu le sais bien.

Le chef du gouvernement resta silencieux un moment. Puis il fit signe au serveur polonais de lui remplir son mug de café. De l'autre côté du jardin, on entendit des jeunes filles pouffer tandis que d'autres poussaient de petits cris d'excitation en sortant de leur classe de musique.

Moshe Bensimon s'adressa alors au chef d'état-major des armées.

— Comment se présente la situation dans les villes arabes ?

L'autre grimaça.

— Très instable. Les vieux, traditionnellement plus faciles à contrôler, sont hystériques. Et les jeunes se galvanisent les uns les autres. Je pense qu'ils cherchent à s'organiser, c'est très inquiétant.

Le Premier ministre se frotta les yeux puis déboutonna le col de sa chemise. Il semblait toujours avoir trop chaud. Son poids, peut-être, qui le faisait souffler au moindre effort.

— On ne peut pas prendre le risque d'une attaque concertée. Vous intervenez. Interdiction de traîner dans les rues à plus de deux. Couvre-feu, s'il le faut. Et vous arrêtez les éléments les plus violents. Pas question qu'ils contaminent les autres.

Le militaire s'était instinctivement redressé, conscient de l'importance du rôle qu'il allait devoir jouer dans les heures et même les jours à venir. Lui, le juif originaire d'Irak, allait mater la rébellion arabe. Le monde entier allait découvrir son visage. Son nom serait peut-être associé à une bataille, voire à une conquête.

— Et s'ils résistent ?

Bensimon fronça ses sourcils fournis.

— Comment ça, s'ils résistent ? Vous n'allez pas me dire qu'une poignée d'Arabes peut résister à Tsahal ?

— Non, monsieur le Premier ministre, bien sûr que non. Mais… s'ils utilisent des armes ?

— Alors vous utiliserez les vôtres, évidemment.

Le chef d'état-major se leva. Il avait obtenu ce qu'il voulait.

*

* *

C'était un gros bourg accroché au flanc d'un coteau avec des inscriptions en arabe, des hommes coiffés d'un keffieh, des femmes voilées… sauf qu'Oum el-Fahem était… israélien.

Planté en contrebas, sur le barrage qui coupait la grande route reliant Tel-Aviv à Hafula, face à une foule d'hommes, d'enfants et même de femmes, un jeune homme esquissa un grand geste de la main : « Cette voie restera bloquée indéfiniment s'il le faut ! On n'est pas près de laisser la police la rouvrir ! » Une cagoule en laine noire ne laissait deviner que ses yeux et sa bouche surmontée d'une moustache naissante. Il devait avoir dix-sept ans et portait un tee-shirt blanc sur un jean. Sa voix était grave, cassée.

Il se faisait appeler Rambo.

Autour de lui, un paysage de désolation. Des lampadaires désarticulés pendaient à terre, des pneus brûlés dégageaient une fumée noirâtre, des camions achevaient de se consumer.

Et surtout des pierres. Partout des pierres.

Situé au creux de deux collines habitées, Eïn Brahim à gauche et Oum el-Fahem à droite, en plein cœur d'Israël, le carrefour était depuis quelques heures le théâtre d'une confrontation musclée entre les forces de sécurité israéliennes, postées sur les hauteurs, et les manifestants arabes regroupés en contrebas.

Ceux-ci avaient entrepris de couper le principal axe routier reliant le sud au nord d'Israël. Les camions de marchandises ne pouvaient plus passer. Ils attendaient en file indienne, à quelques kilomètres de là, bloqués par une montagne de pneus calcinés que gardait un groupe d'irréductibles.

Les soldats israéliens, eux, avaient coupé les routes menant aux villages. Tôt ou tard, les Arabes allaient vouloir remonter, les femmes et les enfants au moins. Il serait plus facile alors d'arrêter les meneurs. Ceux-ci n'étaient pas armés mais la haine se lisait sur leurs visages. « Les juifs empoisonnent nos frères à La Mecque, ils le paieront de leur sang ! », clamaient-ils en chœur.

Autour d'eux, les « civils » faisaient barrage de leurs corps. Mais l'inquiétude commençait à se lire sur le visage des femmes. Accrochés à leurs jupes, les petits réclamaient à manger ; certains s'étaient endormis à même l'asphalte, pouce dans la bouche, recroquevillés pour conserver un peu de chaleur.

Alerté par Ashkenazi, le commissaire Eli Bishara avait quitté précipitamment l'hôpital de la Hadassah pour filer sur Oum el-Fahem. Il aurait aimé être le premier à prévenir Kilmann pour sa nièce mais il n'en avait pas eu le temps. La vie est bizarrement faite, songea Bishara au volant de sa voiture, alors que la mer, sur sa gauche, s'estompait au profit de la plaine.

L'accident d'Ana Güler et de Michel Zanievski faisait couler beaucoup d'encre. Voilà bien la preuve que les Arabes n'avaient aucune reconnaissance, s'enflammaient les éditorialistes. « Zanievski a consacré sa vie à les défendre et il risque de la perdre par leur faute, arrêtons de les accueillir et de les nourrir, envoyons-les de l'autre côté du mur avec les autres ! » clamait le journaliste vedette de *Maariv* dans son édito du matin. Bishara était parti sans même dire au revoir à la jeune Turque. La reverrait-il ? Compte tenu du contexte, rien n'était assuré. De son lit d'hôpital, son oncle pouvait aussi bien décider de la mettre dans le premier avion pour Istanbul.

Mais quand il se brancha sur les informations, alors qu'il n'était plus qu'à une vingtaine de kilomètres d'Oum el-Fahem, le policier comprit qu'Ana Güler ne repartirait pas de sitôt. « Il ne fait plus bon être juif dans les rues d'Istanbul ou d'Ankara, déclamait le présentateur de la première radio israélienne. Des bandes d'hommes armés sillonnent les principales villes du pays pour régler leur compte, comme ils le disent, à tous les représentants de notre communauté. Et les autorités, malgré les accords qui les lient à notre pays, semblent laisser faire. Le bureau du Premier ministre conseille à tous ceux qui auraient de la famille ou des relations en Turquie de les faire venir en Israël de toute urgence. »

Le reste des nouvelles du monde était si effrayant que Bishara finit par couper la radio. Des actes antisémites étaient répertoriés dans toute l'Europe où les dirigeants semblaient avoir du mal à coordonner leurs efforts pour combattre la violence croissante. Un couple de touristes israéliens avait été abattu froidement en Indonésie aux cris de « Allah Akbar », tandis qu'une synagogue de New York avait été taguée, ses murs couverts de symboles nazis, une agression rarissime sur le sol américain.

Le pape, que l'on n'entendait plus guère sur le sujet, avait profité d'une visite aux Philippines pour appeler le monde au calme. « C'est le propre des peuples civilisés de savoir mettre un terme aux guerres de religion. Pour l'amour de Dieu, ne les rallumons pas ! Il en va du salut de nos âmes ! »

*

* *

Dans son bureau, Dennis Crocker regardait, effaré, les images télévisées d'Istanbul et d'Ankara abandonnées aux factions antisémites. Le monde n'allait pas revivre une telle abomination au cœur du XXIe siècle ! Il zappa et tomba sur les ultraorthodoxes qui réclamaient la fin d'Israël, à l'origine selon eux de tous les maux dont le peuple élu souffrait depuis 1948.

L'Américain se frotta les yeux, il devait être en plein cauchemar : on ne pouvait pas être revenu à ce niveau zéro de l'intelligence, on ne pouvait pas avoir oublié à ce point les leçons de l'histoire. Pourtant, des foules haineuses défilaient sous ses yeux, d'un bout à l'autre de la planète.

Il attrapa sur son bureau le dossier contenant les derniers télégrammes reçus des postes diplomatiques. Il avait trente minutes pour en faire une synthèse de deux pages à destination de la secrétaire d'État.

Crocker mit de côté ceux qui ne présentaient pas de caractère d'urgence – le continent sud-américain semblait indifférent à ce qui se passait au Moyen-Orient – et se concentra sur les zones sensibles. Les ambassadeurs en poste dans les principaux pays d'Europe se montraient inquiets de l'augmentation brutale des attaques antisémites mais confiants dans la capacité des autorités nationales à maintenir l'ordre. La France, pays à forte composante musulmane, où vivait également une importante communauté juive, était sous haute tension. Les chefs religieux étaient intervenus publiquement pour appeler au calme, le recteur de la Grande Mosquée de Paris s'interrogeant même sur ces rumeurs d'empoisonnement. « Qu'attendent les scientifiques pour faire la lumière sur cette affaire ? C'est le flou qui entretient la peur, et donc la violence ! » Commentaire de l'ambassadeur des États-Unis en France : « Le problème, c'est que les scientifiques semblent bien en peine de confirmer ou d'infirmer quoi que ce soit. Selon une source haut placée à l'Institut Pasteur, l'épidémie peut parfaitement avoir été déclenchée de façon intentionnelle. Les faits se déroulant en Arabie Saoudite, pays complètement fermé, personne ne sait rien. »

Des manifestations massives sillonnaient chaque jour les grandes villes du vieux continent mais, pour l'instant, elles s'étaient toujours terminées de façon pacifique. En Russie, la situation était calme. Quelques musulmans avaient bien tenté de se regrouper devant l'ambassade d'Israël mais ils avaient été embarqués sans ménagement par les forces de police.

Le télégramme de l'ambassadeur des États-Unis en Israël était le plus alarmiste : « La situation ici peut basculer d'une seconde à l'autre dans l'anarchie. Les Palestiniens de Cisjordanie et de Gaza, enfermés derrière leur mur, ne sont pas les plus dangereux. Ceux de Jérusalem-Est sont contenus par un dispositif policier sans précédent. Depuis qu'un jet de pierre a provoqué l'accident d'un pacifiste israélien renommé, aujourd'hui dans un état grave, nous avons compté une jeep tous les cent mètres le long de la ligne qui sépare Jérusalem-Est de Jérusalem-Ouest. Plus aucun Palestinien ne peut traverser. En revanche, la situation est très tendue, si ce n'est explosive, dans les villes arabes israéliennes. Là, aucun mur ne sépare les Arabes des Juifs. Dans certaines villes, telles Jaffa, Haïfa et Akko, les populations se côtoient. Et toute la hargne accumulée par les Arabes semble vouloir se déverser à l'occasion de cette épidémie. Ils se sentent une responsabilité vis-à-vis de leurs frères palestiniens bloqués de l'autre côté du mur. Et le plus grave, c'est que le gouvernement israélien, soutenu par les extrémistes russes, semble tenter de saisir cette occasion pour transférer les Arabes hors d'Israël, ce qui provoquerait un bain de sang. Je vous rappelle que le Premier ministre lui-même avait évoqué cette possibilité. La population israélienne, jusqu'alors, ne le suivait pas, mais le niveau de tension actuel pourrait servir ses desseins. »

Dennis Crocker lâcha le télégramme. On était bel et bien au bord d'une guerre civile en Israël, une situation qu'ils n'avaient peut-être pas suffisamment envisagée, tout occupés qu'ils étaient par les morts de La Mecque.

Il s'apprêtait à lire le télégramme en provenance de Pékin quand son téléphone sonna. Une ligne intérieure qu'il identifia instantanément.

— Priscilla, je t'écoute…

— Rice est là ? Il y a du nouveau. Le SHOC vient de nous signaler des cas suspects en dehors de La Mecque.

— Dieu du ciel ! Où ça ?

— À Moscou. Il semblerait que les autorités aient tenté de les cacher pendant plusieurs jours mais la situation prend une tournure trop préoccupante. Une des personnes contaminées est morte et de nouveaux cas se déclarent. Le Kremlin vient à l'instant de décider de mettre les malades en quarantaine, et d'alerter l'OMS.

— Rice est dans son bureau, elle dort. Elle m'a fait promettre de la réveiller s'il y avait quoi que ce soit. Je m'en occupe. Dans quinze minutes à la salle de réunion ? Je contacte Bowles.

— Parfait.

Crocker avait l'habitude de se trouver à tous les endroits à la fois, avec différents interlocuteurs au même moment, mais réveiller la secrétaire d'État en plein milieu d'un somme trop bref était une tâche à laquelle il ne se ferait jamais. Susan Rice avait des bons côtés mais elle pouvait être cassante, notamment au réveil.

Le bureau du conseiller était séparé de celui de la secrétaire d'État par une sorte de cagibi dans lequel officiait une assistante qui avait vu défiler bon nombre d'hommes et de femmes à poigne. Plantureuse et affable, Elizabeth n'était plus très loin de la retraite mais gardait une énergie hors du commun qui lui permettait notamment de porter en permanence deux sacs à main : le sien, et celui de Susan Rice, un Prada hors de prix dont Crocker préférait ignorer la provenance. Elle gardait dans son tiroir une photo de son chef préféré, le *so charming* James Baker qu'elle idolâtrait, et personne ne pouvait vraiment l'en blâmer.

Quand Crocker entra dans le bureau de Beth, comme ils l'appelaient tous, celle-ci avait le visage enfoui dans les mains. Accablée. Entendant son pas, elle leva la tête.

— Je n'en peux plus, Dennis, ils vont me rendre folle.

— Qui donc ?

— Les journalistes. Ils veulent tous un entretien exclusif. J'ai beau leur dire que Mme Rice ne communiquera pas avant le point presse de cet après-midi, ils me harcèlent tous. Et Beth par-ci, et Beth par-là… Je ne peux plus les voir en peinture.

Tous les médias avaient des journalistes accrédités auprès du département d'État, de la Maison Blanche et du Pentagone. Les grandes agences de presse, de Reuters à l'AFP, avaient un correspondant dans la place, et rien ne devait leur échapper. Ils occupaient le deuxième étage du bâtiment qui en comptait sept, à quatre étages seulement de la responsable des lieux, ce qui constituait une sorte de supplice de Tantale.

— Je vous fais confiance, c'est un mauvais moment à passer…

À cet instant, Marlon Bowles passa la tête par la porte entrebâillée.

— Elle est là ?

— Oui, mais elle dort, je vais la réveiller. On a une réunion dans dix minutes, j'étais sur le point de t'appeler.

— Cela tombe bien. Il faut qu'on se parle de toute urgence, ça chauffe en Israël.

*

* *

Regroupés sous les feuilles odorantes d'un térébinthe, ils avaient l'air d'attendre sagement le bus. Trois à quatre cents étudiants arabes de l'université du Mont Scopus, à Jérusalem, dont une bonne moitié de filles – certaines voilées, d'autres moulées dans un jean –, étaient venus soutenir les habitants d'Oum el-Fahem. Au signal de Rambo, ils s'ébranlèrent vers les soldats israéliens qui, insensiblement, s'étaient rapprochés du carrefour. Calmes, déterminés, ils défilaient du même pas lourd, insensibles aux armes braquées sur eux. « Nous ne nous laisserons plus humilier ! Cette terre est à nous ! » clamaient ceux du premier rang, bras levés.

« Les juifs sont en train de tuer les nôtres à La Mecque, nous sommes toutes des kamikazes en puissance ! » scandaient des filles en tee-shirt court.

Des caméramans filmaient la manifestation sous tous les angles, les photographes s'attachaient à immortaliser un regard, une mèche sortie d'un foulard, un poing levé.

Au fur et à mesure de sa progression, le cortège grossissait, femmes et enfants s'intégrant dans la masse. Menés par Rambo, ils étaient désormais un millier à hurler en cadence leur colère contre Israël, dépassant les restes fumants de panneaux publicitaires. « Donnez-nous des armes pour tuer les Israéliens ! » clamaient des groupes de garçons à l'intention des pays arabes.

Quand l'un d'eux, plus jeune que les autres, peut-être douze ou treize ans, cheveux ras, regard buté, mit la main à la poche pour en sortir un pistolet à billes qui, de loin, semblait plus vrai que nature, une onde de crainte parcourut la première rangée des soldats qui tenaient les jeunes en joue.

Le frère du jeune garçon, apercevant au dernier moment son arme de pacotille, hurla : « Rentre ça tout de suite ! On ne joue pas là ! »

Trop tard.

Sans même se concerter, les soldats tirèrent. À balles réelles. L'adolescent et son frère aîné tombèrent les premiers. Déchiquetés. Puis la première rangée de filles. Certaines gémissaient, un œil arraché, la mâchoire en charpie.

En face, les soldats ne pouvaient plus s'arrêter. La peur, la rage étaient plus fortes que la raison.

Eli Bishara assista au drame du bas de la route qui menait à Oum el-Fahem. Il avait laissé sa voiture là où les montagnes de pneus bloquaient la circulation, il courait sur l'asphalte, face aux jeunes Arabes qui tombaient dans d'effroyables cris, il ne voyait que les dos des soldats voûtés sur leurs armes, et ce mouvement saccadé qui les faisait tressauter en cadence.

Il ne put rien faire.

Juste recueillir entre ses bras un jeune garçon qui appelait sa mère en pleurant avant d'exhaler son dernier souffle.

Les soldats de Tsahal, ce jour-là, tuèrent trente Arabes de douze à vingt-trois ans, treize femmes dont sept enceintes, et cinq bébés de trois à neuf mois.

Quand ils se rendirent compte de ce qu'ils avaient fait, ils se tournèrent vers leurs supérieurs qui rendirent compte au chef d'état-major des armées, lequel fut sommé par le Premier ministre de lire une déclaration en direct à la télévision publique.

« Ce n'est pas un soulèvement populaire auquel nous assistons aujourd'hui, mais bien à une insurrection armée et préparée de longue date ! Ne vous y trompez pas, l'épidémie de La Mecque n'est que le prétexte qu'ils attendaient depuis des mois pour nous attaquer ! Ces jeunes ont provoqué la fusillade, ils se sont mis en avant ! C'est ainsi que les Palestiniens, à l'automne 2000, avaient "obtenu" la mort du petit Mohammed à Gaza ! les Arabes essaient de nous pousser à l'erreur, de provoquer un *CNN effect*, un drame aussi terrible que le marché de Sarajevo ou le bombardement de Cana ! Ne vous laissez pas manipuler ! Leur objectif est de réveiller le sentiment de frustration des peuples arabes, ces oubliés de la mondialisation, et de montrer à la communauté internationale qu'elle se fourvoie en apportant son soutien à Israël ! Nous n'entrerons pas dans cette logique ! Nous continuerons, quoi qu'il nous en coûte, à défendre le peuple et l'État d'Israël ! »

Pas un seul mot de repentir à l'adresse des familles.

Le résultat fut immédiat. Dans les rues de Jaffa, Haïfa, Akko, Nazareth et tous les bourgs, tous les villages arabes d'Israël, la population descendit dans la rue pour réclamer la révocation du chef d'état-major des armées et la démission du Premier ministre.

Le commissaire Eli Bishara ne savait plus ce qu'il était : arabe ou israélien ? Quand Orit l'avait récupéré au pied d'Oum el-Fahem, sous une tente montée en catastrophe par une organisation humanitaire, il était en état de choc, incapable de conduire, ou même de parler. La jeune femme s'était montrée d'une douceur et d'une compréhension dont il ne l'aurait jamais crue capable, preuve que l'on se faisait parfois de fausses idées sur son prochain.

Seule l'image de la chevelure rousse d'Ana Güler, buisson de lumière dans ce désert de ténèbres, lui avait donné la force de se relever.

*

* *

Ibrahim el-Hakim était resté de longues heures couché sur le monticule de terre sous lequel reposaient sa femme et sa fille. Chaque grain de sable, chaque particule de poussière semblait lui transmettre un message. L'espace d'un instant, il s'était abandonné à l'idée de mourir là, à leur côté, puis il s'était souvenu des tas de cadavres que des bennes transportaient sur le lieu de leur incinération, et un reste de dignité lui avait fait renoncer à ce projet macabre. Il ne partirait pas en fumée dans le désert, ses os et sa chair mêlés à ceux d'inconnus.

La foule des morts était bien plus angoissante encore que celle des vivants.

Allongé sur le dos à même la terre, les yeux grands ouverts vers le ciel, il s'était laissé emporter par le parfum acidulé de l'eucalyptus et le silence des lieux, bien loin de l'agitation de la Kaaba, où Dieu rappelait à lui la plupart de ceux venus le célébrer en confiance.

Ibrahim el-Hakim n'avait jamais vraiment eu la foi. Sa pratique religieuse était plus culturelle qu'intime. Il se voyait davantage comme un musulman laïc même si cette notion faisait bondir sa femme : « Je te rappelle que les musulmans en France sont respectueux des valeurs de la République. Et celles-ci comprennent le respect de la liberté de conscience et de culte, la lutte contre toute domination d'une religion sur l'État et sur la société civile. Tu vois bien qu'il n'y a nullement besoin d'opposer l'islam à la laïcité ! » Très pratiquante, elle ne concevait l'islam que religieux. Alors, il s'était plié à son bon vouloir, accomplissant les rites par amour, ce qui, au fond, était une forme de croyance.

Il avait étudié le kémalisme, fasciné par ce mouvement réformiste qui avait révolutionné la Turquie. Et s'en sentait très proche : peut-être, en tant que policier, se retrouvait-il dans le combat des militaires turcs contre la mainmise de l'islam sur la société.

Aujourd'hui, il ne se posait plus la question : il n'avait accompli le pèlerinage que pour alléger les souffrances de sa fille et elle en était morte. S'il avait jamais eu la velléité de croire, c'était bel et bien terminé.

Il se redressa d'un coup, déterminé. Gémir ne lui ramènerait pas celles qu'il avait aimées. Puisqu'il était vivant, autant en tirer quelque chose. Il avait fait une promesse à sa femme, il se devait de la respecter.

Ibrahim el-Hakim jeta un dernier regard à l'eucalyptus, comme pour lui passer le relais, et se dirigea à pas lents vers l'hôpital Ajyad.

L'esplanade était quasiment vide, les pèlerins cherchaient l'ombre des allées voûtées. Ils s'amassaient là, accablés, trop faibles pour marcher, encore plus pour se rebeller contre les autorités, les médecins, Dieu ou même le diable. D'ailleurs, songeaient-ils seulement à se rebeller ? Ils avaient sans doute tous sur la conscience un écart, une mauvaise pensée, voire un péché susceptible d'avoir attiré sur eux cette punition divine.

Les environs de l'hôpital étaient étrangement déserts, comme si une bombe à neutrons s'était abattue là, désintégrant les humains et préservant les bâtiments. Ibrahim el-Hakim interpella un jeune homme masqué qui s'approchait de lui en poussant un chariot vide.

— Où sont passés tous les gens ?

L'autre stoppa à sa hauteur et le dévisagea de la tête aux pieds.

— Vous venez d'où, vous ?

Ibrahim el-Hakim indiqua de la main la direction de la Kaaba.

— De la maison de Dieu, mon frère. J'ai prié pour le salut de nos âmes…

Le regard devenait de plus en plus suspicieux.

— Tu es seul ?

Ibrahim el-Hakim hésita un dixième de seconde, l'autre ne sembla pas s'en apercevoir.

— Oui. Je venais voir si je pouvais aider.

— Tu ne tousses pas ? Tu n'as pas de fièvre ?

— Non, j'ai juste un peu faim.

La réponse eut l'air de satisfaire le jeune homme qui se pencha pour reprendre le chariot tombé à ses pieds.

— Les gens sont parqués dans deux bâtiments différents, à la périphérie de La Mecque. Ceux qui vont mourir, pour lesquels il n'y a plus rien à faire, et ceux qui sont sains. On ne garde dans les hôpitaux que les malades susceptibles de guérir. C'est pour ça que tu vois si peu de monde. Va là-bas et demande le Dr Youssef Chedid. Je te conseille de mettre un masque. L'atmosphère n'est pas très pure là-dedans…

Et il s'en alla sous le cagnard.

Ibrahim el-Hakim ressentit une bouffée de soulagement à le voir s'éloigner dans la direction opposée à celle de l'eucalyptus. L'espace d'un instant, l'idée l'avait traversé que l'homme venait récupérer les corps enterrés sous l'arbre, alerté par les multiples caméras qui surveillaient le site. Mais ce n'était que l'effet du soleil sur son crâne.

Le hall d'accueil de l'hôpital était un endroit lunaire, glacé tant la climatisation y avait été poussée à fond. Pas un seul malade n'était visible. Des infirmiers masqués le traversaient de temps à autre, telles des ombres blanches, sans un regard l'un pour l'autre. Le tout donnait une impression d'immense solitude.

Ibrahim el-Hakim intercepta l'un d'entre eux, demanda où il pourrait trouver le Dr Youssef Chedid. L'autre leva les yeux vers le ciel et marmonna : « Douzième étage », avant de tourner les talons. Il s'étonna que personne ne filtre le passage.

Les ascenseurs étaient condamnés. Par crainte sans doute qu'une personne contaminée ne s'y retrouve enfermée avec des personnes saines. Alors Ibrahim el-Hakim se résolut à prendre les escaliers, où les ombres blanches voletaient par-dessus les marches, affairées.

Arrivé au douzième étage, il avait presque tout oublié, La Mecque, l'épidémie, seuls comptaient son souffle qui manquait, les battements insensés de son cœur, la sueur qui perlait à son front malgré l'air glacé.

Il erra dans des couloirs gris métallisé percés de hublots qui donnaient sur des salles blanches où les malades étaient isolés dans des cages en verre. Par un de ces hublots, Ibrahim el-Hakim croisa le regard égaré d'une petite fille et tenta à toute force de se concentrer sur une autre image, ces tulipes par exemple qui décoraient certains murs, la douleur ne devait pas l'envahir, sinon elle balaierait tout.

— Vous cherchez quelqu'un ?

Il se retourna brusquement. Un homme en blouse blanche, pas très grand mais costaud, cheveux bouclés tel un adolescent, le fixait du regard. Il jeta un œil sur le nom accroché à la poche : Youssef Chedid. Il sourit.

— Oui, vous. Ma fille et ma femme viennent de mourir. Mais je ne suis pas malade, je le sens. Et j'ai promis à ma femme de tout faire pour aider. Je suis venu vous proposer mes services, je pense que je peux vous être utile.

— Vous êtes chevrier ?

*
* *

Susan Rice avait fait son possible pour reprendre figure humaine mais ses yeux cernés trahissaient le manque de sommeil, et ses cheveux un peu plats révélaient son renoncement. Un rapide coup d'œil sur son agenda la décida. De la salle de réunion où elle était accourue en dix minutes, elle appuya sur l'interphone.

— Beth, vous faites venir un coiffeur dans une heure. N'importe lequel, ça m'est égal, j'ai besoin d'être présentable pour la conférence de presse. Ils vont guetter le moindre de mes cheveux blancs…

Puis elle se leva pour se servir un mug de café frais, la seule chose qu'elle était en état d'avaler.

— Alors ? Il paraît qu'il y a du nouveau ?

— Oui !

Priscilla Knox et Marlon Bowles avaient répondu en même temps, le torse légèrement bombé, le doigt quasi levé, presque ridicules. La secrétaire d'État sourit pour la première fois depuis de longues heures et se rassit d'un air las.

— Je ne sais pas si je dois me réjouir d'un tel unisson. Voyons… honneur aux dames ! C'est comme ça qu'on dit, n'est-ce pas ?

Elle fixait sa conseillère scientifique, légèrement ironique.

Priscilla Knox se racla la gorge, consciente de l'importance du moment.

— Le SHOC, vous vous souvenez… la cellule de crise installée dans les sous-sols de l'OMS…

— Pour qui me prenez-vous, Priscilla, je me souviens même du nom du médecin avec qui j'ai communiqué là-bas, Lévy, non ?

— Je… Justement, j'ai préparé une visioconférence avec lui, là, tout de suite. Vous permettez ?

Elle se leva, actionna deux ou trois boutons sur un boîtier et l'écran géant placé en bout de table s'alluma. Un visage apparut.

— Docteur Lévy, vous êtes en liaison avec la secrétaire d'État, résumez-lui la situation, s'il vous plaît.

— Eh bien… ce que nous craignions est arrivé. L'épidémie n'est plus circonscrite à La Mecque. Nous avons des cas à Moscou. Et ils sont de plus en plus nombreux. De trois il y a une heure, nous sommes passés à sept, dont deux mortels, je crains que les chiffres ne grimpent très vite…

— Mon Dieu !

Susan Rice s'était enfoncée dans son fauteuil, comme si elle avait reçu un coup de poing dans le ventre. Elle regarda tour à tour ses conseillers, cherchant un semblant de réconfort, mais ils étaient fascinés par l'autre écran qui se dessinait dans le dos du médecin. Il affichait une immense carte du monde avec, clignotant en rouge, les zones touchées par la peste. La planète y apparaissait minuscule et l'Arabie Saoudite semblait en être l'épicentre. Des points rouges venaient de s'allumer à Moscou. Où clignoteraient les suivants ?

Dennis Crocker fut le premier à se ressaisir.

— Docteur Lévy, sait-on si ces cas sont récents et surtout si les personnes touchées ont pu avoir l'occasion de se croiser ?

— C'est là l'élément intéressant. Ces cas datent

de quelques jours mais les autorités ont tardé à les révéler. Sachez aussi que trois personnes ont été contaminées à la gare centrale et quatre à l'aéroport…

Crocker échangea un regard avec Rice qui se redressa sur sa chaise, une lueur d'excitation dans le regard. Elle prit le relais de son conseiller.

— La gare centrale et l'aéroport ? Peut-on imaginer dans ce cas que la maladie ait été « semée » par le pèlerin qui a contaminé La Mecque ? Cela signifierait qu'il est arrivé d'une province russe par la gare et qu'il a ensuite gagné l'Arabie Saoudite par l'aéroport ?

— C'est l'hypothèse sur laquelle nous travaillons. Si c'est le cas, soit l'épidémie va rester circonscrite à la Russie – on ne peut pas exclure qu'il ait infecté d'autres personnes dans sa province d'origine ou dans le train –, soit elle va se propager hors des frontières russes par des personnes contaminées qui ont pu gagner l'étranger. Bien entendu, il vaudrait mieux que cette dernière possibilité ne soit pas la bonne. Ses conséquences seraient catastrophiques : l'épidémie risquerait de devenir planétaire, auquel cas, personne ne serait à l'abri de la contamination.

Un silence lourd suivit l'intervention du Dr Lévy, très vite rompu par la secrétaire d'État qui semblait avoir repris un peu de vigueur.

— Marlon, où en est-on des négociations avec les autorités saoudiennes ? Sont-elles d'accord pour nous fournir la liste exhaustive des pèlerins ?

— Cela a été difficile mais elles ont compris

qu'elles n'avaient guère le choix… On devrait les recevoir d'une minute à l'autre.

— Au fait, j'espère qu'elles ne relaient pas cette stupide rumeur d'empoisonnement des puits par les juifs…

— Hm… elles ne relaient pas mais elles n'infirment pas non plus.

— Bon, c'est toujours ça. Priscilla, une fois qu'on aura la liste des pèlerins, pourra-t-on enfin lancer une enquête épidémiologique ?

La conseillère scientifique hésita. À cet instant, une jeune femme entra sans bruit dans la salle et déposa une note sous les yeux de Marlon Bowles.

— Ne vous laissez pas distraire, Priscilla. Avançons…

— On peut essayer mais ce sera compliqué car, pour l'instant, on ne connaît ni le nombre de morts, ni le nombre de malades à La Mecque. Les équipes médicales ont été tellement débordées dans les premières heures que beaucoup de cadavres ont été brûlés sans même avoir été recensés ! On pourra essayer de lancer une enquête d'incidence pour estimer le nombre de nouveaux cas mais, encore une fois, il va falloir se montrer extrêmement prudents avec les résultats car je crains qu'ils ne soient pas très fiables.

— Bien. Vous faites le maximum, bien sûr. Plus vite on comprendra le phénomène, plus on pourra sauver de vies humaines. Marlon, vous aviez aussi des informations à porter à notre connaissance…

Par une de ces gymnastiques dont il commençait

à avoir le secret, le conseiller diplomatique escamota à la hâte son chewing-gum au creux de sa joue gauche et avala rapidement un peu de salive. Crocker et Knox étouffèrent un fou rire nerveux.

— Oui. La Mecque n'est plus le seul endroit à haut risque de la planète, avec Moscou bien sûr. Israël est en train d'imploser. Pas sanitairement, j'entends. Politiquement. L'épidémie et les rumeurs qui l'accompagnent ont réveillé la guerre entre juifs et Arabes d'Israël. Pendant que nous tenions cette réunion, les soldats de Tsahal ont commis une grave bavure. Ils viennent de tuer plusieurs dizaines d'Arabes qui manifestaient contre Israël. Des jeunes pour la plupart.

*
* *

Quand il marchait encore, Victor Herbelot aimait à se perdre dans le noir charbonneux des flancs de l'Etna, percé des taches vert sombre que formaient les restes des forêts de pins épargnées par la lave. Du sommet du volcan, il se tournait vers Catane, et plus loin Messine, la mer à l'infini, il s'imaginait volant vers tout ce bleu puis plongeant dans les abysses de la Méditerranée, loin de la lumière, loin des hommes, loin des virus et des bactéries. Le vieil homme sourit. Jamais il n'aurait imaginé que, de son vivant, une telle catastrophe se produise. « La planète a été créée par une bactérie et elle mourra par une bactérie », sa phrase fétiche fascinait ou effrayait les jeunes chercheurs, du temps où il officiait à Pasteur. Il ne pensait pas alors être si proche de la vérité.

La question était : l'heure était-elle vraiment venue ?

Depuis le premier appel de Youssef Chedid, son téléphone n'avait cessé de sonner. On l'appelait des quatre coins du monde. Lui, le plus grand spécialiste européen des bactéries, accepterait-il de donner un coup de main, de distiller ses conseils, de prendre tel ministre de la Santé au téléphone puis tel autre, et jusqu'aux instances dirigeantes de l'Organisation mondiale de la santé ? Et surtout de jouer les interfaces avec les laboratoires pharmaceutiques, ces suceurs de fonds publics ?

Il avait grommelé « oui » à tous.

Après tout, il se voyait arrivé au bout du chemin et celui-ci, à nouveau, ne semblait plus avoir de fin. Comment y trouver quoi que ce soit à redire ?

Victor Herbelot avait donc décidé d'arrêter de jouer les vieux cons. Il était mort et on le ressuscitait, que demander de plus ?

À cet instant, la sonnerie de la porte d'entrée retentit. Il jeta un œil à la pendule. 12 h 30. Il n'attendait personne. Le vieil homme actionna les roues de son fauteuil et partit ouvrir, mâchoires serrées. Il n'aimait pas les imprévus.

Dans l'ombre du palier, Maria, la serveuse de la trattoria, tenait entre ses mains un plat de pâtes fumant qui dégageait une forte odeur iodée.

— Mais… ce n'est pas l'heure !

Elle se dandina sur ses escarpins, sa robe à fines

bretelles voletant autour de ses cuisses. Un sourire la défigura, elle avait de grandes dents.

— Le patron s'excuse. Il a un groupe à déjeuner. Le service va être un peu compliqué. Il préférait vous servir avant.

Il s'apprêtait à râler – à son âge, on avait des habitudes qui permettaient d'affronter le lent décompte du temps, le moindre changement pouvait générer une indicible angoisse – mais la bouche de la jeune fille se referma et il ne vit plus que le tissu de la robe qui collait à sa peau et ses genoux ronds qui dansaient tandis qu'elle franchissait le seuil.

Rien ne l'émouvait davantage qu'un genou de jeune femme, lisse et doux.

— Je vous pose ça où ? C'est des pâtes aux calamars, ils sont pêchés de ce matin, vous allez vous régaler…

— Là, là, sur la table. Non ! pas sur les papiers ! Bon sang ! Vous ne pouvez pas faire attention ? Vous voyez bien que ces papiers sont importants !

Indifférente à ses remarques, elle se pencha vers lui, sa poitrine dansant sous le tergal.

— Dites ! Vous me raconterez un jour vos histoires de microbes ! Le patron m'a dit que vous étiez un grand professeur avant !

— Justement. C'était avant. Je ne suis plus rien maintenant. Vous perdriez votre temps…

Elle posa la main sur son épaule. À travers le tissu de sa chemise, il perçut sa fraîcheur. Herbelot attendit quelques secondes avant de se dégager.

— Allez… on verra. Filez travailler. J'ai à faire.

Elle s'échappa en claquant la porte, laissant le vieil homme macérer dans l'odeur des calamars.

Il propulsa son fauteuil vers la fenêtre, et attendit qu'elle réapparaisse, virevoltant entre les tables, offrant ses grandes dents aux regards des clients qui parlaient fort pour accrocher son regard.

Herbelot sourit. Messine et Catane ne devaient plus laisser la peste les envahir.

Il allait mettre la pression sur l'OMS. C'était bien de s'enquérir d'antibiotiques pour soigner les malades mais, compte tenu des délais de fabrication, il fallait de toute urgence mettre un vaccin en chantier.

Il en existait bien un, mais fabriqué en trop faible quantité pour être offert au grand public. On le réservait pour les militaires en opérations spéciales ou les scientifiques en contact avec les animaux dans des régions endémiques de la peste, telles l'Afrique ou l'Asie.

Les médecins de La Mecque devaient, dans les plus brefs délais, expédier sous enveloppe « bulle » des prélèvements de crachats effectués sur coton-tige, dans les labos de référence d'Atlanta, Londres, Paris, Melbourne et Tokyo, où les experts les analyseraient puis compareraient les souches dites « sauvages » de la bactérie. Le but était de sélectionner les plus adaptées à la production industrielle.

Décrypter le matériel génétique allait permettre de déterminer celles qui donneraient le vaccin le plus efficace.

Quatre semaines pour cultiver le vaccin en labo, deux mois pour les essais cliniques afin de démontrer que le produit était bien toléré et ne provoquait pas d'effets secondaires trop lourds, puis deux à trois semaines minimum pour obtenir le feu vert définitif des autorités sanitaires… Tout cela signifiait que rien ne serait disponible sur le marché avant quatre mois.

« Combien d'hommes et de femmes seront morts d'ici là ? » s'interrogea Herbelot en observant pour la énième fois les poissons scintiller sur la glace, en bas sur la place du marché, et les écailles des oursins briller tels les ongles rouges de Maria.

Pour participer à la lutte contre la maladie, les plus importants laboratoires pharmaceutiques étaient entrés en contact avec Herbelot. La moindre information sur le comportement de la bactérie était cruciale pour eux. Des dizaines, voire des centaines de milliards de dollars ou d'euros étaient en jeu. Et, au bout du compte, la place de leader mondial.

À 15 heures, ce jour-là, le vieux professeur appela La Mecque. Une nécessité. Il sentait monter en lui un sombre pressentiment.

Youssef Chedid décrocha à la deuxième sonnerie.

— Comment ça va, petit ?

Il mit longtemps à obtenir la réponse. L'Égyptien ne parvenait plus à parler tant il toussait.

*

* *

Autour de la table, ils étaient sept, dont le chef du gouvernement israélien. La mine des grands jours. Les mains crispées sur des dossiers qui servaient juste à faire illusion. Ils connaissaient la situation par cœur.

Le cabinet de crise avait été convoqué pour 15 heures. Dans le bureau du Premier ministre. Ils arrivaient tous d'un déjeuner, les paupières commençaient à tomber, les ventres à se relâcher. Leur souffle était court, ils savaient qu'ils ne sortiraient pas indemnes de la phase actuelle.

Moshe Bensimon ouvrit la séance. Ses yeux étaient veinés de rouge, il n'avait guère dormi depuis deux jours, tenait à coups de Coca-Cola et de cigarillos, son haleine empestait.

— Messieurs, l'heure est grave. Nous allons être montrés du doigt un peu partout à cause de la bavure du chef d'état-major des armées…

L'officier général visé fit mine de vouloir se justifier, le Premier ministre leva les mains pour lui intimer l'ordre de se taire.

— Pas de commentaires, s'il vous plaît, ce dérapage n'est pas le premier, il ne sera sans doute pas le dernier. Et nous avons l'habitude d'être désignés à la vindicte de l'opinion mondiale, tout cela n'est donc pas très inquiétant. Je vais même vous dire : ce qui s'est passé à Oum el-Fahem va peut-être nous faciliter la tâche.

Stupeur générale autour de la table. Andreï Sokolov, invité spécial à cette réunion de crise, sentit un picotement lui parcourir l'échine.

— J'ai bien réfléchi. Je crois que, au point où nous en sommes, et compte tenu de l'agressivité croissante des Arabes à notre égard – regardez ces rumeurs qui accompagnent l'épidémie de La Mecque –, eh bien, nous pouvons mener nos projets à leur terme. Nous tenons enfin le prétexte tant attendu pour transférer les Arabes hors de chez nous. On nous en voudra pendant quelques mois, les journalistes écriront des choses odieuses, les politiques auront des paroles malheureuses, et puis… le monde passera à autre chose. Comme chaque fois. Que peut-on faire contre nous ? Rien.

— Hm… Les États-Unis peuvent réduire leur aide.

Seul le ministre de l'Industrie avait osé prendre la parole. Cet ancien travailliste faisait partie de la garde rapprochée du chef du gouvernement. Il avait longtemps occupé le poste de ministre de la Défense, ce qui lui donnait une assurance qui le plaçait parfois sur le fil, à deux doigts du limogeage.

Bensimon lui jeta un regard furibond.

— Tu les as déjà vus dépasser le stade de la menace ? Allons donc, jamais les États-Unis ne laisseront tomber Israël. Ils ne PEUVENT pas. D'abord, nos amis là-bas ne nous lâcheront pas, et nous en comptons beaucoup. Ensuite, nous représentons un enjeu stratégique vital ! Comme l'a dit récemment le vice-président des États-Unis, « Israël est un phare qui montre le chemin dans une région ravagée par les méfaits du radicalisme, de l'extrémisme, du despotisme et du terrorisme ! » Comment peux-tu remettre ça en cause ?

— Oui mais… à trop tirer sur la corde…

— Dis donc, tu es devenu une vraie femmelette, toi ! Tu aurais bien besoin de changer d'air…

Le ministre de l'Industrie rentra la tête dans les épaules. Il avait un visage de batracien et un corps difforme qui le faisait marcher comme un Culbuto. Personnage favori des caricaturistes qui aimaient à le croquer se dandinant parmi les mines, il semblait parfois avoir du mal à s'assumer.

Andreï Sokolov renchérit :

— Les accords d'Oslo n'ont abouti qu'à créer des camps de concentration pour les Arabes. Il faut en finir avec cette situation, et leur trouver un pays d'accueil. On leur donnera une terre, on les aidera à s'installer et on est même prêts à leur racheter leurs maisons ici !

— Oui… pour un shekel symbolique…

Le ministre de l'Industrie n'avait pas pu se retenir. Sokolov haussa les épaules.

— Et pourquoi pas ? On nous ressasse assez que ces gens-là ont besoin d'une reconnaissance. Un dédommagement, même symbolique, en serait une. Après, ils se retrouveraient entre eux, je ne vois pas où est le problème puisqu'ils nous détestent.

Le ministre de l'Industrie, une nouvelle fois, se lança.

— Vous avez pensé à la réaction de Shattner ?

— Excuse-moi, mais Shattner ne représente rien.

— Il est juste président d'Israël.

— Un poste honorifique, tu le sais bien.

— Peut-être, mais il a une véritable aura à l'étranger. Il y est perçu comme un personnage historique, un sage…

Bensimon ricana et alluma un nouveau cigarillo.

— Un sage, mon cul ! Sa réaction ne m'inquiète pas parce que sa crédibilité est proche de zéro en Israël. Or, c'est ça qui m'importe le plus. Ce que pensent nos concitoyens. Et croyez-moi, quatre-vingt-dix pour cent d'entre eux, que dis-je… quatre-vingt-dix-neuf pour cent, n'attendent qu'une chose : qu'on les débarrasse des Arabes…

Cette fois, personne n'eut rien à redire. Le chef d'état-major affichait une mine impénétrable. Bensimon se tourna vers lui.

— Bien, je sais que vous avez des scénarios tout prêts mais nous n'allons pas la jouer trop autoritaires. La Jordanie et l'Égypte s'étant déclarés prêts à accueillir des Arabes d'Israël, nous allons laisser une semaine à ces populations pour partir d'elles-mêmes. Si, passé ce délai, elles n'ont pas bougé, nous les transférerons par autocar. Dès demain, je veux que l'armée investisse toutes les villes et tous les villages concernés et change les inscriptions et les panneaux. Je ne veux plus voir un caractère arabe dans ce pays. Nous sommes et nous demeurerons un État juif !

*

* *

Dennis Crocker se tenait debout sur le côté gauche de la tribune. Il n'avait pas mangé depuis la veille au soir – pas eu le temps – et son grand corps l'encombrait. Il aurait tout donné en cet instant pour être un pur esprit, débarrassé des contingences matérielles. Mais il n'avait pas le choix : il avait faim, la sueur ruisselait sous sa chemise et sa cicatrice le démangeait, comme à chaque gros coup de stress.

Le diplomate jeta un œil à la secrétaire d'État qui venait de s'installer à la tribune. Cheveux laqués, nuque raide, traits figés, elle affichait un de ces sourires de façade qui ne présageaient rien de bon.

À ses côtés, le nouveau Secrétaire général de l'ONU tâchait de présenter un visage impassible. Sa participation à une conférence de presse dans les locaux mêmes du département d'État était exceptionnelle, mais Susan Rice avait insisté. La crise était planétaire, l'ONU avait son rôle à jouer. Rein Laristel venait juste de prendre ses fonctions, certes, mais son expérience pouvait leur être précieuse. À deux, ils seraient plus forts.

Le vieil homme se tenait assis avec une certaine décontraction, épaules relâchées sur le dossier de son siège, bras droit posé sur son genou plié. Seul le bout de ses doigts qui traçaient des arabesques dans l'air trahissait son appréhension. À l'exception de deux ou trois d'entre eux, il n'appréciait guère les journalistes. Ces gens-là ne baissaient jamais vraiment la garde, à l'affût de la moindre info négociable. Le « off », comme ils disaient, était une belle fumisterie. Une ou deux fois, il s'était laissé aller à quelques confidences ou, pire, un jugement de valeur sur un collègue, il avait retrouvé ses propos dans le journal, reproduits au détail près.

Cette fois, que fallait-il leur dire ? Que le monde était revenu au Moyen Âge avec ses épidémies et ses guerres de religion ? Que, malgré ses progrès constants, la science demeurait impuissante à éradiquer un mal ancestral ? Que tout ce que l'humanité avait vécu ces dernières centaines d'années n'avait servi à rien ?

Que ni l'individu ni la collectivité n'avaient la mémoire du chaos ?

Ils avaient passé une demi-heure à préparer cette conférence de presse, essayant d'anticiper les questions et de préparer les réponses, et pourtant Susan Rice et Rein Laristel se sentaient en cet instant aussi démunis que s'ils étaient nus, livrés aux regards et aux pensées.

Le responsable de la sécurité lui ayant signalé d'un hochement de tête que la salle ne pouvait plus accueillir personne, la secrétaire d'État tapota sur la tribune de la pointe du stylo qu'elle tripotait depuis l'instant où elle s'était assise.

— Mesdames, messieurs… nous allons commencer. Votre temps est précieux, le nôtre aussi. Première question.

Une jeune femme se leva. Petite. Blonde. Boulotte. Des lunettes octogonales.

— Flora Burns de *Time Magazine*. Monsieur le Secrétaire général, l'OMS, qui dépend des Nations unies, n'a toujours pas révélé la nature de l'épidémie qui sévit à La Mecque. Avez-vous des éléments à nous communiquer à ce sujet ?

Laristel se pencha, croisa lentement ses mains sur la tribune et plongea son regard dans celui de la journaliste. Son visage n'exprimait rien.

— La peste, mademoiselle. Il s'agit d'une épidémie de peste.

Durant un instant que chacun trouva interminable mais qui ne dura peut-être qu'un dixième de seconde, un silence de mort régna dans la salle. Puis trois journalistes se levèrent en cognant leurs chaises, des agenciers qui se précipitaient dans la salle de presse pour rédiger et envoyer une dépêche en urgence, et un brouhaha insensé s'installa.

Pour la deuxième fois, Susan Rice actionna son stylo.

— Allons, allons, nous ne sommes pas dans une cour d'école, un peu de discipline. Deuxième question.

Une autre femme prit la parole. Blonde aussi mais un peu plus âgée.

— Viviane Wood, *Washington Post*. Comment est-ce possible, je croyais que la peste avait disparu ? Sait-on comment cela est arrivé ? A-t-on encore des traitements ? Des vaccins ?

— Attendez, attendez… pas plus de deux questions à la fois, il faut que chacun ait la possibilité de s'exprimer. Je vais vous répondre, sous le contrôle bien sûr de ma conseillère scientifique ici présente, elle-même médecin. La peste est considérée par l'OMS comme une maladie réémergente. Elle se transmet par l'animal puisque les rongeurs sauvages en constituent le réservoir naturel. Vous avez noté que, ces dernières années, de nombreuses maladies liées à l'animal sont apparues ou réapparues, de la vache folle à la grippe aviaire en passant par le SRAS. La faute en revient à la mondialisation qui favorise les échanges, de biens et de produits, mais aussi de virus et de bactéries. Quant aux traitements, je vais être honnête avec vous, comme je l'ai toujours été durant ces quatre dernières années, nous en manquons. Sur ce coup-là, les laboratoires pharmaceutiques n'ont pas joué leur rôle. Mais la mobilisation, à l'heure où je vous parle, est générale.

Plusieurs journalistes se levèrent en même temps, tendant désespérément le doigt pour se faire remarquer par Susan Rice qui désigna un homme d'un certain âge, la peau très mate.

— Madame, on dit que les juifs ont empoisonné les puits de La Mecque. Pouvez-vous le confirmer ?

— Je ne m'abaisserai certainement pas à commenter de telles sottises colportées, je n'en doute pas, par quelques esprits malintentionnés qui essaient de profiter de l'hystérie qu'engendre la peur. Une chose seulement, puisqu'il vous faut du concret. Cette forme de peste ne se communique que par voie respiratoire. Au plan purement médical, donc, cette rumeur n'a aucun sens.

Une vague de murmures parcourut la salle. Les journalistes de presse écrite prenaient frénétiquement des notes, les autres ajustaient leurs Nagra ou leurs caméras.

— Madame Rice !

Un homme plutôt grand, cheveux poivre et sel, la cinquantaine, interpella la secrétaire d'État d'une voix de stentor. Il semblait la connaître.

— Tom Fisher, *New York Times*. Pouvez-vous nous faire un point de la situation en Israël ? L'armée vient de tirer sur de jeunes Arabes qui manifestaient, et on dit que le gouvernement est en train de préparer une vaste opération de transfert de la population arabe. Nous le confirmez-vous ? Les États-Unis vont-ils laisser leur principal allié dans la région entreprendre une chose pareille ?

Susan Rice se pencha un instant vers Rein Laristel, main sur le micro afin de garder la confidentialité de cet aparté. Puis se tourna vers le journaliste.

— Nous suivons ces événements de très près, je vous le confirme. Et je n'aurai qu'une chose à dire à ce sujet. Le temps est venu pour le gouvernement israélien d'être un gouvernement d'union nationale pour la paix plutôt que pour la guerre. Telle est la teneur du message que nous venons d'adresser au Premier ministre d'Israël.

*
* *

Elle sentit sa main sur la sienne avant même de le voir. Ana Güler se dit qu'elle avait perdu la vue en plus de la voix, ce devait être une punition, mais pourquoi ? Qu'avait-elle pu faire pour basculer dans un tel trou noir ? Elle ouvrit les yeux et n'y songea plus. L'homme brun était assis à ses côtés et il la regardait. Bizarrement, elle n'en fut pas surprise. Depuis qu'elle l'avait vu entrer dans cette chambre d'hôpital, elle savait qu'il reviendrait. D'abord, il ressemblait à un Turc. Elle n'avait jamais vraiment aimé les Turcs – trop brutaux, trop trapus – mais tout de même c'était sa vie, et cet homme-là était à la fois de là-bas et d'ici, l'union de tout ce qu'elle aimait, il était puissant et élégant avec ses chemises de lin blanches et cet anneau d'argent qu'il portait autour du poignet et qui, en cet instant, lui cisaillait le pouce.

Elle glissa doucement sa main sur le drap pour déplacer le poids du bracelet mais l'homme s'agrippa et Ana Güler entraperçut une telle lueur de détresse dans son regard qu'elle interrompit son mouvement. « Reste avec moi, je t'en prie... » Elle avait lu ces mots sur ses lèvres plus qu'elle ne les avait entendus, et la supplique provoqua en elle une telle bouffée d'émotion que la jeune femme saisit le poignet de l'inconnu pour l'attirer à elle.

La chambre était plongée dans la pénombre. Quelques bruits parvenaient du couloir, étouffés. Nul écho de chariot poussé à la hussarde, ni de cris de visiteurs pressés ou d'infirmières survoltées, il devait faire nuit et l'hôpital se repliait dans son vallon de verdure, abrité des fous par les citronniers et les bougainvilliers.

Il remonta doucement la main le long de son bras, comme un aveugle prenant connaissance du corps et du visage de l'autre, s'attarda sur son épaule puis glissa sur son cou pour atteindre ses lèvres qu'il suivit délicatement du bout du majeur. Ana Güler se laissait faire, immobile. Plus rien ne comptait en cet instant que ce doigt sur sa peau qui la brûlait.

Elle se poussa sur le côté gauche du lit et il s'allongea auprès d'elle, indifférent aux chuchotements derrière la porte, personne n'aurait pu l'empêcher de rejoindre cette femme.

Elle était la vie quand tout autour de lui avait sombré dans le sang et la poussière.

Il passa ses bras autour de ses épaules tandis qu'elle dégrafait lentement les boutons de sa chemise blanche afin de glisser sa main, sa joue sur le torse chaud et massif qui s'offrait à elle, perdue dans cette chambre d'hôpital d'Eïn Kerem.

Il sentait une légère odeur de cigarette et de sueur fraîche, une odeur d'homme en somme, qu'elle n'avait pas humée depuis si longtemps que la tête lui tourna un instant. Elle s'abandonna dans ces bras qui la serraient. Ana Güler fourra son visage contre son cou, approcha ses lèvres de son oreille. « Écrase-moi. » Elle se rappela trop tard qu'elle ne parlait plus mais il comprit sans l'entendre car il la serra plus fort, l'emprisonnant dans une masse de muscles, de peau et de poils. C'était ainsi qu'elle aimait les hommes, une force animale et des éclats de douceur.

Il la renversa sur le lit, tira ses mains en arrière, et commença à parcourir sa peau de ses lèvres, lentement. Elle pria en silence pour que l'odeur de l'hôpital, cette terrible odeur de produits désinfectants et de nourriture réchauffée, ne soit pas collée à elle, mais l'homme brun – elle ne savait même pas son prénom, ni même son rôle exact dans tout ce *balagan*, mais au fond cela n'avait aucune importance – semblait apprécier le goût de sa peau que des amants passés lui avaient confié être unique.

Ana Güler n'avait jamais vécu de vraie histoire avec un homme. Elle se lassait vite. L'amour, le sexe étaient plus intenses, plus beaux, dans les livres que dans la vraie vie. Elle avait bien eu une liaison, plutôt longue, avec un diplomate italien, très brun lui aussi, mais trop bavard, trop féminin, trop émotif. Elle avait détesté ça. Et puis, surtout, il était marié ; un jour elle n'avait plus supporté les étreintes à la va-vite au-dessus de la librairie et la culpabilité qu'il affichait après. Elle avait mis fin à l'histoire et il avait été muté ailleurs. Le sentiment de liberté qu'elle avait alors éprouvé l'avait éloignée de toutes les histoires possibles.

Elle avait trop à lire encore pour perdre du temps avec un homme qui finirait par l'ennuyer.

Celui-là en était loin, songea-t-elle en plongeant son regard dans le sien alors que, tout doucement, il écartait l'épouvantable blouse d'hôpital pour accéder à sa chair tendre et chaude. Celui-là surtout, c'était un héros de littérature. Le voyant s'approcher, elle avait pensé à Flaubert écrasant dans ses bras la belle Koutchouk Hanem sur les bords du Nil, et au goût de térébenthine et de miel qu'elle lui avait laissé entre les lèvres.

Il faisait nuit noire et Ana se rêvait en Salammbô. Sa blouse avait glissé, elle était nue entre ses bras, il caressait lentement sa peau du plat de ses mains brûlantes, fourrant son visage dans les replis les plus chauds et les plus doux, suçant, léchant les boutons de ses seins et de son sexe, elle faillit se mordre les lèvres pour ne pas crier avant de se rendre compte que c'était inutile. Cette nuit, quoi qu'il lui fasse, aucun son ne sortirait de sa gorge.

*
* *

Au cent cinquante-troisième étage de la Burj Khalifa, dans la suite royale de l'émir, Ahmed Fahra et Saher Zobi, les deux députés arabes israéliens en exil, se repassaient en boucle les images du massacre des jeunes d'Oum el-Fahem et les premiers signes d'un transfert de leur peuple vers la Jordanie et l'Égypte.

— La communauté internationale ne peut pas laisser faire une chose pareille ! Et nous, on ne peut pas rester là les bras ballants ! Ahmed, dis quelque chose !

Au pied de la tour, le complexe commercial bâti autour d'un lac artificiel percé de jets d'eau géants venait d'ouvrir ses portes après plus de dix ans de travaux. Avec la crise financière, le chantier avait pris du retard et les deux promoteurs immobiliers de l'émirat, Emaar et Nakheel, avaient bien failli y laisser leurs derniers dirhams. C'est que Dubaï, contrairement à son voisin Abu Dhabi, ne possédait pas une seule goutte de pétrole. Sa richesse provenant essentiellement des investissements étrangers, l'émirat s'était retrouvé bien démuni quand ceux-ci s'étaient taris. De Manhattan du monde arabe, il s'était brutalement transformé en chantier interrompu à ciel ouvert, armatures de béton dressées sur des moignons de gratte-ciel, bureaux et parkings désertés par les banquiers et les hommes d'affaires. Sans l'aide d'Abu Dhabi, il aurait sombré dans les dunes du désert.

Le riche émirat avait injecté des milliards dans l'économie de Dubaï afin de le maintenir à flot, via son fonds souverain, ADIA, qui comptait bien profiter de la banqueroute mondiale pour grimper dans le capital de toutes les grandes banques et entreprises de la planète.

Abu Dhabi n'agissait pas ainsi par pure philanthropie. Son émir, l'homme le plus riche de la région, nourrissait d'immenses ambitions. Détenir le moindre arpent de Dubaï était la première d'entre elles.

Ses fonds personnels ayant permis d'achever la plus haute tour du monde, il avait installé ses bureaux et ses appartements aux cent cinquante-troisième et cent cinquante-quatrième étages de la Burj Khalifa, à quelques étages de la pointe. La flèche était si fine que le vent la faisait osciller sur une amplitude de deux mètres. Il partageait désormais son temps entre son palais d'Abu Dhabi, bâti sur une dalle de marbre qui venait mourir le long d'une des plus belles plages de sable fin du golfe Persique, et les hauteurs de la Burj Khalifa. De là, il dominait, à tous les sens du terme, les Émirats arabes unis.

Il avait le pouvoir économique (« *Welcome in the richest town in the world* », annonçait un panneau à l'entrée d'Abu Dhabi), il ne lui manquait plus que le pouvoir politique, le leadership du monde arabe.

Or, depuis des décennies, peut-être même depuis la mort de l'Égyptien Nasser, celui-ci résidait entre les mains du roi d'Arabie Saoudite.

C'est une des raisons pour lesquelles l'émir avait accueilli à bras ouverts Ahmed Fahra et Saher Zobi. Les Arabes d'Israël n'avaient jamais représenté un enjeu pour le Proche et le Moyen-Orient. Eh bien, justement, il serait le premier sur ce coup-là. Les événements de ces derniers jours lui avaient donné raison : Israël expulsait ses Arabes et l'Arabie Saoudite n'y pouvait rien, trop occupée à soigner son cœur et même son âme rongés par la peste. Il tenait peut-être là sa chance.

En ce jour de deuil pour la communauté arabe d'Israël, alors que le ciel turquoise rejoignait les eaux limpides du détroit d'Ormuz, les deux députés arabes se sentaient très seuls.

— Que veux-tu que je fasse, Saher ? Me télétransporter à Tel-Aviv et ordonner à ce salopard de Bensimon d'arrêter ? Si quelqu'un peut agir ici, c'est notre hôte, personne d'autre.

À cet instant, un homme en costume occidental entra sans frapper.

— L'émir souhaite vous voir. Il vous attend dans ses appartements, à l'étage supérieur.

Les deux députés se regardèrent sans trop y croire. Saher Zobi finit par partir d'un rire un peu nerveux, il n'avait guère dormi depuis son départ d'Israël, incapable d'accepter l'idée qu'il ne reverrait peut-être plus son pays ni sa famille, mal à l'aise dans cette tour de verre et de béton que le vent menaçait à chaque instant de rabattre sur terre. Il finit par flanquer une grande tape dans le dos de son collègue.

— Ahmed, je ne sais pas si tu as la capacité de te télétransporter, mais tu as des dons de divination, ça, c'est sûr. Ne me dis surtout pas ce qui va suivre, ça risquerait de me foutre les foies, je suis un peu fragile en ce moment, tu sais…

L'autre sourit mais il n'en menait pas large. Les deux hommes n'avaient rencontré l'émir qu'une seule fois, le soir de leur arrivée. Il les avait attendus à l'aéroport dans un salon privé pavé de marbre et bondé de journalistes. Sous les crépitements des flashs, il les avait serrés dans ses bras, prononçant quelques mots de bienvenue la main sur le cœur.

Ils avaient apprécié le geste, certes, mais n'avaient pas été dupes. Ils n'étaient qu'un morceau de glaise entre ses mains, glaise que l'émir avait le pouvoir de malaxer à sa guise.

*

* *

Youssef Chedid relut pour la troisième fois les résultats de ses analyses. Rien. Il n'avait rien. Juste une banale bronchite due sans doute au système de climatisation que l'on avait tendance ici à pousser à fond. Et pourtant il s'était vu mort, son corps jeté au brasier avec tous les autres.

Il avait ouvert l'enveloppe comme il aurait joué à la roulette russe, tremblant de tous ses membres. Prêt au pire.

— Ibrahim. Je n'ai pas la peste, tu peux croire ça ?

Le flic et le médecin ne se quittaient plus. Le malheur et la solitude peut-être. Ou le souvenir de Paris que Youssef Chedid ne cessait de chercher auprès d'Ibrahim el-Hakim. « Et la librairie Shakespeare, tu la connais ? Sur les quais, près des petites rues où on mange des sandwichs grecs qui vous filent la chiasse pendant toute une nuit. Mais si… tu y es forcément allé. Un endroit dingue, tellement romantique. J'y ai rencontré une fille un jour. Elle lisait Somerset Maugham et moi T. E. Lawrence… dans cette petite salle de lecture en haut de l'escalier. Elle m'a demandé à quel pilier j'en étais. Et moi, je ne comprenais rien, je devais avoir l'air tellement idiot. Elle a fini par se lever, et partir. Je me suis rarement senti aussi seul… » Ibrahim el-Hakim n'avait pas osé le lui dire, mais il ne fréquentait pas beaucoup les lieux culturels de Paris. Entre son deux pièces de la rue de Paradis et le commissariat du 10ᵉ, il ne bougeait guère. Sauf, bien sûr, pour ses séances au centre de réalité virtuelle de la Pitié-Salpêtrière mais il n'avait pas trouvé l'occasion d'en parler. Pour lui, Paris n'était pas ce lieu de rêve que décrivait l'Égyptien.

Chedid était tombé malade peu de temps après l'arrivée d'Ibrahim el-Hakim. Toux sèche, fièvre intense, il s'était senti fait comme un rat. Spontanément, le flic s'était occupé de lui comme d'un frère. Peut-être était-ce là sa mission. Maintenir en vie le seul ici qui tenait vraiment la route. Cet homme avait une énergie vitale qui défiait les malédictions ; s'il s'était trouvé sur son chemin, ce ne pouvait être un hasard.

— Par quel miracle parvenons-nous à rester debout alors qu'autour de nous ils tombent tous ? Penses-tu que nous soyons immunisés contre cette saloperie ?

Ils buvaient un thé noir et très sucré qu'une infirmière masquée avait déposé sur la petite table de la chambre affectée à Chedid. L'Égyptien haussa les épaules.

— Peut-être notre organisme a-t-il développé une forme de défense contre cette bactérie. Ou notre mental... Heureusement, nous n'avons pas d'explications à tout.

À cet instant, le téléphone sonna. Chedid mit trois longues minutes à allonger son bras et soulever le combiné, il n'était pas encore au top.

— Comment ça va aujourd'hui, petit ?

Depuis qu'il avait entendu l'Égyptien tousser, Victor Herbelot appelait tous les jours de Catane. L'épidémie de peste avait incroyablement rapproché les deux hommes. Impotent, bloqué en Sicile, le vieux chercheur ne pouvait guère intervenir dans ce qui devenait au fil des jours l'histoire de sa vie. Juste donner des conseils ici ou là. Youssef Chedid était devenu son prolongement, son bras armé. S'il disparaissait, Herbelot disparaîtrait lui aussi.

— Ce n'est pas la peste, professeur. Je viens de recevoir les analyses. Dès demain, je me remets au boulot…

— Dieu soit loué ! J'avais demandé à la petite Maria d'allumer un cierge pour toi à la cathédrale. Tu sais que sainte Agathe, la sainte patronne de la ville, est la protectrice de toutes les catastrophes naturelles. On dit ici que son linceul aurait stoppé net le jet de lave que l'Etna avait malencontreusement craché sur la ville. Elle pouvait bien tenter de faire quelque chose contre un jet de salive de rat ou de puce !

— Je vous l'avais dit, quand on se bat contre le mal, rien ne doit être négligé. Le moindre geste compte… Et vous ? Comment vous portez-vous ?

— Oh moi ! Quel intérêt maintenant ? Je ne suis plus le proche de personne…

Avec le temps, le vieil homme s'était détourné de ses congénères. C'était venu peu à peu. Un ennui indicible à la fréquentation des autres, une phobie croissante des cocktails, des dîners en ville, des soirées, des congrès, de tout ce qui faisait le sel des intellectuels parisiens et des autres. Les jeunes l'ennuyaient, les vieux le déprimaient. Plus personne ne le surprenait. C'était peut-être ça, la vieillesse, avait-il d'abord songé. On devient acariâtre et misanthrope, les films et les romans sont pleins de ces vieux grincheux qui finissent seuls avec leurs souvenirs. Puis il s'était repris. Non, le temps rendait juste plus lucide sur les autres, on s'emballait moins car on cernait plus vite les êtres, on avait la mémoire des hommes et elle n'était pas toujours plaisante à explorer.

— Mais je peux encore être utile. Écoute-moi bien, petit. En t'entendant tousser au téléphone, je me suis dit que c'était trop bête de ne pas y avoir pensé plus tôt. J'ai appelé Pasteur. Ils vont te faire parvenir un petit stock de vaccins. Tu sais, ceux qui sont réservés aux militaires et aux autorités du pays en cas d'extrême urgence. C'est pour toi et toute personne que tu jugeras indispensable pour juguler l'épidémie. Je dis bien indispensable, tu m'entends ?

*

* *

La pluie tombait dru, depuis quelques heures, sur Washington. « Une pluie d'apocalypse », songea Dennis Crocker en fixant le ciel gonflé d'orages qui menaçaient à tout instant de s'abattre sur la planète.

Il ne croyait en rien ni personne et pourtant il avait la fâcheuse impression que quelqu'un, quelque part, avait décidé d'appuyer sur la touche « marche accélérée » de la vie. Ou jouait du bout de l'index avec le globe terrestre, le tournant et le retournant au gré de ses envies, indifférent aux cris de panique des hommes, trop fier d'avoir le pouvoir de les jeter tous cul par-dessus tête.

« Allons bon, voilà que je me mets à délirer moi aussi. On se calme. S'il y en a un qui doit garder la tête froide, ici, c'est bien moi. » Crocker fit jouer les ressorts de son fauteuil et s'accouda à sa table de travail.

Il avait une heure devant lui avant la prochaine réunion. Susan Rice était partie s'allonger dans le noir, fracassée par la migraine. Elle avait déployé un tel effort pour faire front aux journalistes que, à peine descendue de la tribune, elle s'était comme fissurée, désagrégée. L'effort avait été d'autant plus grand qu'elle ne comprenait rien à la situation dans laquelle elle se trouvait plongée et qu'elle n'avait pas le droit de le montrer. Pas elle. Crocker avait en outre l'intuition qu'un fil la reliait à Israël, une proximité que rien n'expliquait, ni dans sa vie personnelle, ni dans son parcours professionnel. Un lien assez fort pour que la radicalisation en cours à Jérusalem la trouble au-delà du raisonnable. Il faudrait qu'un jour, il ose l'interroger sur le sujet. Mais plus il connaissait cette femme, plus elle le réfrigérait. Et la crise actuelle ne faisait qu'empirer le phénomène. Elle semblait absente, incapable d'affronter la situation. Comme si, anticipant son départ du département d'État, elle avait débranché trop tôt sa machine interne.

C'était ça, elle n'était plus là.

Susan Rice hors circuit, il lui incombait de servir d'interface avec les administrations pendant que Marlon Bowles jonglait avec les capitales étrangères et que Priscilla Knox tentait de suivre le cheminement de l'épidémie via la *SHOC room* de Genève. Comme le disaient les milieux financiers pour inciter à la prudence – qualité dont ils ne faisaient pas tous les jours preuve –, « les arbres ne montent pas au ciel ».

Dennis Crocker se levait pour attraper une bière dans son frigo particulier – son seul luxe –, quand son téléphone sonna.

— Crocker.

— Dennis, c'est Deborah…

Il sourit, se rassit. Depuis quand n'avait-il pas entendu le son de cette voix ? Deux ans ? Trois ans ? Quatre ? Trop longtemps. Elle faisait toujours chuinter les s, et traînait sur les dernières syllabes comme toutes les filles bien nées de la côte Est.

Ils avaient suivi leurs études de droit ensemble et cela avait été un enfer. Elle l'adorait, mais comme un grand frère. Il en était fou et gardait un souvenir épouvanté de ces nuits passées à réviser dans la même chambre, son corps à elle de plus en plus proche du sien, s'affaissant parfois contre lui quand ses yeux se fermaient.

Elle avait un petit air de Carolyn Bessette, la femme du fils Kennedy, ce côté très classe et terriblement solitaire qui la hissait, à ses yeux, au rang des grandes héroïnes du cinéma et de la littérature.

Deborah s'était mariée avec un avocat new-yorkais et travaillait désormais à l'université Stanford. Il entendait parler d'elle de temps à autre mais ne cherchait pas le contact. S'il étudiait bien la question, il était forcé de constater qu'il l'aimait encore. Aucune femme n'était parvenue à la lui faire oublier.

— Deb ! Je… Mais qu'est-ce que tu fais là ?

Un éclat de rire explosa à ses oreilles, si inattendu dans ce contexte de fin du monde qu'il le savoura sans l'interrompre. « L'amour n'est décidément pas affaire de hasard, songea-t-il. Je devais savoir depuis le début que le jour de l'apocalypse, cette femme me donnerait envie de sourire. »

— Qu'est-ce que je fais là, dis-tu ? Mais… je suis à mon bureau, comme tous les jours. Et je travaille, comme tous les jours. Rien d'inhabituel, jusque-là.

— Je m'attendais si peu à t'entendre. Tu sais que ça fait sacrément du bien ! Pourquoi ne m'appelles-tu pas plus souvent ?

— Et pourquoi, TOI, ne m'appelles-tu pas plus souvent ? Je te signale que la dernière fois, c'est moi, déjà, qui avais appelé. On s'était dit qu'on déjeunerait ensemble et je n'ai plus jamais eu de nouvelles. Je ne suis pas la seule d'ailleurs, j'ai dîné avec Bob et Amy la semaine dernière : ils m'ont dit qu'ils ne te voyaient plus.

En un quart de seconde, Dennis Crocker constata l'étendue du désastre. La vie de cabinet était une folie. Il s'était coupé de tous ses amis et ne connaissait plus de l'amour que les séries Z qu'il matait à la télé, la nuit durant les rares heures qu'il passait chez lui, quand l'adrénaline accumulée au fil de la journée l'empêchait de s'endormir sans aide extérieure.

— Note bien qu'on ne te reproche rien, on sait que tu as une vie de dingue. Ce n'est certainement pas pour ça que je t'appelle.

Ces derniers mots le ramenèrent sur terre. L'espace de quelques secondes, il avait pensé qu'elle appelait juste pour entendre le son de sa voix. Quel con !

Il s'efforça de mettre le plus de douceur possible dans sa voix.

— Pourquoi m'appelles-tu, alors, Deborah ?

Elle marqua un silence. Il sentit que la fin de la conversation serait bien moins drôle que le début.

— On publie une étude demain. Tu sais… ces enquêtes d'opinion qu'on mène tous les ans. Je me suis dit que, dans le contexte actuel, tu préférerais peut-être l'avoir en avant-première.

*
* *

Un rayon de soleil échappé des persiennes effleura la colombe en marbre posée sur le bureau, souvenir de son prix Nobel de la paix. L'espace d'un instant, Amos Shattner imagina la scène. Il prenait l'avion pour Oslo et courait jeter l'oiseau au pied du comité en se frappant la poitrine. « Je n'en suis plus digne ! Je n'ai pas su maintenir la paix que j'étais parvenu à esquisser ! J'ai honte de la classe politique de mon pays. Au nom de tous les Israéliens qui croient encore à la réconciliation entre juifs et Arabes, et je sais qu'ils sont plus nombreux qu'on ne l'imagine, j'ai décidé de rendre mon prix ! » Le geste aurait une gueule folle. Mais en aurait-il le courage ! Cette récompense avait été si chèrement acquise. Pouvait-il imaginer ne pas l'emporter dans la tombe ?

Le vieil homme balaya du regard la pièce immense

qui abritait son bureau. Elle ne constituait que le dixième de sa résidence officielle, avenue Jabotinsky, près du théâtre de Jérusalem. Gardée par des vigiles en armes, cette maison impersonnelle aux volets clos sur l'extérieur était pire qu'un tombeau. Il n'y connaissait jamais le repos, hanté par l'image de ce qu'il était devenu, un homme seul, raillé pour son goût immodéré du pouvoir. Il était président d'Israël, certes, mais il s'était rarement senti aussi inutile et désœuvré.

La politique ? Au poste qu'il occupait, ce n'était pas le propos, l'exercice était même déconseillé. Ses prédécesseurs se contentaient d'inaugurer le festival du film de Haïfa et les pouponnières de Beer Sheva. Les femmes ? Bon sang qu'il les avait aimées, juives ou arabes, jeunes ou vieilles, séfarades ou ashkénazes, il avait goûté à tout, auréolé d'un succès en la matière qui, aujourd'hui encore, à près de quatre-vingts ans, ne se démentait pas. Sa voix de velours, sans doute, sa capacité à soulever une salle comme une jupe, avec force et doigté. Le Nobel, bien sûr, avait été l'apogée de sa carrière. La légende disait que les femmes aimaient les tueurs, il était la preuve vivante qu'elles appréciaient aussi les hommes de paix. Quoique, en l'occurrence, la paix demeurât une valeur très subjective.

Il lui était même arrivé, après la remise du prix, de recevoir des petites culottes par la poste. Ce qui amusait beaucoup son entourage, les deuxièmes et troisièmes couteaux du Parti travailliste pour qui il restait un personnage historique. Oui, le problème était peut-être là : il faisait déjà partie de l'histoire.

Il n'existait plus.

Un toussotement le força à détourner son regard de la colombe. Moshe Bensimon était apparu sur le pas de la porte, la tête légèrement penchée, pas très à l'aise.

— Heu... j'ai dit au jeune homme qui gardait l'entrée que je connaissais le chemin.

Shattner se leva brusquement, bras tendu vers la droite en signe de bienvenue.

— Entre, entre... Nous n'avons pas de temps à perdre en salamalecs, tu as raison. Les autres arrivent ?

— Une question de minutes...

Devant la dégradation de la situation en Israël, Amos Shattner avait pris l'initiative de convoquer le cabinet restreint, à son domicile. Il ne savait pas trop ce qu'il allait dire mais il devait marquer le coup.

— Tiens, prends ce fauteuil...

En d'autres temps, le président israélien aurait proposé de tenir la réunion autour de la grande table réservée à cet usage dans la salle attenante à son bureau. Mais il n'avait pas tant de moyens de pression que ça à sa disposition. Contraindre le Premier ministre, le chef d'état-major, et le ministre de la Défense à s'asseoir devant sa table de travail, sous le regard de Ben Gourion dont la statue en bronze ornait la cheminée, était un des rares qui lui restait en main.

— Merci, je vais les attendre.

Bensimon avait bien conscience que le rapport de force était en sa défaveur. Si ce n'était que ça, il était prêt à en payer le prix.

— Amos, je voulais…

Le Premier ministre n'eut pas le temps de finir sa phrase, les deux hommes qu'ils attendaient arrivèrent. Shattner les salua.

— Messieurs, prenez place. Un café ? Vous devez en avoir besoin, vous n'avez guère eu de temps morts depuis deux jours. Enfin… mort, le mot est peut-être mal choisi dans les circonstances actuelles.

Il avait retrouvé le débit des grands jours quand il haranguait les militants du Parti travailliste dans des salles surchauffées, pétrissant son public comme de la pâte à pain, le faisant lever puis retomber, avant de le soulever à nouveau. Par la seule force de sa voix légendaire.

— Amos, calme-toi. Tu ne vas pas te laisser influencer par toute cette propagande. Tu…

Shattner se leva d'un coup, si violemment que son fauteuil se renversa, le ministre de la Défense sursauta.

— Propagande ? Comment oses-tu prononcer un tel mot ? Les dizaines de morts d'Oum el-Fahem, c'est de la propagande, peut-être ? Ils se sont tirés dessus, c'est ça ? C'est ça, mon général ?

Le chef d'état-major des armées ne cilla pas.

— Ils nous provoquaient, monsieur le président. Je dirais même plus, ils nous agressaient. Ils marchaient sur notre position en nous menaçant.

— En vous menaçant avec quoi ? Des armes en

plastique ? C'est quoi, cette armée qui panique devant des enfants armés de jouets ? Croyez-vous que cela contribue à la grandeur d'Israël, messieurs ? Vous pensez parfois à l'image que nous donnons de ce pays hors de nos frontières ?

Ce fut au tour de Moshe Bensimon de se lever bruyamment.

— Amos, ce n'est pas un argument ! Tu sais bien que le monde entier veut notre peau ! Ces Arabes sont manipulés en ce sens, c'est contre ça que nous devons nous battre. Il en va de notre survie !

Le Premier ministre et le président se faisaient face. Les yeux vissés sur ceux de son adversaire, Shattner reprit la parole en prenant bien soin de détacher chaque syllabe.

— Notre survie ne dépend que d'une seule chose, Moshe. Notre humanité.

3

Ce fut un marin regagnant son cargo dans la rade de Haïfa qui donna l'alerte. Les corps de deux adolescents arabes gisaient près de la voie ferrée. Tabassés à mort. Les frères des deux gosses rassemblèrent aussitôt des hommes et organisèrent une descente dans la cité HLM voisine. À coups de barre de fer, ils cognèrent des heures durant sur tout ce qui bougeait : enfants, vieillards et même animaux domestiques. Les dalles de béton ruisselaient de sang quand la police investit les lieux. La bande résista. L'un d'eux abattit un garde-frontière à l'aide d'une arme ramassée à terre, sur le corps d'un vendeur de frites dont le tablier raide de graisse rosissait au fur et à mesure que sa blessure s'élargissait.

L'armée réagit en disposant des tireurs d'élite aux fenêtres des tours. Les snipers tuèrent un par un les Arabes venus venger les leurs.

On entendit les échos des coups de feu jusqu'au mont Carmel, sur les hauteurs de la ville, où de petits groupes commencèrent à se former qui grossirent au fil du temps, juifs qui entendaient ratonner les faubourgs, Arabes qui voulaient reprendre possession de leur cité, « chasser l'occupant au-delà des rives de la Méditerranée ».

Haïfa était pourtant donnée en exemple depuis des décennies pour son harmonie. La coexistence entre juifs et Arabes n'y avait jamais posé le moindre problème, sauf à une ou deux reprises à la suite d'un attentat meurtrier. Son ouverture sur le monde, peut-être, via ces cargos qui déchargeaient sur le port tous les produits d'Europe et même d'ailleurs. Et son milieu d'intellectuels de gauche, sûrement, issus entre autres de l'université du Technion, l'une des plus renommées du pays.

Ce jour-là, Haïfa devint une ville israélienne comme les autres, où la peur l'emporta sur le reste, alimentée par les images qui tournaient en boucle à la télévision, soldats de Tsahal démontant des pancartes et vidant les maisons de leurs habitants ; Arabes en bandes, le bas du visage caché par un keffieh, sillonnant des rues en clamant leur haine des juifs.

Bientôt, le pays tout entier se transforma en champ de bataille : la vieille ville d'Akko, au nord du pays, se retrouva envahie par des jeunes des deux camps qui entamèrent une bataille rangée à coups de pierres et de cocktails Molotov. À Nazareth, des gardes-frontière israéliens qui s'approchaient d'une mosquée furent abattus par des tireurs embusqués sans que personne ne sache s'ils s'apprêtaient à commettre le moindre acte répréhensible.

Les grandes villes palestiniennes, du coup, sortirent de leur abattement. Les plus vieux, qui avaient participé aux deux intifadas, retrouvèrent une vigueur insoupçonnée à la vue des scènes d'affrontement. Certains formèrent des milices qui s'abattirent sur les colonies juives voisines tels des nuages de sauterelles, saccageant et tuant les plus faibles.

Les colons, qui se préparaient depuis longtemps à la guerre, sortirent les armes et se répartirent les tâches. Le moment, au fond, qu'ils attendaient depuis toujours. Ce n'était pas un hasard si les colonies juives étaient bâties au sommet des collines, blocs de béton sans baies vitrées sur le désert. De simples meurtrières permettaient d'y tirer en toute sécurité sur l'assaillant venu d'en bas, du trou.

L'armée, bien sûr, envahit les territoires, imposant le couvre-feu, tirant sur toute silhouette surprise en train de bouger, même un enfant, même un vieillard. Dans les villes et les villages, les soldats israéliens renouèrent avec le mode opératoire utilisé en 2001 à Naplouse. Pour s'assurer de ne pas être surpris par des combattants cachés dans les ruelles, ils passaient d'une maison à l'autre en dynamitant les murs. Résultat : habitats détruits, femmes et enfants tués ou handicapés à vie par les explosions pendant que les hommes en fuite se faisaient abattre dehors.

Les équipes de l'ONU présentes en Cisjordanie et à Gaza via l'UNRWA, l'agence chargée des réfugiés palestiniens, assistaient, impuissantes, au carnage. Des voitures frappées du sigle UN sillonnaient les routes de colons aux côtés des chars, drapeaux blancs flottant aux portières, mais elles s'arrêtaient aux abords des villes. Aucun responsable ne souhaitait se laisser prendre dans une fusillade et mourir bêtement d'un tir dont on ne pourrait jamais savoir s'il avait été israélien ou palestinien. Dans leur QG, ils recevaient des SMS désespérés d'employés locaux des Nations unies et d'ONG, coincés dans les zones de combats, quémandant de l'aide.

Le numéro un du Quartet, un ancien Premier ministre britannique, accourut de Londres où il occupait un poste de consultant pour une grande banque d'affaires. Il organisa aussitôt, dans le plus beau salon de ce palace de Jérusalem-Est, une réunion avec les responsables locaux de l'ONU et de l'Union européenne, ainsi qu'avec les ambassadeurs des États-Unis et de Russie.

Dans la mesure où personne ne savait quel camp avait agressé l'autre en premier, il leur fut impossible de définir une stratégie précise.

*

* *

C'était une folie, il le savait, mais il avait besoin de respirer. De se noyer dans la foule, de redevenir anonyme. De réchauffer ses vieux os aux lumières de la ville. De marcher sans béquilles humaines, informatiques, téléphoniques, automobiles, il n'en pouvait plus des béquilles ! Rein Laristel exigea ce soir-là qu'on le conduise du côté de Times Square puis qu'on le laisse en paix. Avec son feutre et son imperméable, il passait pour un quidam, avait-il plaidé, personne ne reconnaîtrait jamais dans sa silhouette hésitante celle du nouveau Secrétaire général de l'ONU. Et si cela devait être le cas, que risquait-il donc ? C'était l'immense privilège de son âge : il n'avait plus peur pour lui-même. Depuis longtemps déjà, chaque seconde supplémentaire était un cadeau.

Ses gardes du corps avaient obtempéré mais il était convaincu qu'ils traînaient à quelques centaines de mètres de lui. Peu importe.

Laristel resta quelques secondes figé sur le trottoir, fasciné par les lumières de Broadway. Il fallait que Marina voie ça, elle applaudirait comme une enfant, ses grands yeux verts écarquillés comme le jour où ils étaient sortis du camp, son corps à elle si faible qu'il la soutenait par une simple pression du bras sur ses épaules, elle avait refusé d'être emportée sur un brancard, elle voulait voir. Dévorer du regard.

Une femme avec une poussette le bouscula, il poussa un juron, fit un pas de côté et trébucha sur un chien tenu en laisse par un vieux Noir qui semblait porter sa maison sur ses épaules. Quelques semaines de prise en charge totale avaient suffi pour qu'il ne sache même plus se débrouiller seul dans la rue. Rein Laristel s'adossa à un mur et tâcha de reprendre son souffle. C'est alors qu'un sourire d'enfant illumina son vieux visage.

Requinqué, il s'engagea dans la 44e Rue et marcha à grandes enjambées vers la Cinquième Avenue, qu'il traversa sans même vérifier la couleur des feux, porté par la foule qui se dirigeait dans la même direction que lui. Il arriva dans Madison, prit sur la droite vers la 42e Rue et gagna Park Avenue. La foule était de plus en plus dense, pressée, agitée. Il songea avec amusement à ses gardes du corps qui devaient avoir un mal de chien à suivre sa trace. Seul son feutre, acheté à Budapest dans les années 1970, permettait de le suivre des yeux.

Et d'ailleurs, il l'ôta. Pas pour semer ses baby-sitters, mais parce qu'il était arrivé. Et que la moindre des choses, devant tant de majesté, était d'avancer nu-tête.

Avec près d'un million d'usagers par jour, Grand Central Terminal était non seulement la plus grande gare du monde, c'était aussi un chef-d'œuvre architectural. Rein Laristel en avait un modèle réduit dans sa maison de Tallinn. Les trains et les gares étaient les seules choses qui pouvaient lui faire oublier le reste du monde, plus encore qu'un livre, plus même peut-être qu'une promenade dans les bois avec Marina. Il avait une affection particulière pour la gare du Nord à Paris et pour la Hauptbahnhof à Hambourg avec leurs rotondes de verre et de ferraille entrelacés. Mais Grand Central Terminal les dépassait toutes.

Rein Laristel prit une profonde inspiration, comme s'il se trouvait au sommet de l'Everest.

Oui, la comparaison était juste, il se trouvait bel et bien au sommet de l'Everest, le monde à ses pieds, en morceaux, aucun d'eux ne s'emboîtant plus dans aucun autre.

Les jours à venir s'annonçaient difficiles. L'épidémie de peste risquait de s'étendre au monde entier ; l'Arabie Saoudite, atomisée, ne jouait plus son rôle de leader du monde arabe, en tout cas n'était plus l'élément pacificateur de la région avec l'État hébreu, devenu l'ennemi des musulmans les plus modérés ; et l'Égypte venait de faire savoir qu'elle allait saisir le Conseil de sécurité de l'ONU sur la question des atteintes aux droits de l'homme en Israël.

Le vieil homme passa lentement la main dans sa chevelure blanche. Il allait lui falloir beaucoup de sagesse et de patience pour surmonter cette crise-là. Au fond, c'était une chance que Marina ait préféré rester là-bas, dans la forêt. Ce n'était pas une vie pour elle, ici.

Il avança vers les arches de marbre veinées d'or et d'argent, le cœur serré par tant de beauté, frissonna en entendant le souffle d'un train s'engouffrant dans la gare, songea avec regret comme le bruit de l'acier en furie était plus beau autrefois, puis balaya l'air de sa main, il n'allait pas jouer aux vieux ronchons : c'était précisément parce qu'il ne le faisait jamais qu'on l'avait nommé à son poste.

Rein Laristel s'engouffra dans la gare, leva les yeux vers la voûte qui s'étalait là-haut sous le dôme, constellée d'étoiles scintillantes en fibres optiques, ému aux larmes.

Son regard s'abaissa enfin, et il tomba sur la une d'un quotidien du soir exposé à la devanture d'un kiosque à journaux : « L'ONU cache l'ampleur des exactions commises en Israël contre les Arabes ».

*

* *

Quand ils arrivèrent au cent cinquante-quatrième étage de la Burj Khalifa, l'émir nageait. Ou plutôt il barbotait.

Dans une piscine.

Avec un dauphin.

— Entrez, mes amis, entrez ! Je suis à vous dans cinq minutes. Mettez-vous à l'aise !

Interloqués, les deux députés arabes suivirent mécaniquement le majordome en costume noir qui les escortait depuis l'étage du dessous, incapables de détacher leur regard de l'homme plantureux qui jouait dans l'eau avec l'animal. De l'autre côté de la baie vitrée, près d'un kilomètre plus bas, Dubaï s'étalait à leurs pieds, forêt d'acier plantée sur les rives d'une mer turquoise.

Ahmed Fahra se pencha vers Saher Zobi.

— Dis-moi que je rêve… Comment ce dauphin est-il parvenu jusqu'ici ? Et la piscine intérieure… à une telle hauteur… Je n'y crois pas !

L'autre haussa les épaules.

— Avec tout le pognon qu'il a, il ferait voler un chameau !

À cet instant, leur guide appuya sur un bouton caché dans l'encadrement d'une porte et le mur de gauche s'escamota, dégageant une pièce immense dont la baie donnait sur l'autre Dubaï, l'industrieux, chantiers de verre et de béton dévalant en cascade jusqu'aux premiers sables du désert. Les deux Arabes franchirent le seuil du salon et pilèrent, bouche bée.

Ils se trouvaient dans une pièce qui semblait, au premier abord, épurée à l'extrême. Murs gris perle, moquette noire, canapé blanc en forme de cercle avec, en son milieu, un tableau de bord digne d'un A380.

Épurée à l'extrême sauf que, dans un recoin, au fond à droite, se dressait un chameau attaché à une tente de Bédouins montée sur un tas de sable.

— Entrez mes amis, entrez…

L'émir avait enfilé une longue galabiyah blanche et coiffé un chèche à damier rouge et blanc. Devant le regard perdu des deux hommes, il éclata de rire.

— C'est cet animal qui vous fait cet effet-là ? Allons… ce n'est qu'un chameau…

Son visage, d'un coup, redevint sérieux.

— Pour ne jamais oublier d'où nous venons, moi, mes frères, mon père. C'est ce qui fait notre force à Abu Dhabi. Ceux de Dubaï ont eu tendance à l'oublier un peu trop vite ces dernières années. Le chameau, dans nos contrées, représente l'endurance, la sobriété, la rapidité, la facilité d'adaptation. Toutes qualités nécessaires pour venir à bout de ses ennemis.

— Et le… le dauphin ?

L'émir se redressa et plongea son regard dans celui de Zobi.

— Connaissez-vous animal plus pacifique, plus humain que celui-ci ? Il m'aide à repousser les forces du mal…

Fahra et Zobi ne savaient plus très bien où ils se trouvaient, oppressés par tant d'extravagance alors que le soleil couchant arrosait le sommet de la tour d'une lumière de plomb fondu.

L'émir se laissa tomber sur le canapé et pianota sur le tableau de bord. Sans aucun bruit, un rideau de métal coulissa le long des baies, occultant la vue sur la ville, tandis que la pièce s'adoucissait de rose. Une autre touche et le *Requiem* de Mozart retentit en fond sonore. Une autre encore et un carré de moquette se souleva à leurs pieds, dégageant deux étagères chargées de fruits, dattes, pâtisseries et verres de thé fumant.

L'émir poussa un soupir de satisfaction.

— Il y a des moments où je ne supporte plus cette vue sur le vide, et cette lumière si crue… Nous sommes entre nous ainsi, c'est mieux. Servez-vous, je vous en prie, cette maison est la vôtre…

S'ils avaient eu un endroit où aller, les deux députés arabes se seraient sans doute enfuis à toutes jambes. Ce maître du monde, capable de balancer animaux marins et terrestres en plein ciel, avait quelque chose de flippant. Sans se concerter, ils songèrent à ce *James Bond* qui repassait en boucle à la télévision israélienne, dans lequel le personnage de l'homme à abattre, enfermé dans une bulle de béton et de verre comparable à la Burj Khalifa, précipitait ses victimes dans une fosse aux requins en tripotant les boutons d'un tableau de bord identique à celui qui reposait entre les mains de l'émir.

Ils s'assirent précautionneusement sur le canapé tandis que leur hôte plongeait les doigts dans le plateau de pâtisseries.

Ahmed Fahra s'éclaircit la gorge :

— Vous avez vu les images d'Israël à la télévision ?

L'émir hésitait entre une datte fourrée à la pâte d'amandes et un gâteau dégoulinant de miel. L'index virevoltant au-dessus des deux, comme s'il se récitait une de ces comptines enfantines visant à choisir qui commencerait le jeu en premier, il murmura :

— Non seulement je les ai vues, mais j'ai appelé les autres membres des Émirats arabes unis et alerté le conseil de coopération du Golfe ainsi que la Ligue arabe. Je considère que nous ne pouvons plus rester sans rien faire face à ce qui se passe dans les territoires palestiniens et maintenant en Israël.

Cette sentence énoncée, l'émir attrapa délicatement une datte qu'il fourra entre ses lèvres, les yeux fermés, extatique.

— Hm ! Cela récompense de tous les efforts.

Saher Zobi se pencha, fébrile.

— Concrètement, cela veut dire quoi ?

L'émir se lécha les doigts, attrapa une serviette en papier qu'il malaxa pendant de longues minutes, et examina méticuleusement ses ongles manucurés.

— Je viens d'enregistrer une déclaration qui sera retransmise dans les heures qui viennent sur toutes les chaînes de télévision mondiales. J'appelle les dirigeants arabes à une position ferme et unanime pour répondre aux dernières exactions d'Israël qui constituent un défi lancé non seulement à tous les Arabes mais aussi à la communauté internationale…

Ahmed Fahra leva timidement le doigt. Il était

pâle, tendu. Conscient qu'il n'avait guère son mot à dire dans l'affaire. Mais tout de même…

— Sauf votre respect, le roi Abdallah d'Arabie Saoudite a souvent adopté cette position par le passé. Sans succès. Pourquoi cela changerait-il maintenant ?

L'émir se figea, ses joues rebondies semblèrent s'affaisser, il fixait son pouce droit. Zobi fusilla son ami du regard. Il avait perdu la tête ! Certains avaient été jetés dans des culs-de-basse-fosse pour moins que ça ! Il voulait quoi ? Qu'on retrouve leurs corps fracassés au pied de la Burj Khalifa ? À cette évocation, l'Arabe ne put réprimer un frisson. S'ils étaient balancés du cent cinquante-quatrième étage, on ne pourrait même plus distinguer leurs poignets de leurs chevilles. Une bouillie d'os et de chairs écrasés, voilà tout ce qui serait réexpédié à leurs familles en Israël.

— Vous avez parfaitement raison, mon ami…

La voix de l'émir était calme. Il avait délaissé l'examen de ses mains pour se renverser dans le canapé sur lequel il étendit ses deux bras.

En croix.

Zobi retint son souffle.

— … sauf qu'Abu Dhabi et Dubaï n'ont rien à voir avec Riyad. Ici, on ne lapide pas les femmes adultères, on ne coupe pas les mains des voleurs. On peut vivre sa religion comme on l'entend. Nous sommes un harmonieux mélange d'Occident et d'Orient. Les jeunes musulmans sont bien plus attirés par notre modèle que par le saoudien. Nous représentons donc un vrai pouvoir. Par ailleurs…

Rien n'aurait pu distraire les deux députés qui dévoraient l'émir du regard. L'autre en profitait, traînant délibérément sur ses phrases.

— … le raïs égyptien a décidé de saisir le Conseil de sécurité de l'ONU, fort bien, mais je ne me contenterai pas d'une nouvelle mascarade. On sait ce que valent les résolutions du machin. Je mets en demeure les États-Unis de cesser leur soutien inconditionnel à Israël, sans quoi l'ADIA, le fonds souverain d'Abu Dhabi, qui détient, je vous le rappelle, le plus gros portefeuille de la planète – près de mille milliards de dollars investis dans les entreprises les plus stratégiques des États-Unis et d'Europe –, en finira avec son rôle d'investisseur dormant…

*

* *

Elle avait été réveillée au petit matin par la porte qui claquait. Debout sur le seuil de la chambre, son oncle la fixait de ses grands yeux bleus, visage émacié, silhouette frêle dans sa blouse d'hôpital. Ana Güler s'était redressée d'un bloc.

— Oncle Zeev !

La jeune femme avait porté la main à sa bouche, estomaquée. Elle parlait ! Il se précipita vers elle et la serra contre lui. Elle sentait ses os à travers le tergal, mais ses bras avaient toujours la même force, celle qui l'impressionnait quand, autrefois, il la propulsait dans les airs.

— Ana ! J'ai eu si peur quand on m'a dit… Comment te sens-tu ?

— Beaucoup mieux, oncle Zeev, beaucoup mieux…

Elle ne pouvait quand même pas lui confier qu'elle venait de vivre, là, dans cet hôpital de malheur, une des plus belles nuits de sa vie, et d'ailleurs l'avait-elle vraiment vécue ? Ana Güler jeta un œil rapide autour d'elle, en quête d'une trace, d'un signe. Rien. Il n'y avait rien. L'homme brun n'avait peut-être été qu'un rêve, un fantasme activé par les médicaments et la folie du moment.

Elle secoua la tête, peu importait. Pour la première fois – et c'était un paradoxe vu ce qu'elle venait de subir –, elle se sentait bien ici. À l'endroit exact où elle devait être. Istanbul, d'un coup, lui paraissait loin.

Son histoire se jouait à Jérusalem.

Elle se leva lentement, saisit la main de son oncle et l'entraîna vers la fenêtre. Les collines étaient noyées dans la brume mais on discernait ici ou là une touche de couleur, buisson de fleurs ou arbres fruitiers.

— Dis, oncle Zeev, pourquoi ai-je ignoré jusqu'aujourd'hui à quel point j'aimais cet endroit ?

Il posa son front contre la vitre et passa le bras autour de ses épaules, c'était un vieil homme.

— Peut-être parce que tu le pensais immuable. Acquis. Comme moi, comme beaucoup. Et peut-être t'y attaches-tu soudain parce que tu sens qu'il peut disparaître. Israël n'a plus d'avenir, Ana, c'est fini.

De quelque bout qu'on prenne la question, il n'y a pas de solution. L'occupation des territoires a moralement perverti notre société. Regarde ce que nous sommes devenus, nous ne nous en remettrons jamais…

Elle se dégagea brutalement.

— Comment peux-tu dire une chose pareille ! Comment peux-tu baisser les bras, là, au moment où ce pays a le plus besoin de toi, au moment où Michel, dans la chambre d'à côté, lutte contre la mort ! Tu n'as pas le droit ! Pas toi !

Il se redressa, une lueur amusée dans le regard.

— Je reconnais bien là ma *Tapouzim*. Toujours prête à en découdre, hein ? Tu as peut-être raison, mais… précisément, depuis que je sais ce qui est arrivé à Michel, je n'y crois plus.

Elle s'assit sur le rebord du lit. Ses cheveux et ses yeux lançaient des flammes, elle n'avait jamais été aussi belle.

Elle prit un air mutin.

— Je n'ai jamais osé te le demander mais… maintenant que j'ai frôlé la mort… Pourquoi ne t'es-tu jamais marié ? Tu ne vas pas me dire que c'est ton engagement qui…

Il éclata de rire.

— Au contraire ! C'est mon engagement, comme tu dis, qui m'a permis de rencontrer la femme de ma vie. Mais elle m'a quitté et je n'ai jamais plus rencontré de femme aussi belle, dans tous les sens du terme…

Elle serra ses mains l'une contre l'autre, les joues rouges d'excitation.

— Raconte… s'il te plaît, raconte…

Il se laissa tomber dans le fauteuil en skaï sur lequel un enfant, sans doute, avait griffonné au stylo, et affecta un air accablé.

— Mon Dieu, Ana, tu ne changeras jamais ! Cet éternel besoin qu'on te raconte des histoires… Bon, va pour celle-ci.

Il croisa ses longues jambes l'une sur l'autre.

— C'était il y a longtemps. Je n'étais pas encore engagé dans la vie politique. Un jour, sur le chemin de l'université, j'ai croisé un petit groupe de militants qui distribuait des tracts pour dénoncer une opération qui venait de se produire près de Latroun. Trois villages arabes avaient été nettoyés puis rasés par Tsahal. J'étais un étudiant sombre et solitaire, enfermé dans une citadelle de livres, ils m'ont paru plein de vie, d'énergie. Parmi eux, il y avait une fille en minijupe, très très mini, ça je peux te le dire, avec de grandes bottes et d'immenses yeux bleus qui me fixaient. Tu m'imagines, j'étais pétrifié. En plus, elle avait un immense trousseau de clés avec lequel elle faisait des tourniquets. Et surtout un langage d'une vulgarité épouvantable. Une vraie charretière !

Ana Güler s'était immobilisée, bouche entrouverte, souffle court.

— Elle disait quoi, par exemple ?

— Elle se tournait vers moi, légèrement déhanchée, avec ses clés qui tournaient entre ses doigts et me lançait : « Viens là, petit salopard ! »

— Non !

— Comme je te le dis…

Zeev Kilmann avait repris de l'assurance, ses joues semblaient moins pâles, moins creuses, son regard brillait. Il se redressa sur le dossier du fauteuil et rabattit pudiquement sur ses genoux un pan de sa blouse qui glissait.

— Et alors ?

— Et alors, je ne vais pas te faire un dessin. Elle m'a rendu fou, je l'aurais suivie au bout du monde. J'ai commencé à militer, et puis on s'est aimés.

— C'est donc une histoire d'amour qui t'a poussé à t'engager contre la colonisation ?

Il sembla hésiter, conscient de la part de déception qu'il pouvait y avoir dans cette question.

— Au début, oui, parce que je ne connaissais rien à rien, je vivais dans une bulle. Grâce à Myriam…

— Elle s'appelait Myriam…

— Oui, Myriam… j'ai ouvert les yeux. Le vrai déclencheur, ç'a été une visite à Hébron avec des amis juifs israéliens. À un moment, je me suis arrêté pour demander mon chemin à un vieux Palestinien qui aurait pu être mon grand-père et je me suis rendu compte qu'il me répondait comme un domestique répond à son maître. Ça m'a fait l'effet d'un coup de poing dans le ventre. J'ai compris que nous vivions sous l'occupation et que c'était moi l'occupant. Je me suis vraiment engagé à partir de ce moment-là.

— Et Myriam ?

Il balaya l'air de la main.

— Elle est devenue ultraorthodoxe, je n'ai rien pu faire…

— Quoi ?

— Un jour où elle distribuait des tracts, un *haredi* l'a abordée. Il voulait essayer de comprendre pourquoi elle faisait ça. Elle l'a emmené dans un café et ils ont commencé à discuter. Ils se sont revus à plusieurs reprises. Au début, c'était elle qui parlait. Et peu à peu, ce fut lui. Elle s'est mise à changer. Je ne reconnaissais plus son regard. Et puis elle est partie, en me laissant un mot.

— Tu sais ce qu'elle est devenue ?

— Je l'ai croisée une fois du côté de Mea Shearim, il y a longtemps maintenant. Elle était enceinte, une poussette à la main et trois jeunes enfants accrochés à sa longue jupe. La tête rasée sous son foulard. Toute pâle, comme si l'oxygène avait déserté ses veines. Nous ne nous sommes même pas parlé. Nous n'avions plus rien à nous dire…

*
* *

Debout devant les lavabos des toilettes pour hommes, il observa les coutures de sa cicatrice et hésita à sortir son rasoir électrique. La barbe de trois jours ne lui allait pas si mal, cachait les vilaines marques sur sa joue, étoffait son visage. S'il la revoyait un jour, une fille de bonne famille comme Deborah avait des chances d'être sensible à ce look de baroudeur.

Mais le devoir l'emporta. Dans le merdier actuel, il valait mieux être clean. Irréprochable.

Dennis Crocker se rasa consciencieusement, ôta la chemise dans laquelle il avait passé la nuit, lava ses aisselles du plat de la main mouillée de savon liquide, puis sortit une chemise propre de son sac de voyage. Depuis quand n'était-il pas rentré chez lui ? Il ne savait même plus. Et cela n'avait guère d'importance. Au moins, sa vie était plus cohérente quand il la consacrait entièrement à son travail. Pas de temps morts, pas de coups de blues, pas d'insomnies. Quand il serait vraiment à bout, il s'écroulerait comme une masse et se couperait du monde réel. Il n'osait pas le dire tout haut, par crainte d'être pris pour un fou, mais il adorait travailler jusqu'à l'épuisement, il adorait cette sensation d'être à la limite de ses forces, physiques et mentales.

Il avait longuement hésité avant de réveiller Susan Rice. Mais il ne pouvait pas faire autrement. Le sondage que l'université Stanford s'apprêtait à publier allait faire du bruit. Elle ne lui pardonnerait pas d'avoir été laissée hors du coup. Tant pis pour sa migraine.

La secrétaire d'État lui avait répondu d'une voix pâteuse, le cerveau embrumé par les analgésiques. Il y était allé direct. « Je crois que nous allons avoir besoin de vous. » L'argument avait porté. « Laissez-moi vingt minutes, il faut que je reprenne figure humaine. » C'était la première fois qu'elle reconnaissait un état de faiblesse. Un aveu que Crocker avait interprété comme un lâcher-prise qui augurait mal de la suite. Ce genre de femme ne fonctionnait qu'à l'adrénaline, au rapport de force. Si elle flanchait, elle perdait autorité et esprit d'initiative.

Il sourit. S'il commençait à déblatérer de grandes théories sur les femmes, c'est qu'il était vraiment fatigué.

Quand il sortit des toilettes, Dennis Crocker était un autre homme, propre, rasé de près, le pas décidé. Les soubresauts de la planète ne l'effrayaient plus.

L'aube baignait Washington d'une lumière crémeuse, il s'arrêta un instant devant une fenêtre qui donnait sur le Mall. Dieu qu'il aimait les petits matins ! En un quart de seconde, la réalité s'imposa à lui : il n'en vivrait plus tant que ça dans son existence et, pourtant, combien de fois avait-il pris le temps de savourer ces quelques secondes durant lesquelles la nuit se confondait avec le jour ? Cela se comptait sur les doigts d'une main.

En fait, il n'avait qu'un seul souvenir de cette sorte. Un matin de juin, la fenêtre était entrouverte, un filet d'air déjà tiède cheminait jusqu'au canapé où il s'était assoupi, livre à la main. Il avait ouvert les yeux, songeant à quel point il se sentait bien, quand il avait perçu sur son flanc droit une chaleur, un souffle, bien plus doux encore que l'air de juin, bien plus brûlant que les premiers rayons du soleil qui filtraient par les persiennes. Ils avaient révisé toute la nuit et Deborah s'était endormie contre lui, la jambe et le bras droits enroulés autour de son corps, sa bouche légèrement entrouverte à quelques centimètres de la sienne, il sentait son haleine de petit matin, lourde des cigarettes qu'ils avaient fumées à la chaîne, mais incroyablement délicate à ses narines, il aurait pu rester ainsi sa vie entière si le réveil n'avait sonné brutalement, propulsant la jeune fille si vite hors de ses bras qu'elle n'en avait gardé aucun souvenir.

Dennis Crocker se secoua. Il devait chasser cette femme de son esprit. Elle appartenait au passé, il ne travaillait qu'à préparer l'avenir.

Et l'avenir, à voir les traits soucieux de Marlon Bowles qui se précipitait vers lui, dans cette salle de réunion équipée comme le poste de commandement d'un porte-avions, ne semblait guère radieux.

— On est dans une de ces merdes…

Était-ce une illusion ? Il lui semblait que Bowles avait légèrement maigri. Ou alors c'était son regard soucieux, ses traits tirés, sa mise défaite qui assombrissaient son teint et affinaient sa silhouette.

— Quoi, qu'est-ce qui… ?

Crocker n'eut pas le loisir d'en demander davantage. Susan Rice entrait dans la salle.

— Allons-y… Nous n'avons pas de temps à perdre.

Elle n'était plus que l'ombre d'elle-même. Crocker croisa son regard un instant, il était vide. La secrétaire d'État avait atteint un point de non-retour.

— Un café ?

Priscilla Knox avait disposé des mugs sur un plateau, remplis à ras bord. Susan Rice se détourna en faisant la grimace.

— Beurk ! La seule vue de ce truc-là me donne la nausée…

Ils échangèrent un regard consterné. Le café, au département d'État, était l'outil de travail de base.

Elle se laissa tomber sur une chaise et invita les autres à l'imiter. Crocker interrogea Bowles du regard, c'était quoi ce nouvel emmerdement ? L'autre écarta les mains dans un geste d'impuissance. Trop tard pour les apartés.

— Dennis, vous aviez une information importante à nous signaler, nous vous écoutons.

Le conseiller se redressa et croisa ses mains sur la table.

— Vous savez que l'université Stanford sonde régulièrement les opinions publiques sur la popularité des États. Je viens de me procurer les résultats du dernier sondage, ils seront officiels demain…

Il s'interrompit un instant. Un silence de mort s'installa. Personne, au fond, ne tenait à entendre la suite.

Susan Rice fixait son stylo.

Il se racla la gorge.

— Heu… Israël emporte le taux maximum d'impopularité. Le pays était déjà à cinquante-six pour cent d'opinions négatives en 2007. Aujourd'hui, il en est à soixante-huit pour cent. L'annexion de Jérusalem-Est, la présence de l'extrême droite au gouvernement, le poids de plus en plus lourd de la mafia russe…

— Il a été effectué quand, ce sondage ?

Susan Rice avait lâché son stylo. Elle fixait son conseiller comme s'il était personnellement responsable de la nouvelle.

— Je… heu… avant les derniers événements. Je n'ose pas imaginer ce qui…

— C'est tout ? Vous m'avez réveillée pour ça ?

La jambe droite de Dennis Crocker se mit à tressauter nerveusement. Priscilla Knox glissa sa main sur son genou pour tâcher de le calmer.

— Non, bien sûr. Pour la première fois dans ce type de sondage, les États-Unis semblent pâtir du soutien inconditionnel qu'ils apportent à Israël. Notre pays en est à cinquante-cinq pour cent de taux d'impopularité…

À l'autre bout de la table, Bowles laissa échapper un juron sec et brutal.

— Marlon… ce n'est pas parce que nous sommes dans la merde qu'il faut vous montrer grossier.

Le diplomate passa lentement la main sur son crâne.

— C'est que… cela tombe très mal avec ce que je voulais vous annoncer.

Dennis Crocker ne l'aurait pas juré mais il lui sembla apercevoir une esquisse de sourire sur le visage de Susan Rice.

— Quoi encore ? Allez-y… balancez-moi tous vos fonds de cuve. Qu'on en finisse une bonne fois pour toutes.

— Les États-Unis ont signé en 2007 un accord de défense avec Israël prévoyant la fourniture de trente milliards de dollars d'armement sur dix ans.

— Oui, je m'en souviens. Et alors ?

— Et alors, cet accord prévoyait plusieurs phases de renégociation liées aux conditions qu'Israël devait respecter en échange de cette aide, tel le gel des colonisations. Nous sommes en plein dans une de ces phases.

Susan Rice balaya l'air de sa main.

— Cela ne me paraît franchement pas urgent. Laissons la nouvelle administration se dépatouiller de ce truc-là.

— Eh bien justement, c'est impossible. Si nous ne donnons pas notre feu vert d'ici à demain soir, tout l'accord sera bloqué.

La secrétaire d'État se leva brusquement de sa chaise, agacée.

— Ce n'est pas un drame ! Dans le contexte actuel, je ne vois pas comment on pourrait décemment poursuivre ces livraisons d'armes à Israël ! Nous nous retrouverions au ban des nations !

— Il y a juste un petit problème…

— Quoi encore ?

Elle semblait hors d'elle, excédée. Très loin de celle qu'elle était il y a trois jours encore quand la moindre de ses expressions était maîtrisée, calculée au millimètre.

Marlon Bowles était tassé sur sa chaise, la tête rentrée dans les épaules, petite chose.

— Les Israéliens menacent, si nous remettons cet accord en question, de stopper la fourniture de l'électronique embarquée du Terminator, ce drone qui nous donne une réelle supériorité aérienne contre les insurgés en Afghanistan. Le chef d'état-major est formel : cette technologie, qu'ils sont les seuls à maîtriser, est pour nous vitale. Ces avions sans pilote, je vous le rappelle, sont les armes de base de toute guerre moderne…

*

* *

Eli Bishara n'en croyait pas ses yeux : le pays était à feu et à sang, et Tel-Aviv paraissait n'en avoir cure. La mer, chaude, agitée, verdâtre, semblait charrier hors de la ville tous les miasmes du conflit, les plages ne désemplissaient pas. Sous les frangipaniers en fleur, les filles étaient des bombes et le commissaire songea à ce qu'un jeune Palestinien d'Hébron lui avait confié lors de la dernière intifada, en plein bouclage de la Cisjordanie : « Parfois, j'emmène ma copine à Tel-Aviv, on se cache pour passer les barrages israéliens, c'est bien plus sympa que d'aller à Gaza, on y va pour s'embrasser… » C'était ça le plus dingue de l'histoire : les jeunes Palestiniens rêvaient quasiment tous de vivre en Israël et, franchement, il ne pouvait pas les en blâmer.

Il n'avait pas dormi depuis la nuit précédente. Comme s'il craignait que les heures passées avec Ana ne se confondent avec le sommeil. Il ne voulait pas se réveiller et penser qu'il avait rêvé. Tant qu'il ne fermerait pas les yeux, il garderait son odeur sur sa peau.

Remontant l'avenue Dizengoff d'un pas alerte, le commissaire esquissa un sourire. Il était bien comme tous les autres : le pays sombrait et il ne songeait qu'à la fille qu'il avait tenue dans ses bras quelques heures plus tôt.

Il venait de quitter l'hôpital de la Hadassah et s'apprêtait à prendre un café dans un bistro de la rue Azza, en plein centre de Jérusalem, quand Ashkenazi l'avait appelé.

— On se voit à Tel-Aviv dans une heure. La situation devient incontrôlable, il faut qu'on se bouge.

Il avait avalé un café à la hâte, fait une croix sur le croissant à la confiture d'abricots dont il rêvait, et traversé un Jérusalem désert, quadrillé par les jeeps des forces de sécurité. Il y avait si peu de trafic sur l'autoroute que quarante minutes lui avaient suffi pour rallier la ville blanche, fenêtres grandes ouvertes sur les orangeraies afin de ne pas s'endormir au volant.

Ashkenazi lui avait donné rendez-vous dans un café de la rue Dubnov, non loin de la place Rabin. Il le convoquait toujours en tête à tête, Bishara n'avait jamais su si c'était pour le protéger des autres ou pour se protéger lui-même. Par les temps qui couraient, un Arabe, même commissaire de police, n'était pas une fréquentation convenable.

L'air était doux, sa chemise blanche n'était plus très blanche mais il s'en moquait, il n'avait plus besoin du regard approbateur des Israéliennes de l'avenue Rothschild, celui d'Ana suffisait. Un rayon de soleil s'attarda un instant sur le capot rougeoyant d'une Subaru et Bishara, clignant des yeux, songea à la chevelure flamboyante de la jeune femme. Sans elle, il n'aurait sans doute pas effacé de sitôt les images effroyables des jeunes Arabes agonisant sous les balles des soldats de Tsahal.

Ashkenazi était plongé dans *Maariv* qui, en une, publiait une pétition d'intellectuels en faveur d'un transfert immédiat des Arabes d'Israël vers la Jordanie et l'Égypte. Sur la table, le cendrier débordait de mégots de Marlboro. L'homme avait le teint cireux des grands fumeurs.

Et le visage soucieux, quand il le leva vers Bishara.

— Je ne sais pas comment on va organiser ce truc-là… J'ai très peur que ça dégénère salement.

Bishara fronça les sourcils.

— Cela signifie que c'est décidé ? Je croyais qu'on en étudiait juste la faisabilité…

Un sourire sarcastique déforma la mâchoire du chef de la police.

— Allons Eli, ne te fais pas plus naïf que tu ne l'es… La décision est prise depuis longtemps, ils n'attendaient qu'un prétexte.

— Mais… ça va être un carnage ! Les Arabes ne se laisseront pas faire ! Les jeunes sont déjà en train de s'organiser !

L'autre soupira en repliant son journal.

— Je sais bien, c'est pour ça que je suis inquiet. Et c'est pour ça aussi que j'ai besoin de toi.

Bishara sentit une boule se former instantanément au fond de sa gorge. On y était.

L'heure du choix.

À cet instant, Ashkenazi se leva à la hâte pour saluer le président de la maison des journalistes, dont les bureaux se trouvaient quelques dizaines de mètres plus loin, avenue Kaplan. « Vous avez la situation bien en main ? » s'enquit l'homme au crâne rasé qui arborait un gilet à poches comme les affectionnaient les reporters de guerre. « Tout est sous contrôle », répondit l'autre en levant le pouce.

À peine rassis, Ashkenazi se leva une nouvelle fois pour donner l'accolade au directeur du théâtre Habima où la gauche intellectuelle de Tel-Aviv aimait à se retrouver le soir, sur le chemin de la place Rabin. Quand il revint à Bishara, son air contrit sonnait faux.

— On ne sera jamais tranquilles, je connais trop de monde ici. Tiens, tu les vois ceux-là ?

Il se pencha vers Bishara et indiqua du menton un groupe de retraités qui tapaient le carton au fond du café.

— Là-bas… cette tablée de vieillards. Ils ont descendu bien plus d'Arabes que tous les politiciens de droite réunis. Des tueurs !

Bishara laissa son regard traîner sur les yeux bouffis, les bouches tombantes, les ventres relâchés. Puis, en observant mieux, il surprit les regards affûtés, les mains nerveuses.

— C'est qui ?

— Un groupe d'anciens des services israéliens. Shin Beth, Shabak, Mossad… Des piliers du Mapaï puis du Parti travailliste… Des purs et durs. Rien à voir avec cette bande de tarlouzes qui dirigent le parti aujourd'hui.

— J'espère qu'ils ne font plus que jouer aux cartes…

— Eh bien, détrompe-toi, Eli, c'est là où je voulais en venir.

— Où ça ?

— J'ai peur que ces hommes ne reprennent du service et organisent des opérations d'envergure en sous-main. Ils ont gardé un réseau extrêmement développé. On peut l'empêcher en arrêtant préventivement les meneurs. Toi seul peux nous aider sur ce coup-là…

*

* *

Son regard tomba sur les tulipes et il réprima un haut-le-cœur. Youssef Chedid n'en pouvait plus de ces fleurs artificielles qui ondulaient sur les murs. Le Caire lui manquait, ses embouteillages, ses concerts de klaxon, ses odeurs saumâtres montées du Nil à la nuit tombée.

La Mecque n'était plus qu'une prison à ciel ouvert que Dieu lui-même semblait avoir abandonnée.

Les médecins ne se parlaient plus entre eux ou seulement par monosyllabes, excédés par l'épuisement, le stress, la peur. Une quinte de toux et les regards s'emplissaient de panique, les mains tremblaient ; on avait déjà envoyé au feu les corps d'un permanent de l'hôpital et de trois infirmières.

Parmi ceux qui avaient été appelés en renfort, certains, affolés, avaient voulu repartir, la Muttawa les en avait brutalement empêchés ; deux d'entre eux avaient été jetés au trou, les autres se trouvaient sous la surveillance constante de gardes armés.

Souleiman Pasha aussi avait changé. Il fuyait le contact. Chedid avait d'abord mis ça sur le compte de la crainte d'attraper le mal, mais l'homme limitait également les conversations téléphoniques et ne se pliait quasiment plus à l'exercice quotidien de la vidéoconférence avec la *SHOC room* de Genève. Il restait enfermé dans sa chambre des heures durant, et refusait même les plateaux qu'une assistante zélée déposait sur son palier.

Youssef Chedid officiait désormais à sa place et l'exercice n'était pas pour lui déplaire. C'était une fenêtre unique, inespérée, sur le monde extérieur.

Le Dr Lévy, qui l'appelait maintenant par son prénom, n'hésitait plus à le contacter plusieurs fois dans une même journée à seule fin de maintenir le lien. Des sous-sols de l'Organisation mondiale de la santé, on avait bien perçu le décrochage de Pasha et l'isolement grandissant de Chedid. Il fallait à tout prix éviter que l'Égyptien, à son tour, ne perde contact avec la réalité.

La tâche n'était pas aisée. Les stocks de Rifampicine disponibles avaient été liquidés en quelques jours. Le traitement s'était révélé efficace une fois sur trois, ce qui était loin d'être suffisant. Dans le bâtiment où ils étaient confinés, de plus en plus de pèlerins succombaient à la maladie.

Un mouroir.

Les infirmières et les médecins qui acceptaient de s'y aventurer pour apporter quelques soins ne se comptaient plus que sur les doigts d'une main. Quant aux pèlerins encore sains, ils ne pensaient même plus à accuser les juifs, trop affaiblis par la peur ou le chagrin.

Le vent de folie était retombé, ne subsistait que le souffle glacé de la faucheuse.

Youssef Chedid ne serait sans doute pas parvenu à affronter cette situation sans la présence d'Ibrahim el-Hakim. Le Français avait cette qualité que les autres ne possédaient plus : l'écoute. Avec lui, l'Égyptien avait la sensation d'exister, ou plutôt de retrouver sa vie d'avant, quand tout était terriblement, délicieusement normal, quand les membres d'une même équipe ne s'enfuyaient pas en courant à la vue d'un des leurs.

— Dis-moi… combien de temps vont-ils nous laisser croupir ainsi ? Comment se fait-il qu'avec tout le pognon qu'ils brassent, les labos pharmaceutiques n'aient pas été foutus de mettre au point un traitement de base contre une maladie que l'on dit réémergente ? Cela me dépasse…

Par un hasard absolu, les deux hommes avaient déniché une caisse de bières dans le local qui abritait les médicaments. Ils fouillaient les lieux en quête d'un stock oublié, passant au crible le moindre recoin quand, derrière un panneau coulissant, ils avaient découvert le trésor. Tels des ados en faute, chacun d'eux avait caché une bouteille sous sa blouse et remonté les étages raide comme la mort, conscient du drame s'ils étaient surpris avec une bouteille d'alcool dans l'enceinte de La Mecque.

La première gorgée n'en avait été que meilleure. La sensation du paradis, en décuplé.

Ibrahim el-Hakim avait réprimé une bouffée d'émotion : il n'avait jamais bu beaucoup d'alcool, mais la bière c'était le souvenir des vacances quand, avec sa femme, ils cassaient la torpeur de l'après-midi avec une 1664 qu'elle coupait de limonade. Le houblon lui teintait les joues de rose et des étoiles s'allumaient dans ses grands yeux noisette.

Chedid sourit, une moustache de mousse sur la lèvre supérieure.

— C'est justement parce qu'ils font l'impasse sur de tels produits qu'ils brassent autant de pognon…

Ils buvaient au goulot, un plaisir inouï.

— Dis-moi, les vaccins… Il va te les faire expédier comment, ton ami de Pasteur ? Je croyais qu'il n'y avait plus aucune liaison aérienne ou terrestre avec l'Arabie Saoudite.

— On a établi une sorte de sas à la frontière dans lequel sont déposés les colis à destination du pays. Ceux de l'extérieur n'ont aucun contact avec ceux de l'intérieur. Je pense que ça va arriver comme ça…

À cet instant, on cogna à la porte. Les deux hommes cachèrent à la hâte les bouteilles sous leurs fauteuils.

Souleiman Pasha fit irruption dans la pièce. D'ordinaire propre et soigné, l'homme affichait une mise défaite. Sa chemise blanche, maculée de taches noirâtres, pendait hors d'un pantalon trop long qui traînait sur le sol. Le regard fou, il pointa le doigt sur Ibrahim el-Hakim.

— C'est lui ! C'est lui qui nous a volé les derniers stocks ! Arrêtez-le !

Et il attira deux gardes indécis qui tenaient maladroitement leurs armes.

Youssef Chedid sauta sur ses pieds.

— Souleiman ! Vous êtes fou ? Je n'ai pas quitté un seul instant Ibrahim el-Hakim ! Je peux vous assurer qu'il n'a rien volé, il n'est là que pour nous aider…

Pasha fixa Chedid d'un regard déserté par la raison. À ses côtés, les hommes de la Muttawa étaient figés, dépassés par la situation.

On eût dit une scène de théâtre, quand gestes et mots sont suspendus en l'air.

Ce qui suivit ne dura que quelques secondes. Pasha se jeta sur l'un des gardes et lui arracha son arme qu'il dirigea vers Chedid. Avant même que le coup ne parte, Ibrahim el-Hakim s'était projeté en avant, protégeant de son corps le médecin égyptien.

Les gardes se précipitèrent sur Souleiman Pasha, mais trop tard. Un bruit assourdissant résonna dans la pièce et le pèlerin s'affaissa aux pieds de celui dont il venait de sauver la vie.

4

Ce jour-là, le quotidien *Yedioth Aharonoth* avait choisi de consacrer sa une à une longue interview du président israélien avec cette phrase en guise de chapeau : « Il est très facile, dans ces heures si difficiles, quand le sang jaillit de terre, d'appeler à la rupture avec les Arabes. C'est ce que le cœur réclame avec force. Mais la tête, elle, dit que seul le dialogue stoppera l'effusion de sang. »

Dans la colonie de Kiryat Arba, debout sur un tonneau de vin qu'il venait de remplir du produit des dernières vendanges, Aaron haranguait la petite foule des hommes en armes qui piétinaient sur le chemin de la guerre. Il y avait là ceux d'Hébron bien sûr, puisqu'ils vivaient au cœur de la ville arabe qui jouxtait Kiryat Arba, mais aussi tous ceux du Gush Etzion, les hommes de Neve Daniel, Keidar, Rosh Tzurim, Migdal Oz, Alon Shvut, Kfar Etzion, Bat Ayin, Beitar Illit, Efrat, Tekoa et quelques autres. Tous venus à l'appel d'Aaron défendre ce qu'ils considéraient comme le lieu le plus sacré du judaïsme.

— Honte à notre président qui se couche devant les Arabes ! L'islam et la paix, telles l'huile et l'eau, ne pourront jamais se mélanger ! Comment ne voit-il pas que les Arabes sont l'ultime incarnation d'Amalec que la Torah elle-même présente comme l'éternel ennemi des juifs, celui qui jamais ne cessera de vouloir les tuer et voler leurs biens ? Regardez ce qu'ils ont fait ces derniers jours ! L'heure est venue, mes frères, de les exterminer comme de vulgaires cafards ! Ils ne valent même pas la balle qui leur ôtera la vie !

La clameur s'éleva avec une telle ampleur qu'elle résonna au-delà des collines d'Hébron, jusqu'au village arabe d'Al-Tawani, distant d'une vingtaine de kilomètres. Là, les hommes et les femmes qui s'affairaient dans les oliveraies se redressèrent lentement, regard perdu vers le lointain, ventre tordu par l'angoisse.

— La Torah le proclame, mes frères : seuls les hommes d'Israël sont assez purs pour cultiver ces terres ! Nous avons attendu trop longtemps que nos dirigeants nous apportent réconfort et soutien ! Si nous ne faisons pas le travail nous-mêmes, ils nous laisseront massacrer sans bouger le moindre orteil ! Ce sont des lâches !

Dans la foule qui applaudissait, un homme sauta sur la souche d'un arbre et affronta le colon.

— Aaron ! Que ferons-nous quand nous aurons exterminé tous les Arabes ? Ne dis-tu pas toi-même qu'ils sont l'épée que nous avons dans les reins et qui nous oblige à progresser ? Qu'ils sont l'exemple de ce que nous allons devenir si nous nous écartons de la voie de Dieu, qu'ils sont ce qu'aucun homme ne devrait jamais être ? Ne devons-nous pas en garder quelques-uns pour toujours nous en souvenir ?

Un murmure désapprobateur parcourut l'assemblée.

— Souvenons-nous de Baruch Goldstein, déchiqueté par la population arabe en furie ! Il avait voué sa vie aux juifs, au judaïsme et au pays juif !

Un jeune homme coiffé d'une kippa, arme à l'épaule, venait de grimper à un arbre pour mieux dominer ses pairs. Il était connu pour vénérer ce médecin juif qui, un jour de 1994, avait assassiné à l'arme automatique vingt-neuf musulmans en prière au Caveau des Patriarches, lieu sacré entre tous puisqu'il abritait les tombes d'Adam et Ève, d'Abraham et Sarah, d'Isaac et Rebecca, de Jacob et Léa.

Le centre du monde.

— Mes amis, ne nous égarons pas, concentrons-nous sur notre mission qui consiste à défendre cette terre contre les bêtes sauvages ! Le président de ce pays est peut-être un lâche mais le Premier ministre est notre ami !

Cette fois, les hommes grondèrent. De rares femmes se tenaient debout sur les côtés, foulard sur les cheveux, longues jupes sombres battant des mollets blancs et maigres, poussette à la main, enfants dans les bras.

— Il faut l'aider, lui et tous ceux qui veulent notre bien !

— Comment peux-tu être sûr, Aaron, qu'il ne va pas finir par se coucher, comme tous les autres avant lui, devant ceux qui, au-delà de ces frontières, ne songent qu'à causer notre perte ?

L'homme qui venait d'interrompre Aaron portait le costume et le chapeau noirs des ultraorthodoxes. Il parlait d'une voix calme, les doigts perdus dans sa longue barbe qu'il caressait tel un animal familier.

— J'ai l'habitude de juger aux actes. Et voyez ce qu'il a déjà entrepris : expulser tous les Arabes du pays vers la Jordanie et l'Égypte. Ce n'est pas rien ! Mais que ferons-nous s'ils résistent ? Allons-nous assister les bras ballants à une insurrection armée identique à celle de septembre 2000 ?

— NOOOONNNNN !

Déchaînés, les hommes brandissaient leurs fusils en l'air.

— Aussi je propose que nous ne nous contentions plus de sauvegarder la terre de Judée et Samarie, nous devons participer à l'effort de judaïsation totale d'Israël. Nous allons aider à en chasser les Arabes !

— OUAIIIIS !

— Attendez ! Attendez !

Un homme essayait de se faire entendre dans la foule en délire. Crâne rasé coiffé d'une casquette, chemise aux manches retroussées, il était un des rares à n'arborer aucune arme.

— En Israël, les dirigeants cultivent la mentalité de la séparation entre juifs et Arabes, c'est vrai. Mais ici, les gens vivent ensemble. On partage notre quotidien avec les Arabes et on fait même des affaires avec eux ! Que va devenir tout ça si vous commencez à chasser et tuer leurs frères de l'intérieur ? Y avez-vous seulement songé ? Nous ne pourrons jamais expulser tous les Arabes de la région ! C'est une illusion !

Un silence de mort accueillit ces propos.

— Yoav a raison !

— Non ! C'est un traître ! Qui n'est pas avec nous est contre nous !

Dans la vallée aride où seuls les ânes trouvaient leur bonheur, un brouhaha immense s'éleva, si puissant qu'il chassa les corbeaux venus renifler l'odeur du carnage et les rares fennecs qui n'avaient pas été harcelés par les enfants à coups de lance-pierre.

*

* *

Dennis Crocker venait d'arriver chez lui, il savourait ce moment si fugitif durant lequel la vie semblait en apesanteur, figée net par l'obscurité et le silence, quand son portable sonna. « Bon sang ! Je n'en aurai donc jamais fini ! » Il jeta l'appareil sur la table, ignorant le vrombissement lancinant du métal qui tressautait sur le marbre, et se laissa tomber sur le canapé noir acheté six mois plus tôt au prix de l'uranium enrichi dans une boutique de Georgetown. Il ne possédait pas grand-chose, il détestait le trop-plein, le désordre, l'inutile. Et, par-dessus tout, il lui fallait de la qualité. Il ne pouvait pas comprendre ces gens, au salaire souvent élevé, qui s'équipaient dans des chaînes de magasins bon marché, achetant des meubles à monter eux-mêmes qu'ils retrouvaient à l'identique chez leurs voisins.

Le peu qu'il détenait était unique, ou presque.

Il attrapa la télécommande. Sa passion du moment était Fazil Say. Un pianiste turc qu'il avait découvert par hasard en fouillant les bacs d'un marchand de musique de l'aéroport d'Istanbul et dont il écoutait en boucle un des meilleurs concertos, *Les Mille et Une Nuits au harem*. Autant pour les envolées de piano et de violon que pour le titre.

Partirait-il jamais pour la Turquie ? La crise qu'il avait à gérer était si grave qu'il ne parvenait plus à se projeter dans l'avenir.

Son téléphone vrombit à nouveau. Il hésita. Par les baies vitrées, la pleine lune projetait une lumière blanche et crue qui formait des ombres chinoises sur les murs. Les feuilles d'érable scintillaient telles des lucioles derrière la fenêtre, il lui sembla qu'elles se balançaient au rythme des crissements saccadés du violon entremêlés aux percussions du kudüm… Peut-être, en réalité, dormait-il déjà.

Et c'était terriblement, délicieusement bon.

La sonnerie du téléphone fixe le réveilla en sursaut. Combien de temps s'était-il assoupi ? Deux, trois minutes ? Il ne savait plus où il se trouvait, son corps était trop lourd, comme encastré dans le canapé. Quoi qu'il arrive, il ne se lèverait pas. Il n'en avait plus la force.

Mais la voix de Priscilla Knox envahit la pièce, tonitruante. Il fallait qu'il pense à régler le volume du répondeur.

« Dennis, je ne sais pas si tu es chez toi, je ne parviens pas à te joindre sur ton portable. Peux-tu me rappeler dès que tu entendras ce message ? C'est très urgent. Nous avons des éléments sur l'épidémie, un truc dingue. Fais vite… »

Il se retrouva debout sans même que son cerveau en ait formulé l'ordre. Il attrapa son téléphone sur la table, interrompit la musique alors que Say entamait son passage préféré, un arrangement de *Summertime* dans de longues volutes de piano, et sortit en claquant la porte. Il n'avait pas même eu le temps de se passer la tête sous le robinet. Il roulerait fenêtre ouverte, cela lui ferait le même effet.

Ils étaient tous là dans la salle de réunion du département d'État, la pâleur du visage encore plus marquée. Bientôt ils ne seraient plus que des spectres. Susan Rice sirotait un thé devant la fenêtre dans une robe ample qu'on eût dit taillée pour Priscilla Knox. Elle avait donc lâché sur tout.

Crocker s'assit en soufflant.

— C'est décidé, je fais installer un lit de camp dans mon bureau, ce sera plus simple. J'ai besoin d'une heure de sommeil, pas plus, mais d'un seul trait. Sans téléphone, sans rêve et je ne vous parle même pas des cauchemars, on n'a pas besoin de dormir pour ça. Ce que je demande est si fou que cela ?

Marlon Bowles ricana. L'étiquette de son polo rebiquait sur sa nuque, il l'avait enfilé à la hâte.

— Moi, c'est dix minutes, mon vieux. Juste dix minutes. Tu connais ma devise : surtout ne jamais se fixer d'objectifs inatteignables, sinon ça engendre de la frustration…

— … et on fait du sang noir. Oui, on connaît ta devise…

Priscilla Knox était la seule à afficher une mine réjouie. Elle flanqua une grande tape dans le dos de Bowles qui faillit en avaler son chewing-gum, ce qui eut pour effet de détendre sensiblement l'atmosphère.

Ils tenaient l'avenir du monde entre leurs mains et ils échangeaient des blagues de potache.

Rice prit place en bout de table.

— Allez, Priscilla, on vous écoute.

Les yeux brillants d'excitation, celle-ci prit le temps de les dévisager l'un après l'autre.

— Nous avons reçu la liste exhaustive des pèlerins, les autorités saoudiennes ont été plutôt réglo sur ce coup-là.

— Et alors, ça donne quoi ?

Elle ménageait son effet.

— Nous nous sommes concentrés sur ceux qui étaient venus de Russie puisque des cas de peste se sont déclarés là-bas. Et nous avons trouvé la trace de trois hommes originaires de Kazan, du Tatarstan.

Dennis Crocker tapa du poing sur la table, si fort qu'ils sursautèrent tous.

— Bon sang ! L'explosion de l'usine chimique ! Comment n'y avons-nous pas pensé plus tôt !

Susan Rice se tourna vers lui, peinant visiblement à mettre bout à bout les pensées qui affluaient dans son cerveau.

— Vous voulez dire…

— Mais oui, c'est ça ! Les Russes devaient être en train de développer des armes biologiques…

— … Et la peste est la pire d'entre elles…

Priscilla Knox avait sorti plusieurs fiches de son dossier.

— Écoutez plutôt. Une agression par voie aérienne avec dispersion du bacille de la peste sur une ville de cinq millions d'habitants entraînerait, au minimum, cent à cent cinquante mille décès. Une arme imparable, aucun État ne disposant du stock d'antibiotiques suffisant pour en venir à bout.

Crocker renchérit, totalement réveillé désormais.

— En explosant, l'usine de Kazan a dispersé le bacille dans l'atmosphère, contaminant tous ceux qui se trouvaient dans un rayon de dix à vingt kilomètres. Par malheur, il se trouvait parmi eux trois pèlerins qui se rendaient à La Mecque.

Priscilla Knox se pencha sur la table, fixant Susan Rice qui semblait ne plus respirer.

— Au-delà de l'aspect médical, ce type d'arme a aussi pour but de déstabiliser une société tout entière en provoquant la panique au sein de la population et donc la fuite de centaines de millions de personnes. Résultat, des embouteillages monstres bloquant l'acheminement des malades vers les hôpitaux, l'approvisionnement en médicaments, en carburant, en nourriture et j'en passe. Souvenez-vous du passage de Katrina sur La Nouvelle-Orléans, les images des habitants coincés sur l'autoroute, appelant à l'aide, isolés du monde, privés de tout. Ce n'était rien alors par rapport à ce qui se passe aujourd'hui à La Mecque. Et à ce qui nous menace tous…

*
* *

Était-ce sa faute si l'ONU, dans son désir de ménager les États qui constituaient son ossature, se montrait impuissante à régler les conflits politiques ? Était-ce sa faute si ses résolutions n'étaient jamais appliquées ? Avait-il les moyens d'utiliser la force ? Non, non et non. Il avait suffi de quelques heures à Rein Laristel pour prendre la mesure de son impuissance. Il était embarqué dans la pire des galères.

Entre l'ONU et Israël, les relations étaient faussées depuis l'origine. Peut-être depuis le meurtre de Folke Bernadotte, ce comte suédois, premier médiateur officiel des Nations unies en Palestine. Plus personne n'en avait le souvenir, Laristel lui-même n'en avait retrouvé la trace qu'en remontant dans l'histoire tortueuse de l'ONU. Une affaire qui résonnait étrangement avec la situation d'aujourd'hui.

Bernadotte avait déjà pour mission, en 1948, de faire cesser les combats et de superviser la mise en application du partage de la Palestine décrété par l'ONU. En gros, ce que les diplomates du monde entier, des décennies plus tard, s'évertuaient toujours à obtenir. Sauf que, à l'époque, les juifs étaient ceux qui lançaient les attaques terroristes. Peu après le premier plan de partage de Bernadotte (qui, il est vrai, proposait un État israélien sur vingt pour cent de la Palestine au lieu des cinquante-cinq pour cent prévus), des membres du Lehi, un groupe armé sioniste, s'étaient enflammés : « Nous avons l'intention de tuer Bernadotte et tout autre observateur des Nations unies en uniforme qui viendra à Jérusalem ! Notre groupe est déterminé à ce que la Ville sainte soit sous l'autorité de l'État d'Israël et nous ne permettrons aucune interférence dans ce dossier de la part d'une organisation nationale ou internationale ! »

Bernadotte avait alors concocté un second plan, qui prévoyait notamment le passage de Jérusalem sous contrôle international. Refus catégorique des Israéliens comme des Arabes. Le 17 septembre 1948, peu après avoir franchi un check-point contrôlé par Israël, son convoi de trois voitures aux couleurs des Nations unies et de la Croix-Rouge entrait dans le quartier Katamon de Jérusalem quand trois hommes armés revêtus de l'uniforme de Tsahal avaient sauté d'une jeep placée en travers de la route et arrosé de balles les représentants de l'ONU. Bernadotte avait été tué à bout portant de six rafales de mitraillette Schmeisser.

Ce meurtre avait été condamné dans le monde entier. Pourtant, l'assassin de Bernadotte, Yeoshua Cohen, était devenu le garde du corps personnel de Ben Gourion. Et le chef des opérations du Lehi, Yitzhak Shamir… Premier ministre d'Israël.

« On est bien peu de chose », songea Laristel en laissant traîner son regard sur une photo de Marina. Elle se tenait debout contre un arbre et riait la tête en arrière, serrant contre son cou un pashmina gris qu'il lui avait rapporté de New Delhi. C'était un après-midi de novembre dans la forêt, l'atmosphère était chargée de brume humide et les bottes collaient au sentier. Ils avaient marché longtemps et elle riait de bonheur autant que d'épuisement.

Sans même y réfléchir, il décrocha son téléphone. Elle répondit au bout de deux sonneries.

— Marina, je vais partir pour Jérusalem…

L'idée s'était imposée telle une évidence. Le souvenir de Folke Bernadotte, loin de le dissuader, l'en avait convaincu. Si cet homme s'était rendu à Jérusalem au péril de sa vie, en pleine connaissance des menaces qui avaient été proférées contre les Nations unies, il n'allait pas, lui, Rein Laristel, rester au chaud dans son bureau de New York tandis que le Proche-Orient prenait feu à nouveau !

Il fallait ramener Moshe Bensimon à la raison et, dans les circonstances actuelles, il était le seul à pouvoir le faire.

— Oui, je le savais. Depuis ton dernier coup de fil, j'écoute les infos…

Comme à chaque fois, mais peut-être plus encore que d'habitude car il s'était rarement senti aussi seul, sa voix l'enveloppait d'une chaleur réconfortante, nourrie de décennies de vie commune dans leur maison en bois, entourés de toutes les forêts d'Estonie.

— … et d'ailleurs, j'étais en train de préparer mes affaires. Je vais te rejoindre là-bas…

— Mais…

Son cœur s'était mis à battre à tout rompre, il n'aurait su dire si c'était de bonheur ou d'effroi.

— Je te l'interdis ! La situation peut dégénérer à chaque instant, je ne veux pas te voir courir un risque pareil.

— Rein, c'est pour ça que nous sommes ensemble depuis si longtemps. Pour ces moments-là. Pour nous donner de la force. Je connais Jérusalem, je ne t'y laisserai jamais seul. C'est un lieu qui peut rendre fou…

*

* *

La balle avait sectionné l'aorte, Ibrahim el-Hakim s'était vidé de son sang à gros bouillons.

Durant les dernières minutes de sa vie, son visage, son regard semblaient étonnamment apaisés.

— J'ai tenu la promesse faite à ma femme. Si cet homme t'avait tué, ce lieu serait devenu pire que l'enfer. Toi seul peux parvenir à y apporter un peu de paix, je le sais.

— Ne parle pas, Ibrahim, je vais te soigner, tu vas t'en sortir…

Le pèlerin avait eu un pauvre sourire.

— Youssef, mon ami, tu me dois au moins la vérité. Je sais que je vais partir et j'en suis si heureux ! Je vais les retrouver…

En prononçant ces mots, il avait agrippé le cou de Chedid.

— Promets-moi juste une chose. Comme je l'ai fait moi-même à ma femme. Promets-moi de m'enterrer avec elles. Je t'ai montré où j'avais creusé le trou, au pied de l'eucalyptus, tu t'en souviens, dis ? Tu t'en souviens ?

Chedid avait attrapé sa main qui tremblait, les forces commençaient à le quitter, la vie s'écoulait de lui à jets ininterrompus.

— Je m'en souviens. Pars sans crainte. Vous ne serez plus jamais séparés…

Ibrahim el-Hakim avait cligné des yeux pour exprimer sa reconnaissance, ce fut le dernier effort qu'il parvint à fournir. Le médecin sentit la respiration saccadée du pèlerin ralentir peu à peu jusqu'à s'éteindre tandis que sa main glissait de la sienne, inerte.

Il leva lentement la tête vers Souleiman Pasha que les gardes maintenaient plaqué au mur. Le Saoudien était prostré, regard dans le vide. Absent. Chedid ne tenta même pas de lui arracher une parole. D'un bref signe de tête, il s'adressa aux deux hommes qui le ceinturaient.

— Emmenez-le !

Inutile d'envisager renouer le dialogue. La folie du moment avait eu raison de lui. L'Égyptien ne pouvait plus compter que sur ses propres forces.

Il souleva le corps d'Ibrahim el-Hakim et le déposa doucement sur un sofa. Il aurait aimé croire en un Dieu quelconque afin de réciter une prière à la mémoire de l'homme qui s'était sacrifié pour lui.

Mais il en était bien incapable, il ne croyait plus en rien.

Sauf peut-être en la fidélité.

Alors il déshabilla son ami, nettoya sa plaie et enveloppa son corps dans un linge blanc. Ce faisant, il songea à ces paroles du mystique iranien Shabestari qu'il avait étudié à l'université d'el-Ashar :

Comme il est quatre obstacles en ce monde,
[considère qu'il est quatre purifications :
La première est la purification de la souillure
[charnelle ;
La seconde est celle du péché et du mal,
[« murmures du tentateur » ;
La troisième, celle des mauvaises habitudes
Qui rendent les hommes semblables aux animaux
[des champs ;
La quatrième est la purification du tréfonds du
[cœur.
Car c'est là que s'achève la route du pèlerin.

Youssef Chedid avait rarement vu si pur que le tréfonds du cœur de ce pèlerin-là même si, comme lui, il ne croyait plus en Dieu.

Sa tâche terminée, il ressentit soudain une immense fatigue, un vide abyssal. Il se laissa tomber dans le fauteuil qu'il occupait quelques instants plus tôt, se pencha, attrapa la bouteille de bière entamée, la leva en direction du cadavre et esquissa un rictus. « Santé, mon ami ! » Que disait Shabestari, déjà ? Les « murmures du tentateur » ? Quelle belle expression pour désigner le plaisir d'une gorgée de bière, même tiède.

Il jeta un œil à sa montre. S'il voulait respecter la promesse faite au pèlerin, il n'avait pas de temps à perdre. Les gardes avaient certainement donné l'alerte, dans quelques instants on viendrait chercher le corps d'Ibrahim el-Hakim pour le jeter dans le brasier avec les autres cadavres.

*
* *

Le commissaire Bishara avait beau faire, la dernière phrase de Roni Ashkenazi tournait et retournait dans sa tête : « Allons Eli, nous nous connaissons depuis trop longtemps pour nous raconter des bobards. Tu ne vas pas me dire que ton association, depuis le temps qu'elle travaille sur le sujet, ne représente pas une mine d'informations inestimable sur les Arabes de ce pays ! »

Comment avait-il pu être assez idiot pour imaginer qu'on lui confiait des responsabilités sans aucune arrière-pensée ? Le chef de la police connaissait parfaitement l'existence de Balad, l'association dans laquelle le commissaire versait son trop-plein d'énergie et de hargne. Depuis le début, il gardait Bishara au chaud pour le jour où il aurait besoin d'infiltrer la population arabe.

Et ce jour était venu.

« *Boukra fi el-meshmesh* », avait-il marmonné entre ses dents. Une expression arabe qui, littéralement, signifiait : « Demain dans les abricots » et que l'on pouvait comprendre par : « Quand les poules auront des dents. »

Écœuré, il s'était levé avant de se pencher sur la table, les yeux plantés dans ceux de son chef.

— J'ai un peu mal au cœur, là, je ne sais pas pourquoi. Quelque chose ne passe pas. Je vais prendre l'air…

Et il avait marché jusqu'à Jaffa. D'un pas rapide destiné à l'épuiser, à évacuer les sales pensées qui le traversaient. Il avait fui le centre de la ville juive avec ses galeries d'art et ses vendeurs de sushis ; remonté la rue principale de la ville arabe, chaos de voitures et de marchandises vomies sur les trottoirs ; croisé des femmes voilées cheminant derrière le père ou le fils ; humé les bouffées de *zaatar* et de café qui surgissaient par instants d'une échoppe à l'air libre ; maudit les Israéliens, juifs ou arabes, qui vivaient le poing sur le klaxon et la bouche ouverte sur un cri de rage ; observé des jeunes femmes qui marchaient en balançant leurs hanches au mépris du regard des hommes plantés sur le pas de leurs boutiques ; caressé un de ces tigres en peluche géants que l'on vendait ici une centaine de shekels pour rassurer les petits au cas où d'autres bêtes sauvages, autrement plus dangereuses celles-là, feraient irruption dans la chambre à coucher ; trébuché sur les seaux et les pelles en plastique multicolores qui encombraient les bas-côtés ; résisté aux pitas chaudes et moelleuses comme une peau d'enfant sortant du sommeil que des vendeurs à la criée fourraient sous son nez à tous les carrefours.

Puis il avait tourné à droite, remonté la rue sans âme, défoncée même, qui semblait filer vers le ciel, et là, devant la résidence de l'ambassadeur de France avec son drapeau bleu blanc rouge qui flottait au vent, il l'avait vue : la mer.

Eli Bishara avait traversé le parking aménagé pour accueillir les familles avec leur marmaille et, les pieds déchaussés, s'était engagé sur la plage quasi déserte, savourant la douceur du sable sous ses pieds et le souffle d'air iodé venu du large qui lui caressait la peau.

Là seulement, il avait commencé à respirer.

Il venait souvent sur cette plage de Jaffa. Elle avait quelque chose que les autres n'avaient pas mais il n'aurait pas su dire quoi. Elle formait une crique abritée du vent et surtout elle n'était encombrée d'aucune de ces tours infâmes qui bordaient la côte israélienne. On s'y sentait au bout du monde.

Il se souvenait d'une époque où un cheval sauvage avait semé la panique parmi la foule, galopant sur le sable sans prendre garde aux enfants qui barbotaient dans l'eau.

Peut-être tout simplement représentait-elle un îlot de liberté parce qu'elle n'était pas gardée. Il y avait des pays où l'on goûtait la vue dégagée de toute barre de béton, d'autres l'absence de tout uniforme à l'horizon.

Sans même s'en rendre compte, il sortit son portable et composa le numéro de la Hadassah. Même s'ils ne pouvaient pas communiquer, il fallait qu'il parle à Ana.

Une voix excédée lui répondit.

— Désolée, monsieur, elle vient de libérer sa chambre…

Et la ligne fut coupée.

Il resta figé face à la mer. Pas un seul instant, il n'avait imaginé qu'il pourrait ne jamais revoir la jeune femme.

Cette idée était insupportable.

Eli Bishara se laissa tomber sur le sable, songeant aux jours qui venaient de s'écouler, à ceux qui s'annonçaient. Comment éviter que le pays ne sombre dans le chaos ? Comment préserver son identité d'Arabe tout en travaillant au service d'Israël ? Comment remplir sereinement son devoir de flic dans un État qui sombrait peu à peu dans la dictature ? Comment se laisser aller à aimer quand tout poussait à la haine ?

Comment retrouver Ana ?

*

* *

Malgré la fraîcheur qui s'était abattue la veille sur le village alors qu'ils assistaient, hébétés, au démontage des panneaux rédigés en arabe et même au lessivage de certains frontons affichant un nom à consonance palestinienne, Mohammed déboutonna lentement la veste héritée de son grand-père, ôta le tee-shirt qui lui servait de tricot de peau, et se retrouva torse nu dans le jardin.

Il avait tout juste dix-sept ans mais en paraissait au moins trente. Beaucoup de ses dents étaient gâtées, et la noirceur de son regard n'était pas celle d'un adolescent.

Il avait quitté l'école à douze ans pour aider son père à la boutique quand sa mère et ses frères s'étaient retrouvés coincés de l'autre côté du mur. Depuis, il vivait seul avec le vieil homme qui n'était pas causant. Ses journées commençaient tôt, 5 h 30, et s'achevaient tard le soir avec le nettoyage de la boutique et du trottoir attenant car son père se faisait un point d'honneur à garder la tête haute. « Ils nous parquent comme des animaux sauvages mais ils ne nous feront jamais vivre comme des bêtes », disait-il quand Mohammed ronchonnait au-dessus de sa serpillière à l'heure où les copains fumaient une dernière clope sur la place du village.

La famille était divisée en deux depuis longtemps. Au début, cela n'avait rien de physique. C'était juste des discussions sans fin dans le jardin autour d'un jus de grenade à la fin du déjeuner et parfois du dîner, l'été, quand la chaleur ne s'estompait qu'à la nuit tombée. Il y avait ceux qui clamaient leur fidélité au raïs palestinien, et les autres qui le considéraient comme un homme corrompu et fini. Ceux qui ne se voyaient pas vivre ailleurs qu'en Israël et ne s'imaginaient pas autre chose qu'israéliens, et tous les autres qui préféraient mourir plutôt qu'adopter la culture de l'occupant. La scission s'était faite peu à peu.

Leur village, Barta'a, au nord du pays, avait toujours été coupé en deux par la ligne verte qui séparait Israël des territoires palestiniens. Une moitié était israélienne, l'autre palestinienne. Seul les reliait un petit pont en pierre qui enjambait une décharge à ordures.

Tout le monde se connaissait, car tout le monde venait plus ou moins de la même famille.

Un jour, les frères de Mohammed, et même son jumeau Mustapha, étaient partis s'installer chez leurs cousins de Cisjordanie, dans la moitié est du village. Leur mère avait suivi car elle ne voulait pas les laisser seuls. Elle avait demandé à Naïma, la seule fille de la famille, de veiller sur Mohammed et son père.

Au début, ce n'était pas bien grave, il suffisait de franchir le pont pour se retrouver. Mais les choses s'étaient compliquées après la deuxième Intifada. Un check-point avait été bâti à la sortie de la moitié israélienne du village, juste avant le pont, il avait fallu ruser pour passer d'un côté à l'autre.

Un jour, c'était un matin de mai, Mohammed buvait le thé sous l'olivier du jardin dont les branches s'entremêlaient à celles du citronnier que son père avait planté à sa naissance, quand il avait perçu des bruits de bulldozer. Affolé, il s'était précipité. Il savait que les Israéliens envoyaient ces sales engins dans les villages arabes pour démolir une maison bâtie sans permis.

Cette fois, il ne s'agissait pas de démolir mais de construire.

Le mur de séparation.

Au milieu du pont.

En dur.

Si haut que même les chats qui grouillaient sur le tas d'ordures, dans le lit asséché du ruisseau, ne parvenaient pas à le franchir.

Mohammed s'était retrouvé physiquement séparé de Mustapha, de tous ses frères et de sa mère. La situation était ubuesque et d'ailleurs la famille avait autant à se reprocher que les autorités israéliennes, elle avait manqué de discernement et de finesse, sûr, mais c'était ainsi.

Il s'était d'abord buté, reportant sa hargne sur le reste de la famille, qui avait été assez bête pour se laisser enfermer de l'autre côté, chez ceux qui manquaient de tout. Lui, au moins, il vivait comme un être humain. Il pouvait même, en fin de semaine, prendre un taxi collectif et se rendre sur la côte, regarder les filles se prélasser à demi nues sur la plage.

Puis la solitude et la tristesse l'avaient emporté et bientôt la haine. Mustapha, son double palestinien, lui manquait plus qu'il ne l'aurait jamais imaginé. Soudain, le lieu, l'appartenance lui semblèrent dérisoires, il voulait juste revoir son frère, lui faire la peau au foot et piquer ses copines comme il le faisait souvent avant, fumer des cigarettes avec lui jusque tard dans la nuit en débattant du sens dans lequel ils feraient un jour le tour du monde, via New York, Chicago, Sydney et Hong Kong.

Son père s'était replié sur lui-même. Plus taiseux encore qu'autrefois. Il n'ouvrait la bouche que pour répondre aux demandes des rares clients qui franchissaient encore le seuil de sa boutique. C'est que, plus loin, une supérette avait ouvert ses portes et les prix bas avaient attiré une bonne partie de sa clientèle.

Il n'était plus rare que les deux hommes n'aient pas assez d'argent pour remplir la boutique. Sur les étagères, les trous s'élargissaient de jour en jour.

Quant à Naïma, elle avait dû repousser un prétendant pour continuer à s'occuper du foyer. Elle savait que jamais elle ne pourrait prendre un mari. Elle promenait son visage triste de pièce en pièce et meublait sa solitude avec des programmes de télévision qui l'emportaient ailleurs, dans un monde d'amour, de gaieté et de liberté.

La veille, la jeune fille était morte, abattue par un soldat israélien alors qu'elle tentait d'empêcher les forces de l'ordre de s'en prendre au fronton de la boutique familiale qui affichait un nom, *cham's* (soleil), calligraphié en arabe.

Pour la première fois, Mohammed avait vu son père pleurer. Le vieil homme avait veillé de longues heures le corps de sa fille avant que celui-ci ne soit porté en terre, puis il avait chassé les voisins et amis venus partager sa douleur comme la tradition l'exigeait, et s'était enfermé dans sa chambre.

Le jeune garçon se baissa, attrapa la ceinture d'explosifs qui gisait à ses pieds et l'enroula autour de sa taille.

Il ne pensait plus.

Il ne souffrait plus.

Il avait avalé une demi-boîte de calmants avant d'enregistrer le traditionnel petit film de revendication ; au moment de le laisser partir, ses amis lui avaient glissé dans la poche une poignée de cigarettes de cannabis qu'il avait fumées à la chaîne, engourdissant son cerveau, ralentissant ses gestes.

Sa décision, au fond, était prise depuis longtemps.

C'était froid, et lourd. S'il frissonna, il ne s'en rendit même pas compte. Il attrapa la boucle, fit coulisser la ceinture, serra très fort puis ajusta le tout.

Sa respiration était courte mais c'était déjà bien assez.

Il remit son tee-shirt qu'il déchira sur les bords car il n'était pas assez large pour contenir les explosifs, enfila sa veste et se dirigea vers le bout de miroir devant lequel Naïma avait passé de longues heures dans des robes imaginaires.

Il se tourna et se retourna, observant sa silhouette. Il faisait un peu costaud, mais il fallait le connaître pour comprendre que ce n'était pas son allure habituelle.

Il attrapa dans sa poche une cigarette qu'il alluma d'un coup sec, songea subrepticement qu'il n'avait pas intérêt à laisser tomber ne serait-ce qu'un peu de cendre sur sa veste, jeta un dernier regard au cadre accroché au mur du salon. Les siens, encore réunis, y affichaient un bonheur teinté de gris, attablés sous l'olivier un jour d'été.

Mohammed faillit prendre sa clé puis il renonça, il n'en aurait plus besoin, et sortit en claquant la porte.

Il héla un taxi collectif qui prenait la direction de la côte, s'assit en prenant soin de ne pas écraser la petite fille qu'une matrone avait glissée entre eux deux, et regarda s'éloigner son village.

Il ne ressentait toujours rien.

Juste un grand vide.

Une immense fatigue.

Et comme du soulagement.

Le chemin fila sans qu'il s'en rende compte. Il se croyait toujours aux portes de son village quand le taxi annonça que la course était finie.

Il descendit et esquissa quelques pas tel un automate. Il ne savait pas où il allait. Il cherchait juste la foule.

Il erra une bonne vingtaine de minutes sans trouver son bonheur.

Leur malheur.

Puis une terrasse de bistro accrocha son regard. Trois soldats israéliens y buvaient un café au lait glacé en fumant. Leur air détendu provoqua aussitôt en lui une montée de haine. Autour d'eux, les tables étaient toutes occupées. Des jeunes, des familles, des filles qui parlaient fort. Il songea à Naïma qui, jamais plus, ne s'attablerait à une terrasse de café avec ses copines, esquissa quelques pas dans l'allée centrale en faisant mine de chercher un emplacement libre.

Alors qu'un serveur se dirigeait vers lui pour le placer – ou peut-être le chasser car il devait avoir une drôle de mine, en tout cas le regard trop hagard pour être véritablement le bienvenu –, Mohammed actionna le détonateur de l'engin qui le ceinturait. Sa dernière pensée fut pour son père qui n'aurait plus personne pour prendre soin de lui, mais elle fut courte car sa tête fut projetée en l'air, arrachée par l'explosion, avant de retomber dix mètres plus loin, à l'entrée d'une bouche d'égout dans laquelle elle finit par rouler.

*

* *

La nouvelle atteignit Moshe Bensimon alors qu'il inaugurait un centre culturel juif, rue Salah-Eddin. Le quartier, déjà quasi désert, avait été évacué pour l'occasion. N'étaient présentes que les forces de l'ordre, dont les membres, repérables à la couleur de leur uniforme – bleu nuit pour la police, kaki pour les soldats –, grouillaient bien plus nombreux encore que les chats errants. Ils grimpaient sur les toits, se perchaient aux fenêtres, pointant leurs armes au moindre mouvement, au moindre reflet sur les pierres grumeleuses.

Andreï Sokolov était là, bien sûr, kippa sur la tête, mains nouées à la hauteur du ventre, comme recueilli devant l'intensité du moment. Il jetait de rapides coups d'œil autour de lui, admiratif du travail effectué au cours des dernières vingt-quatre heures. On eût dit que Jérusalem-Est avait toujours été juif. Les façades avaient été nettoyées à grande eau, les ordures collectées en masse et évacuées loin de la ville, les fils électriques réparés, les nids-de-poule comblés. Le drapeau israélien volait au vent tous les dix mètres et des ombres noires filaient plus nombreuses, moins inquiètes, sur le chemin qui menait au mur des Lamentations. Songeant avec quelle facilité les ultraorthodoxes pouvaient désormais accomplir leur devoir religieux, le Russe se rengorgea. Sans lui, tout cela n'aurait pas été possible. Bensimon en serait toujours à ménager les Arabes afin de garder un minimum de crédit auprès des Occidentaux. Quel con ! Ce n'était pas en s'écrasant qu'on devenait un grand homme, il le lui avait assez répété.

Les premières mesures de la Tikva venaient de s'élever dans l'atmosphère purifiée de ce qui ne serait bientôt plus la rue Salah-Eddin mais la rue Moshe-Bensimon, quand les conseillers du Premier ministre semblèrent pris d'agitation. Une sorte de houle déstabilisa le petit groupe qui, quelques secondes plus tôt, communiait en confiance. Les regards se perdaient dans la foule, incapables de se fixer, une angoisse lourde comme les pierres du Saint-Sépulcre, du mur des Lamentations et de la mosquée al-Aqsa réunies pesait sur l'assemblée qui, d'un coup, se retrouvait sans guide.

Perdue.

Lâchée aux démons.

Sokolov tenta de se rapprocher mais l'on se serrait si fort les coudes qu'il dut s'y reprendre à plusieurs fois avant de parvenir auprès de Bensimon.

— Qu'est-ce qui se passe ?

L'autre leva vers lui un visage blême.

— Un attentat suicide. Une terrasse de café à Netanya. Ma fille y était aujourd'hui, elle allait y retrouver une copine.

— Les ordures ! C'est revendiqué ?

— Il semblerait, oui.

Le mur de séparation avait eu ce formidable effet de stopper net la vague d'attentats suicide qui, au début des années 2000, avaient tué des centaines d'Israéliens et estropié à vie des milliers d'autres. Depuis que les Palestiniens étaient enfermés à double tour, le calme était revenu, on reprenait le bus et l'on ne risquait plus sa vie en commandant un coca à la terrasse d'un café.

Jusqu'à aujourd'hui.

Moshe Bensimon semblait ne plus savoir quoi faire de lui-même. Il tapait frénétiquement sur son téléphone portable. Sans succès.

— Elle ne répond pas. Je suis sûr qu'elle y était. Ma petite fille… ce n'est pas possible ! Andreï, dis-moi que ce n'est pas possible, ils n'ont pas pu faire ça !

Sokolov fit un signe de tête aux gardes du corps qui, d'un geste respectueux mais ferme, saisirent chacun un bras du Premier ministre pour l'éloigner de la foule et des caméras. Pas question que les Israéliens – et surtout les Palestiniens – assistent en direct à l'effondrement du Premier ministre. Le pouvoir se devait de rester un pouvoir fort ! Il en allait de sa crédibilité !

Bensimon s'engouffra dans sa voiture avec chauffeur. En quelques secondes, le surhomme s'était transformé en loque humaine, comme si ses muscles et son cerveau avaient fondu sous le choc de l'attentat. « Ma petite fille ! Ma petite fille ! », ânonnait-il en boucle, regard perdu, mains crochetées sur les genoux, indifférent à la foule qui l'observait, indécise.

— Moshe, ne t'affole pas… Elle est sûrement ailleurs. Peut-être avec un mec, c'est pour ça qu'elle a débranché son portable. Pourquoi veux-tu qu'elle se soit trouvée précisément là où ça a sauté ? Cela ne tient pas la route !

— Et s'ils l'avaient fait exprès ! Et s'ils avaient voulu s'en prendre à nous ! Tu ne vois pas que c'est moi qui suis visé à travers elle ? Mais je les broierai, tu m'entends ? Je les broierai, il n'en restera rien… Pas même une trace de pas sur cette terre, sur notre terre…

La voiture filait sur King George, alors qu'un orage menaçait d'éclater dans le ciel.

Quand son téléphone sonna, Moshe Bensimon fixa l'appareil de longues secondes, sans bouger. Puis il prit une profonde inspiration.

— Oui ?

Une longue plage de silence.

— Très bien… Merci…

Sokolov avait beau observer son visage, il n'y lisait rien. Le Premier ministre semblait s'être repris aussi vite qu'il s'était effondré. Quand il en eut fini avec son interlocuteur, l'expression de son visage était toujours indéchiffrable.

— C'est un Arabe d'Israël, il a revendiqué l'attentat dans un enregistrement. On compte vingt-cinq morts. Les corps sont en trop mauvais état pour être identifiés rapidement. J'ai pris ma décision, Andreï. Nous allons tous les jeter dehors. C'en est assez. Ils profitent de notre système, ils nous haïssent et maintenant ils nous massacrent… Je ne veux plus en voir un seul sur la terre d'Israël. Tu m'as entendu ? Plus un seul !

*

* *

À la pointe d'Abu Dhabi, l'Emirates Palace semblait avoir poussé hors du sable. Il avait la couleur ocre du désert et les courbes d'un palais des Mille et Une Nuits. Une vision irréelle quand on arrivait de Dubaï comme Ahmed Fahra et Saher Zobi ce soir-là.

— Ahmed ! Tu as vu ça ? On est où là ? Dans *Aladin* ? Dis-moi que je rêve !

Le palace scintillait de mille feux. Des jets d'eau ruisselaient en cascades le long du parvis en marbre qui pointait vers une grille en or massif – du moins le semblait-elle –, telle la proue d'un bateau sur laquelle des domestiques enturbannés, dans leurs costumes crème à galons dorés, montaient la garde, raides comme les *horse guards* de la reine d'Angleterre.

L'émir d'Abu Dhabi avait fait construire ce palais à deux pas de sa résidence pour y loger ses hôtes de passage. Dans son écrin de palmiers et de verdure, l'Emirates écrasait de sa splendeur jusqu'à la mosquée Cheikh Zayed dont les murs brillaient pourtant de l'éclat d'innombrables pierres précieuses.

Les deux députés arabes, à dire vrai, ne savaient trop s'ils évoluaient dans le rêve ou dans la réalité. À peine leur discussion avec l'émir terminée, dans la suite de la Burj Khalifa, une limousine était venue les chercher pour les emmener à Abu Dhabi où le maître des lieux donnait un dîner de gala. « Je compte sur vous, leur avait-il glissé avant de leur donner congé. Votre présence, dans le contexte actuel, sera un atout précieux. »

Les tours de verre et d'acier s'éloignaient à peine qu'ils s'étaient retrouvés dans le désert. Sur une autoroute flambant neuve, bordée de cailloux et de sable qui, à l'horizon, se fondait dans le blanc du ciel. En moins de deux heures, ils étaient arrivés à Abu Dhabi, où des portraits géants de l'émir ornaient les carrefours. Ici, point de frénésie, nul chantier abandonné, l'ambiance était feutrée, les habitants cachaient leurs richesses derrière des murs de béton, dans des résidences qui ne dépassaient pas deux étages, servis par une armée d'esclaves venus de pays moins chanceux et qui, à la nuit tombée, repartaient par cars entiers dormir dans des camps de fortune, là où le sable prenait le pas sur le marbre et l'asphalte.

Ici, on ne marchait pas, on roulait dans d'immenses 4 × 4 aux verres fumés, climatisation poussée à fond, comme Fahra et Zobi en cet instant, alors que les grilles de l'Emirates Palace s'ouvraient sur leur passage.

Les yeux écarquillés devant tant d'opulence, Fahra se tourna vers son compagnon.

— Quand je pense aux nôtres, qui manquent de tout, je me rends compte à quel point nous avons été abandonnés par le monde arabe. Pendant que nous luttions pour continuer à exister, regarde à quoi ils se sont amusés ! Est-ce que ce n'est pas révoltant ?

Zobi posa la main sur son bras.

— Nous n'allons pas refaire l'histoire, ce serait inutile. Ce qui est fait est fait. Si aujourd'hui ces pays-là admettent leurs erreurs, ce sera déjà énorme. Notre hôte a l'air plutôt sincère, tu ne penses pas ?

L'autre hocha la tête.

— Je n'en mettrais pas ma main au feu. Je crois qu'il voit en nous une opportunité politique pour prendre la tête du monde arabe au moment où l'Arabie Saoudite est paralysée par cette histoire d'épidémie. C'est tout. Au fond, notre sort lui est indifférent.

— Peut-être. Mais, au stade où nous en sommes, je dirais que la fin justifie les moyens. Peu importe qu'il compatisse réellement ou non, l'essentiel est qu'il nous aide.

Le véhicule s'engagea dans une allée bordée de palmiers enluminés qui montait vers le palais, où une haie de jeunes femmes en costume traditionnel les attendait, plateaux à la main. Incontournables dattes gonflées de sucre et café concentré telle une liqueur.

Les deux hommes s'extirpèrent de la voiture pour

suivre un homme qui les guida vers un hall d'accueil aux allures de cathédrale.

— L'émir vous attend…

Hébétés, ils traversèrent les lieux pour s'engager dans un escalier pavé d'or qui déboucha sur une salle au plafond bleu nuit parsemé d'étoiles. Là, une dizaine de tables rondes avaient été réparties sous autant de lustres en cristal ruisselant du plafond. Des hommes en costume occidental y devisaient à voix basse. À la plus grande d'entre elles, siégeait l'émir qui se leva à la vue des deux hommes, les invitant à s'installer d'un geste ample.

— Prenez place, mes amis, nous vous attendions…

Ahmed Fahra s'assit à côté d'un homme aux cheveux ras. Mâchoire carrée. Gueule de parachutiste. L'émir se pencha.

— Je vous présente Paul Savarez, le patron du groupe français Pythagore. Enfin… quand je dis français, on pourrait presque dire européen, voire mondial, n'est-ce pas, Paul ?

Le Français se rengorgea. L'émir ne lui laissa pas le temps de répondre.

— Pythagore est un grand groupe d'électronique civile et militaire. Un petit bijou de la technologie moderne. Capable d'équiper un avion de combat comme un porte-avions. De travailler avec les Saoudiens comme avec les Israéliens… n'est-ce pas, Paul ?

Était-ce un effet de la lumière ? Ahmed Fahra aurait juré que l'homme avait blêmi. Mais il n'eut pas le loisir de s'attarder, l'émir s'était déjà tourné de l'autre côté.

— Vous connaissez sans doute Christopher Smith ? Le patron du groupe pétrolier Excess. Pour le coup, ce groupe-là est mondial, et même numéro un. Une sorte d'État parmi les États. Je me trompe, Christopher ?

— Jamais, Votre Excellence, jamais…

Fahra et Zobi qui côtoyaient des grands patrons pour la première fois de leur existence suivaient l'échange, interloqués. Ces hommes-là étaient donc aux ordres de l'émir, comme tous les autres ?

Le maître des lieux se servit délicatement une brochette.

— La Ligue arabe s'est réveillée, mes amis. Elle vient de demander solennellement au gouvernement des États-Unis d'intervenir pour stopper tous les dons envoyés aux colons israéliens par des associations américaines… notamment à Jérusalem-Est. Pour elle, ces sommes participent d'un acte hostile et illégal. Et, pour la première fois, les États-Unis semblent être réceptifs à cette idée. C'est un début mais je crois qu'un mouvement est lancé. Il n'est plus question de fermer les yeux devant tant d'injustice.

— Mais… les États-Unis sont une démocratie. On ne peut empêcher personne de faire un don !

Ahmed Fahra avait du mal à partager l'optimisme exagéré de l'émir.

— Empêcher, non, mais imposer des taxes exorbitantes et donc dissuasives, ce serait un premier pas.

Le député arabe haussa les épaules.

— Si vous y croyez…

— Tout cela n'est rien, je vous le concède, n'est-ce pas, mon cher Paul ? Où en êtes-vous de votre coopération avec Israël sur le drone Terminator ?

Avant même d'obtenir une réponse, l'émir enchaîna en se léchant les doigts :

— Savez-vous que Pythagore a cette particularité d'avoir participé à la modernisation du système de sécurité de La Mecque tout en fournissant des composants électroniques clés à Israël pour équiper leur Terminator ? Est-ce que ce n'est pas extrêmement fort ?

Savarez, qui mangeait le nez dans son assiette, s'arrêta brusquement de mâcher pour observer l'émir puis les deux députés arabes.

— Heu… Je… Au vu des événements qui se déroulent en Israël, nous envisageons de geler notre collaboration. Le temps que les choses rentrent dans l'ordre, bien sûr.

— Bien sûr…

L'émir se pencha vers Ahmed Fahra.

— L'ADIA, notre fonds souverain, possède désormais trente-cinq pour cent du groupe Pythagore. Je viens d'avoir une petite conversation avec M. Savarez sur les événements en cours. Je crois que nous nous sommes compris. Et l'État français aussi, n'est-ce pas, Paul ?

— Parfaitement, Votre Excellence, parfaitement…

— À l'occasion de diverses opérations financières, nous sommes montés à trente-trois pour cent de participation dans le capital du premier groupe nucléaire français, qui se trouve être, en réalité, l'un des tout premiers au monde. Et qui a le projet de construire ici une dizaine de centrales. Paris se montre donc assez réceptif à nos arguments… Et vous, Christopher, que vous arriverait-il si les Émirats arabes unis décidaient de vous fermer l'accès à leurs champs de pétrole ?

L'Américain ne cilla pas. Il saisit sa serviette, en tamponna délicatement le coin de ses lèvres. « En voilà un qui ne vient pas du fin fond du Texas », songea Zobi en l'observant.

— Nous sommes liés par des contrats internationaux, Votre Excellence, il faudrait peut-être que nous les étudiions ensemble afin de nous assurer qu'il n'en coûterait pas une fortune aux uns et aux autres…

L'émir haussa les épaules.

— Mon ami… nous avons trop d'estime l'un pour l'autre pour nous raconter des histoires. Que représente un contrat face à une volonté politique ? Rien, puisqu'il ne serait rien sans elle. Les hommes politiques décident, les chefs d'entreprise exécutent, c'est bien connu… Et ma volonté, ces temps-ci, va bien au-delà de vulgaires champs de pétrole…

*
* *

Quand l'avion de Rein Laristel atterrit sur le tarmac de l'aéroport Ben-Gourion, Israël était à feu et à sang. Des blindés étaient postés aux abords de la piste telles des bêtes aux aguets. Perchées au sommet des hangars d'El Al, des silhouettes armées se détachaient sur le turquoise du ciel.

Sa première pensée fut pour Marina. « Faites qu'elle ait changé d'avis », murmura-t-il sans savoir à qui il destinait cette prière – mais, après tout, il venait de se poser sur la Terre sainte.

Le Secrétaire général de l'ONU avait dû batailler ferme pour maintenir ce voyage. Les autorités israéliennes n'avaient pas manifesté d'empressement à l'idée de le recevoir, suggérant que la date était mal choisie à l'heure où les ennemis du pays requéraient toute leur attention. Au sein même des Nations unies, le projet avait provoqué un tollé. « Vous avez déjà sur place un coordinateur spécial pour le processus de paix au Moyen-Orient, un envoyé spécial pour la mise en œuvre de la résolution 1559, un coordinateur pour les affaires humanitaires dans les territoires palestiniens occupés, et même un représentant du Quartet ! Vous n'avez nul besoin de vous exposer ainsi ! C'est de la folie ! » avait plaidé son premier conseiller au cours d'un cabinet restreint. Laristel avait balayé ces arguments d'un revers de main. « Précisément ! Nous avons beaucoup de monde là-bas et peu de résultats ! Nous sommes attaqués dans la presse internationale sur notre inaction, il est temps que j'aille me rendre compte, sur place, de la réalité des faits ! »

Au département d'État, Susan Rice avait accusé le coup. « Dans d'autres circonstances, je serais partie avec vous. Le monde entier a les yeux braqués sur les États-Unis, conscient qu'eux seuls ont la capacité de faire bouger les choses. Mais quelqu'un doit rester ici pour gérer tout le reste, et notamment l'épidémie de peste, nul ne sait encore comment cette affaire va tourner. Faites-moi juste une faveur, Rein. Emmenez Dennis avec vous. Cet homme est précieux. Et il sera notre interface. »

Laristel avait embarqué Dennis Crocker sans barguigner. Il n'avait au fond que peu de confiance dans son entourage proche. L'ONU était une machine extrêmement bien huilée où les habitudes tenaient lieu de règles de conduite. Et le vieil homme n'avait pas l'intention de s'y conformer. Il avait un avantage énorme sur tous ces hauts fonctionnaires : sa carrière était derrière lui. Alors, autant finir en beauté, sauter en faisant exploser le merdier, comme l'aurait élégamment dit Marina qui ne dédaignait pas de recourir à la grossièreté quand la situation s'y prêtait.

Les moteurs de l'avion n'étaient pas encore à l'arrêt que le téléphone de Dennis Crocker se mit à vibrer. Il écouta fébrilement les messages, son visage s'assombrit.

— Un attentat suicide a provoqué la mort de vingt personnes à Netanya. La fille du Premier ministre est peut-être parmi elles. Un Arabe. Il a enregistré un message avant de se faire sauter.

— Les cons… Le monde entier était de leur côté. Nous allons peut-être, au moins une fois dans notre vie, servir à quelque chose, Dennis.

Laristel n'avait pas mis les pieds en Israël depuis quinze ans. La dernière fois, c'était pour y rencontrer

Sari Nusseibeh, rencontré à Londres dans les années 1980 lors d'une soirée chez des amis diplomates. Descendant de l'une des plus illustres familles palestiniennes, celle qui détenait depuis le VIIe siècle les clés du Saint-Sépulcre, Nusseibeh était un homme érudit, courtois et intègre qui n'était jamais parvenu à s'entendre avec les dignitaires de Ramallah. Président de l'université al-Qods, la seule université arabe de Jérusalem, très proche de la gauche israélienne, Nusseibeh était de ceux qui avaient renoncé à militer pour la paix, conscient que le moment ne s'y prêtait pas. L'homme était hostile à toute forme de violence, même pour la bonne cause. « La raison doit prévaloir sur la force », tel était son crédo.

— Bon sang, Dennis, qu'est-il arrivé à cet aéroport ?

Marchant dans des couloirs sans âme, le Secrétaire général de l'ONU guettait en vain le moindre détail qui réveillerait des souvenirs. Sans ces hommes en noir courbés sur leurs prières, et ces soldats agrippés à leurs armes, il aurait pu imaginer se trouver à l'aéroport de Dubaï. Il ne restait rien du petit aéroport de province où, comme une veille de shabbat au marché de Mahane Yehuda, on s'interpellait dans toutes les langues du cru – hébreu, anglais, français, russe et arabe – avec une vitalité qui n'était qu'un faible avant-goût de ce qui allait suivre. Ben Gourion était devenu une cathédrale où l'immensité de l'espace figeait les gestes et lissait les mots.

— C'est devenu un aéroport international. Comme tous les autres. Il n'y a pas de raison…

Les deux gardes du corps qui les suivaient à distance se rapprochèrent. Un groupe d'hommes se dirigeait vers eux. Laristel adopta une mine de circonstance.

— Voilà notre comité d'accueil…

Moshe Bensimon s'était fait remplacer par le ministre de l'Industrie. L'homme se précipita sur les mains du Secrétaire général de l'ONU qu'il malaxa longuement entre les siennes sous les flashs des photographes et le regard des caméras.

— Bienvenue en Israël, le pays où l'actualité ne retombe jamais…

Rein Laristel afficha un sourire retenu, conscient de l'importance de l'image qu'il donnait au monde entier en cet instant même, main dans la main avec un membre du gouvernement Bensimon. Le Premier ministre avait eu le bon goût de lui adresser un ministre issu des rangs travaillistes, c'était peut-être la preuve qu'il lui restait un minimum de sagesse.

— Toutes mes condoléances pour l'attaque odieuse qui a coûté la vie à plus de vingt d'entre vous. Est-on certain que la fille de… ?

— Non, impossible de le savoir pour l'instant. Mais le Premier ministre est très affecté. C'était… heu… C'est sa fille unique. Il m'a chargé de l'excuser auprès de vous pour son absence…

— Je n'aurais pas compris qu'il soit présent en des circonstances pareilles, vous pourrez le lui dire.

De toute façon, je compte bien rester là quelques jours, nous aurons largement le temps de nous voir…

Alors qu'ils se trouvaient sur le parvis de l'aéroport, entourés d'une nuée de gardes du corps au crâne rasé, Ray-Ban sur le nez et armes en évidence sur la hanche, le ministre de l'Industrie se pencha sur Laristel. Son visage ne souriait plus, son regard peinait à fixer celui de son interlocuteur, il chuchotait presque.

— Je ne devrais pas vous dire ça, en tout cas pas en tant que membre de ce gouvernement, mais votre venue est un cadeau du ciel. J'ai tenté de les raisonner, vous savez, mais en vain. Je ne peux pas me désolidariser car il me faudrait démissionner. Et je crois que je suis bien plus utile à Israël à l'intérieur de ce gouvernement qu'à l'extérieur, ne pensez-vous pas ?

Laristel haussa les épaules. Il avait du mal à compatir aux affres de cet homme, même s'il comprenait son anxiété.

— Vous seul pouvez savoir où placer vos limites. Votre position se défend. En même temps, l'expérience montre que la présence de travaillistes dans un gouvernement de droite, voire d'extrême droite, n'a jamais empêché celui-ci de prendre les décisions les plus radicales…

Le ministre de l'Industrie encaissa. Il était à court d'arguments.

— Vous avez un rendez-vous avec le président, je crois ?

Le Secrétaire général de l'ONU afficha un sourire qui, cette fois, n'était pas feint.

— Oui, bien sûr, c'est un vieil ami. Je me fais une joie de le retrouver.

— Alors, c'est bien. Ce pays a besoin d'hommes comme vous. Il est à bout. La peur de l'autre est la pire des conseillères.

*
* *

Ana Güler était sortie de l'hôpital en même temps que son oncle. Elle parlait, il marchait, nul besoin de continuer à occuper des lits qui allaient bientôt manquer si les Arabes commençaient à s'en prendre à ceux-là mêmes qui, depuis plusieurs décennies, leur permettaient d'avoir le même train de vie que les Occidentaux. Tel était en substance le discours que leur avait tenu le médecin en chef de la Hadassah.

Zeev Kilmann n'avait rien rétorqué. Apprenant l'attentat de Netanya, le militant pour la paix s'était voûté davantage encore.

— Je te l'avais dit, Ana, on n'en finira jamais. Les gens ici fonctionnent par pulsions, des deux côtés. Ils sont incapables de voir à long terme. Il faudrait un miracle pour nous sortir de cet engrenage de folie.

— Nous sommes à Jérusalem, mon oncle. Le seul endroit au monde où l'on peut encore croire aux miracles.

Il esquissa un pauvre sourire.

— Ou le seul qui peut empêcher d'y croire.

Ils étaient passés rendre une dernière visite à Michel qui reposait sur son lit, le corps percé de tuyaux, le souffle léger, ailleurs. Il semblait tranquille, ce fut la seule pensée qui les réconforta. Puis ils rentrèrent à Emek Refaïm où la grille d'entrée n'avait pas été remplacée, c'était peut-être mieux ainsi.

Ana Güler avait toujours aimé la maison de son oncle. C'était une vieille bâtisse arabe aux plafonds voûtés et au sol en larges dalles de pierre. Une porte vitrée donnait sur un jardin d'herbes folles où poussaient un grenadier et plusieurs rosiers entrelacés dont les arabesques de fleurs, l'été, embaumaient. Un piano quart de queue occupait une large partie du salon aux murs tapissés de livres. Une fois par mois, Kilmann y réunissait ses amis militants pour un concert ou une lecture. C'est là que, un jour, ils avaient décidé de renoncer pendant un an à un objet ou une activité qui leur tenait à cœur, une sorte de renoncement symbolique pour la paix. La plupart avaient arrêté de fumer. Ils avaient doublé la dose depuis.

Ce matin-là, la maison sembla à Ana plus triste que d'ordinaire. La jeune femme avait froid, le silence l'oppressait. Ainsi que le souvenir de l'homme qu'ils avaient abandonné sur son lit d'hôpital, là-bas, sur les hauteurs d'Eïn Kerem. Elle aida son oncle à se coucher et sortit. La femme de Michel était une amie proche, elle se devait de lui rendre des comptes.

Elle remonta la rue Emek-Refaïm, passa devant le YMCA et l'hôtel King David qu'elle n'avait jamais aimé, puis le David Citadel qui était bien pire.

Le ciel était lumineux, les rues désertes, les jeeps de l'armée omniprésentes. À l'angle de la rue Agron, un blindé veillait, tourelle immobile. Bizarrement, elle n'avait pas peur. Elle avait eu sa part de malheur, il ne pouvait plus rien lui arriver.

Très vite, elle se rendit compte qu'elle marchait vers le carrefour où avait eu lieu l'accident. Elle avait besoin de voir le boulevard, le parking, l'arbre que Michel avait percuté. Mais les lieux étaient si calmes qu'elle les dépassa sans émotion. Elle n'avait que peu de souvenirs du drame.

Puisqu'elle était là, elle fila jusqu'à la porte de Damas, autrefois grouillante, aujourd'hui déserte. Des soldats en faction hésitèrent à la laisser passer. Elle leur parla turc, ils lâchèrent l'affaire. Les consignes des autorités avaient été extrêmement claires : maintenir autant que possible une activité normale dans Jérusalem, une ville morte ferait le jeu des ennemis du pays.

Ana Güler traversa le porche qui débouchait sur ce qui était autrefois le quartier arabe, s'engagea vers la gauche puis la droite et resta en arrêt devant l'artère qui filait jusqu'à la fourche, un peu plus bas. Comme sur la rue Salah-Eddin, des boutiques de bondieuseries et de kippas avaient remplacé les marchands de fruits et légumes ou de pitas qui, quelques années plus tôt, débordaient sur la chaussée. Et aussi les vendeurs à la criée de jouets en plastique qui hurlaient : « *Hachara shekels !* » en brandissant une babiole que les enfants s'arrachaient mais qui durait rarement plus de quelques heures.

Il régnait désormais dans l'enceinte de la cité millénaire un calme ouaté percé de temps à autre par le couinement déchirant d'un violon qu'un vieillard grattait pour les touristes. Le cousin, peut-être, de celui qui jouait rue Ben-Yehuda, dans la ville juive.

À la fourche, elle obliqua vers la gauche, s'engagea dans la ruelle qui menait au mur des Lamentations, aperçut une vieille Palestinienne accroupie devant un foulard tapissé de *marmiya*, et songea à toutes celles qui passaient autrefois des journées entières assises à même le sol, devant leurs produits, pour récolter au final dix à quinze shekels, une misère. Ana aimait le mois de mai, la saison des mûres qui grouillaient dans les seaux en aluminium tels des vers à soie, des pois chiches grillés dans leurs coques, et des petites prunes vertes qui nettoyaient les intestins aussi sûrement qu'un lavement. Elle pouvait rester d'interminables minutes à observer le vendeur de knaffeh étaler le sirop brûlant sur la pâtisserie qui s'amollissait au fil des allers et retours de la palette. Et adorait boire du lait d'amandes glacé, qu'on appelait ici *loos*, sur les marches qui menaient à la petite église yéménite cachée parmi les toits, entre les quartiers musulman et chrétien. L'air sentait la cardamome et le *zaatar*, ce mélange d'herbes et d'épices qui agrémentait ici le moindre plat, et la musique résonnait à fond entre les murs de pierre, des vieilles chansons de crooners égyptiens jusqu'à celles de Julio Iglesias qu'un vendeur d'oranges pressées de la via Dolorosa aimait à passer en boucle.

Ana pensa à l'homme brun. Elle ne connaissait ni son nom, ni son numéro de téléphone. Était-il possible qu'ils ne se revoient jamais ?

Depuis quelques jours, elle ne savait plus qui elle était. Les deux pays dont elle était issue se faisaient la guerre après avoir été les deux grands alliés stratégiques de la région. Istanbul ou Jérusalem ? Elle fut soudain envahie par l'effroyable sensation qu'elle ne serait plus chez elle nulle part.

L'homme brun était son seul salut. Il fallait qu'elle le retrouve. Mais où ?

À la façon dont il l'avait interrogée sur son lit d'hôpital, il devait travailler pour la police, même s'il n'en avait pas l'allure. Où pouvait-on retrouver un flic dans une ville comme Jérusalem ?

La femme de Michel saurait.

Des soldats en armes surveillaient le moindre embranchement, filtrant les rares Palestiniens présents de ce côté-ci des remparts. Ceux qui parvenaient à passer devaient être pour la plupart des collabos, de pauvres bougres auxquels on promettait des médicaments pour un parent malade en échange d'infos sur les voisins. C'était ainsi, entre autres, qu'Israël avait perverti la société palestinienne, lui avait longuement expliqué son oncle à coups d'exemples qui lui avaient fait froid dans le dos. Quand ils étaient découverts par les leurs, les collabos étaient réduits à l'état de bouillie de chair et de sang.

Elle tourna à droite, remonta à pas vifs la via Dolorosa qu'un groupe de Philippins exaltés descendaient en traînant leur croix, et s'engagea dans le lacis de ruelles qui menait à la porte de Jaffa. Le quartier chrétien n'avait guère changé, pas question de décourager les hordes de fidèles qui se précipitaient chaque jour au Saint-Sépulcre, occupant en masse les hôtels de la ville.

Elle marchait si vite qu'elle glissa sur une dalle de pierre usée par des centaines de millions de pas et atterrit sur un étalage de petits Jésus en porcelaine gigotant sur des bottes de foin en plastique. Les babioles se répandirent sur le sol dans un fracas d'objets brisés. Un homme sortit en hurlant.

Il était affligé d'une maladie qui déformait son visage, yeux révulsés et front bombé. Elle fut saisie d'une telle frayeur qu'elle se releva le cœur battant.

Il la saisit par le bras en l'invectivant dans une langue qu'elle ne comprit pas mais elle se débattit tant et si bien qu'elle finit par se dégager et s'enfuir.

Où aller ? À quelle porte frapper ?

Elle allait prendre le chemin de la porte Neuve quand son regard accrocha une plaque poussiéreuse qui indiquait « Lila, voyante ». Qu'est-ce qui la poussa à entrer, alors qu'à Istanbul, elle avait toujours chassé d'un revers de main les diseuses de bonne aventure qui croisaient son chemin ? Elle aurait été bien incapable de le dire. Elle ne réfléchit même pas, ses jambes tremblaient trop fort.

Une fois le seuil franchi, elle se trouva dans un boyau étroit qui conduisait à un patio sur lequel donnaient trois portes. Devant la première, un ultraorthodoxe lisait sur une chaise en marmonnant, balançant le torse d'avant en arrière. Sur le pas de la deuxième, un bambin jouait avec un poisson rouge dans une cuvette. La troisième était entrouverte.

Ana Güler s'avança doucement, le cœur battant, comme si elle allait trouver derrière cette porte les réponses à toutes ses questions.

Une bouffée de moiteur épaisse s'échappa de l'intérieur, chargée de l'odeur un peu âcre de la moisissure et de la cigarette froide. La jeune femme n'était plus sûre d'avoir envie d'entrer mais il était trop tard. Une vieille femme aux cheveux corbeau et aux lèvres carmin se leva du tapis sur lequel elle était assise pour lui tendre une main osseuse. « Je crois bien avoir déjà lu cette scène dans un roman », songea Ana en hésitant sur le seuil.

— Entre, ma fille, entre. N'aie pas peur. La vieille Lila ne te veut que du bien.

— Je… J'ai remarqué la plaque. Mais…

— Tu as eu raison. Je vois sur ton visage que tu te poses de nombreuses questions dont tu ignores les réponses, je me trompe ?

Ana était interloquée. Puis elle se reprit. Qui ne cherchait pas des réponses à des questions insolubles ? La vieille femme rusée ne prenait guère de risques en usant d'une telle entrée en matière. Elle se laissa entraîner tandis que Lila, dans son dos, refermait la porte.

— Tu veux du thé ? Je concocte le meilleur de la vieille ville. De quoi évacuer toutes tes angoisses, ma chérie. Tiens, bois…

D'où lui venait le sentiment d'être Blanche-Neige face à la sorcière ? Un liquide rouge comme une pomme tremblotait dans une tasse en étain. Elle la saisit avec une sorte de fatalisme. C'étaient bien ses pieds qui l'avaient conduite ici, elle ne pouvait plus reculer.

— Assieds-toi. Là… Tu es une gentille fille, je le devine à tes yeux. Et cette chevelure, mon Dieu, quelle beauté ! Tu sais ce que cette couleur symbolise pour les Arabes ? La vie, ma chérie, la vie… et c'est bien ce qui t'habite, n'est-ce pas ?

Ana Güler écarta un fouillis de vieux chiffons et d'épluchures et s'accroupit sur le tapis élimé. La vieille partit farfouiller dans une commode qui débordait de dentelles, en sortit une Bible et une Kabbale qu'elle déposa sur les genoux d'Ana.

— Tiens, ouvre-les… et pointe ton doigt au hasard. Je te dirai qui tu es…

Ana s'empara maladroitement de la Kabbale qui tomba ouverte sur le sol. Elle posa le doigt sur un passage qu'elle n'eut pas le temps d'essayer de déchiffrer. Lila se saisit du livre qu'elle approcha de ses yeux. Ceux-ci s'écarquillèrent tandis qu'elle pâlissait et jetait l'ouvrage au plus loin d'elle. Elle sauta sur ses pieds et, d'une voix sifflante, altérée par l'effroi, alors qu'elle reculait vers le fond de la pièce en protégeant son visage de ses mains, elle se mit à hurler.

— Va-t'en ! Va-t'en d'ici ! Pars le plus loin possible !

*
* *

Il avait roulé le corps dans un tapis, ouvert la fenêtre, et jeté le paquet du troisième étage. Un bruit mat lui indiqua que celui-ci avait touché le sol. Il osa un coup d'œil. Le cadavre gisait démantibulé sur le béton du parvis, heureusement caché des regards par trois palmiers qui faisaient écran. « Pardonne-moi, mon ami, je n'avais pas le choix », murmura Youssef Chedid à l'adresse d'Ibrahim el-Hakim.

L'Égyptien s'engagea tranquillement dans le couloir, puis descendit les escaliers, et gagna la sortie de secours qui donnait sur l'endroit exact où était tombé le cadavre. Il ne rencontra personne en chemin et n'en fut guère surpris. La nouvelle de l'arrestation de Souleiman Pasha avait dû se répandre dans l'hôpital, le personnel soignant se trouvait sans aucun doute dans la salle de réunion, un des rares endroits où l'on pouvait encore deviser en buvant un café, et communiquer sur grand écran avec le monde extérieur.

Chedid se dirigea vers le corps, observa un instant le visage tuméfié sur lequel il rabattit soigneusement les pans du tapis. Puis il longea le mur et s'approcha de la porte d'entrée déserte. Trois chariots attendaient là, de ceux que les infirmiers utilisaient pour transporter les cadavres abandonnés dans les allées de La Mecque.

Il en saisit un et le poussa vers les trois palmiers. Là, après avoir jeté des regards anxieux autour de lui, il déposa délicatement le corps qui commençait à se rigidifier.

Youssef Chedid était en train d'enfreindre des règles qu'il avait lui-même édictées mais il ne se sentait en rien coupable. L'homme dont il s'apprêtait à sauver le corps du brasier n'était pas mort de la peste mais d'une blessure par balle, il n'était donc pas concerné par le règlement. Certes, la femme et la fillette qui reposaient sous l'eucalyptus présentaient, elles, un réel danger pour la communauté mais il n'était pas coupable de cet acte-là. Depuis le temps qu'elles étaient enterrées, le sol était imprégné de leurs sucs et de leurs chairs, il n'eût servi à rien de les déplacer.

L'Égyptien avançait à pas lents, freiné par la chaleur insensée, hébété par le spectacle qui s'offrait à lui. Cela faisait plusieurs jours qu'il n'était pas sorti de l'hôpital, il n'avait pas vu les changements qui s'étaient opérés dans les environs de la Kaaba, les valises abandonnées que des oiseaux commençaient à attaquer, les jouets d'enfant qui jonchaient le sol, les ânes efflanqués qui erraient sans but dans la ville, l'ambiance de désolation qui serrait le cœur quand on avait en mémoire la liesse régnant en ces lieux il y a quelques jours encore.

Au loin, des silhouettes blanches se détachaient sur le gris du béton et l'ocre du sable, frêles et tremblantes, et Youssef Chedid n'aurait pas su dire s'il s'agissait d'humains ou de leurs fantômes tant ce paysage semblait figé dans une autre dimension. Autrefois grouillantes, les ruelles de La Mecque n'étaient plus que boyaux froids et déserts, il n'y avait plus là ni cœur, ni âme ; juste le souffle nauséabond du mal et de la mort.

Arrivé à l'eucalyptus, qu'il reconnut au premier coup d'œil tant Ibrahim el-Hakim le lui avait décrit avec force détails (ainsi la branche qui se détachait des autres pour venir balayer le sable dans un mouvement qui rappelait celui de la mère étreignant son enfant), Youssef Chedid se rendit compte que, dans sa hâte, il avait oublié de s'équiper d'une pelle. Il fut pris d'un tel abattement qu'il tomba à genoux sous l'arbre et, sans s'en rendre compte, se mit à prier. Ce n'était pas vraiment une prière, plutôt une longue supplique adressée à quelqu'un qui aurait pu tout aussi bien être son père. « Aidez-moi ! Aidez-moi à respecter ma promesse, aidez-moi à rester debout, aidez-moi à ne pas devenir fou ! »

Comme il se relevait, il fut ébloui par l'éclat d'un outil qu'un ouvrier, sans doute, avait oublié là en abandonnant le chantier qu'il avait en cours. Dans l'enceinte de La Mecque, quantité de travaux avaient ainsi été suspendus à cause de l'épidémie, trous béants qui n'avaient pas été rebouchés et qui se révélaient être, la nuit, de dangereux pièges pour qui prenait le risque de s'aventurer dans le lacis des ruelles.

Chedid s'approcha. C'était une barre de métal, un peu lourde mais suffisante pour attaquer le sol. D'autant que – l'homme s'en rendit compte au fil des secondes – celui-ci gardait le souvenir d'avoir été remué peu de temps auparavant et opposait une faible résistance aux coups qui le sondaient.

La blouse entravait ses mouvements, il s'en défit, prit une profonde inspiration et se mit au travail.

La tâche était malaisée, la barre de fer lui glissait des mains, mais il s'obstina. Il n'avait pas le choix.

Il avait déjà extrait un monceau de terre qui lui arrivait aux genoux, son torse était couvert de sueur et de traînées noirâtres, quand il crut sentir un obstacle au bout de la barre qu'il tenait entre les mains. Celle-ci soudain lui parut effroyablement lourde, il s'apprêtait peut-être à déterrer deux cadavres, dont celui d'une enfant sur qui la mort avait déjà accompli son œuvre. Il pria en silence pour qu'Ibrahim el-Hakim ait eu le temps de les envelopper d'un linceul, même sommaire, ainsi il n'aurait pas à subir la vue de chairs décomposées.

À dire vrai, il n'eut pas le temps de le vérifier. Ses bras étaient levés et visaient le trou d'où émergeait un entrelacs de fils sombres qui ressemblaient fort à des mèches de cheveux bruns, quand une poigne interrompit son geste.

Il se retourna, une bouffée de terreur irrépressible tordant son ventre jusqu'à sa gorge.

Deux gardes de la Muttawa le fixaient en silence, armes pointées sur lui.

*

* *

Sur H Street, la circulation avait été bloquée. Il régnait un froid à réveiller les morts mais les manifestants, de toute évidence, ne le sentaient pas. Ils patientaient là depuis des heures, en plein cœur de Washington, à deux pas de la bibliothèque Martin

Luther King, brandissant des pancartes sur lesquelles on pouvait lire « *J Street Nazis* ».

Fondé en 2008, J Street était LE lobby juif américain qui montait. Bien plus puissant désormais que l'AIPAC (*American Israel Public Affairs Committee*) qui, depuis 1959, se voulait le porte-parole d'Israël auprès du Congrès et de la Maison Blanche. Pour avoir soutenu inconditionnellement, voire influencé la politique de George Bush et de son administration, l'AIPAC s'était retrouvé associé dans l'opprobre à cette désastreuse période. Ouvrant la voie à l'émergence d'un nouveau groupe de pression, bien plus ouvert au dialogue.

Pourquoi diable ce nom, J Street ? Une référence à l'identité juive de ses fondateurs et à l'adresse (K Street) de l'AIPAC. À Washington, de nombreuses rues étaient désignées par des lettres mais la J n'existait pas. J Street avait donc été baptisé du nom d'une rue imaginaire, ce qui était un programme en soi. Normal, le lobby militait pour la création de « deux États sur la base des frontières de 1967 », une véritable utopie.

Ce jour-là, il était réuni en conclave dans l'une des trente-deux salles de réunion du Grand Hyatt pour décider de la conduite à tenir face à la radicalisation des autorités israéliennes. Fallait-il soutenir celles-ci envers et contre tous, comme le faisait l'AIPAC, au risque de se décrédibiliser ? Ou condamner le gouvernement Bensimon et se voir accusé de favoriser la montée de l'antisémitisme à travers le monde ?

Ses jeunes leaders, des colombes comparés aux vieux faucons du lobby adverse, ne cachaient pas leur désarroi. La montée de l'extrémisme en Israël allait à l'encontre de tout ce qu'ils professaient depuis de nombreux mois, mais ils ne souhaitaient pas donner l'impression de lâcher le gouvernement Bensimon, déjà montré du doigt par le monde entier. La communauté juive américaine ne le comprendrait pas.

Les militants, aussi, doutaient. Ils étaient venus nombreux ce matin-là, bravant le froid et les extrémistes de Shalom International pour qui J Street ne valait pas beaucoup mieux que les suppôts d'Hitler.

Marlon Bowles se fraya un chemin parmi la foule. Le conseiller diplomatique de Susan Rice était là incognito. Il avait chaussé de petites lunettes rondes qui lui donnaient l'air d'un intello – un comble pour lui qui ne lisait que des bandes dessinées – et portait un vieil imperméable mastic qui cachait mal son embonpoint.

Il montra son invitation à l'entrée, franchit la porte à tambour et se retrouva sous la verrière géante qui, douze étages plus haut, coiffait les huit cent quatre-vingt-huit chambres du palace. Sans même regarder autour de lui, il se dirigea vers la salle que désignait un panneau planté dans le *lobby*. Depuis le temps qu'il fréquentait les grands hôtels, Bowles n'éprouvait plus aucune fascination pour ce décorum sans relief et abhorrait par-dessus tout cette petite musique d'aéroport distillée jusque dans les ascenseurs. Quant aux femmes apprêtées, il en avait soupé. La sienne l'avait quitté quelques mois plus tôt pour l'ambassadeur de Russie. Il se consolait avec la baby-sitter, une jeune Anglaise très baba cool qui avait au moins le mérite de le reposer.

Quelques heures plus tôt, Susan Rice l'avait tiré d'un sommeil lourd et opaque pour lui demander de faire un saut chez J Street, histoire de prendre la température des discours. « Je veux savoir ce que les juifs américains ont dans le ventre. S'ils se montrent solidaires du gouvernement Bensimon, on n'y arrivera pas. »

C'était avant l'attentat de Netanya.

Dans la salle couleur crème, les visages étaient sombres. À la tribune, un homme tentait de convaincre la foule.

— Attention, la violence peut engendrer des catastrophes ! Il y a des extrémistes dans les deux camps mais il n'est pas question de laisser des fanatiques empêcher la réalisation d'un avenir meilleur pour nos deux peuples !

Dans l'assemblée, un homme se leva. Poing levé.

— Jeremy, écoute-moi ! Ma fille et mes petits-enfants vivent à Netanya. Tu imagines ma réaction quand j'ai appris qu'un terroriste s'était fait sauter là-bas au milieu de la foule ? J'ai cru devenir fou ! Moi, je dis que si on ne peut plus avoir confiance dans les Arabes de notre pays, si l'on doit trembler chaque fois que nos petits-enfants vont à l'école, alors laissons les Palestiniens créer leur État, oui, mais envoyons-y aussi les Arabes ! C'est le seul moyen d'obtenir cette paix pour laquelle nous nous battons jour après jour !

« Il a raison ! » « Bravo ! » En quelques secondes, la salle se souleva. Certains militants grimpaient sur leurs chaises pour mieux haranguer les leaders qui, sur la tribune, se penchaient les uns vers les autres en chuchotant, manifestement incapables de définir une stratégie commune.

Celui que l'on avait appelé Jeremy finit par se lever.

— Je vous en prie, ne devenons pas une caricature de nous-mêmes ! Ne cédons pas à cette violence qui nous mine ! Le président Shattner lui-même, qui, je vous le rappelle, nous soutient depuis notre création, vient à l'instant de m'adresser un message qu'il me charge de vous transmettre. Je le cite : « Mes chers amis, le pays a plus que jamais besoin de votre soutien mais, je vous en conjure, battez-vous pour une solution diplomatique à cette spirale de violence ou nous ne nous en sortirons pas indemnes ! »

Un instant, les militants se calmèrent. Puis une femme blonde, coiffée d'un chignon, se leva. « Shattner est un lâche ! Les Arabes ne connaissent que la force ! » Un homme qui rongeait ses ongles dans le fauteuil voisin sauta sur ses pieds. « Tu sais que tu parles du président d'Israël, là ! Tu veux la voir ma force, pétasse ! » Le mari se jeta sur lui : « Je t'interdis de parler à ma femme sur ce ton ! Fais-lui immédiatement des excuses ou je t'explose ! »

Dans les travées, le désordre était à son comble, les hommes commencèrent à se battre, les femmes à les défendre en s'agrippant qui à un pan de veste, qui à une poignée de cheveux.

Assis au dernier rang, Bowles adressa un message à Susan Rice : « Communauté juive divisée, je pars avant de recevoir un coup perdu. »

*

* *

L'annonce de l'attentat de Netanya avait décuplé leur haine et leur rage (était-ce encore possible ?). Aaron et ses hommes avaient investi le premier village arabe qui s'était trouvé sur leur chemin, de l'autre côté de Jérusalem. La plupart étaient vêtus de chemises épaisses à carreaux et coiffés d'une kippa tricotée. Les bottes, qui leur arrivaient aux genoux, leur donnaient une allure de géants. Sur leurs épaules on discernait les armes les plus diverses : haches, pic, barres de fer, fusils.

Ils étaient restés groupés, formant un mur épais de violence brute. À leur vue, les habitants s'étaient barricadés dans leurs maisons, les femmes avaient enfermé leurs fils dans la chambre commune pour les empêcher d'aller se frotter aux colons.

Arrivés sur le seuil des deux premières maisons, ceux-ci s'étaient postés devant chaque issue possible avant de mettre le feu à la buanderie qui se trouvait dans la cour. Très vite, les flammes avaient atteint les deux rez-de-chaussée. Dans les maisons, les femmes et les enfants criaient.

Les voisins, terrassés par la peur, ne bougeaient pas.

Aaron s'empara de deux grosses pierres qui tenaient maladroitement en équilibre sur un muret en construction et les lança sur le toit de la première maison. Celle-ci s'effondra sous les hurlements de joie du petit groupe. Les autres l'imitèrent, bientôt le muret disparut tandis que les pierres pleuvaient sur les deux habitations.

Soudain une des portes s'ouvrit et un homme sortit en courant armé d'un fusil qu'il vida sur les colons en criant : « Allah Akbar ! » L'homme qui se trouvait à la droite d'Aaron s'écroula, touché à l'épaule. Les autres se précipitèrent sur le Palestinien qui ne fut bientôt plus qu'un amas d'os et de chair en charpie.

Derrière une fenêtre, des femmes et des enfants pleuraient.

La cour était jonchée de pierres et de débris de verre.

Les flammes gagnaient les toits qui menaçaient à chaque instant d'ensevelir les deux familles terrorisées.

Un homme parvint à fuir le village pour gagner le *wadi* où patrouillaient trois soldats. « Qu'est-ce que tu me veux ? On ne peut pas être partout à la fois, nous sommes juste trois pour couvrir tout ce secteur ! » lui lança l'un d'eux après que l'homme eut expliqué en tremblant ce qui se passait quelques centaines de mètres plus loin. « Vous ne pouvez pas utiliser votre radio pour demander des renforts ? » Un éclat de rire lui répondit. « Quelle radio ? Tu nous prends pour Rothschild ou quoi ? On n'a pas de radio. »

Le Palestinien était parti en courant vers la route, peut-être une voiture s'arrêterait-elle.

« Allez, les gars ! Ceux-là ont eu leur compte. On ne risque pas de les retrouver à notre prochain passage. Occupons-nous du village voisin ! » Les colons se dirigèrent vers leurs grosses Subaru blanches, la démarche chaloupée, fiers du travail accompli. Apercevant des brebis qui paissaient dans un champ à l'entrée du village, l'un d'eux ajusta son fusil et tira. Une bête tomba. Puis une deuxième.

En quelques minutes, le troupeau baigna dans son sang.

Ce jour-là, sans se concerter, plusieurs groupes de colons avaient envahi des villages arabes pour y terroriser les habitants afin de les pousser à partir. À leurs yeux, le gouvernement était bien trop mou.

Ils ne savaient pas que Moshe Bensimon était, lui aussi, devenu un bloc de haine. Le Premier ministre s'était enfermé dans son salon, à Jérusalem, et buvait whisky sur whisky en fixant les photos de sa fille qui souriait sous les plantes vertes. Chaque coup de téléphone était une torture. Il ne pouvait s'empêcher d'espérer qu'elle dormait dans les bras d'un homme, téléphone débranché. Et même qu'elle était blessée et gisait inconsciente dans un coin du bar. Mais non, cette dernière hypothèse ne tenait pas la route, se morigénait-il dans ses rares moments de lucidité. Depuis le temps que les secours s'occupaient des survivants, ils auraient trouvé son sac, ses papiers, son portable, tout ce fatras de fille qu'elle portait sur son dos comme si, chaque fois, elle n'allait pas revenir.

Et elle avait peut-être raison. Sauf que son sac, là où elle risquait d'être partie, ne lui serait d'aucune utilité.

Moshe Bensimon avait élevé sa fille seul avec la vieille Fatma qui, en ce moment même, pleurait toutes les larmes de son corps dans la cuisine. Sa femme était morte d'une leucémie quand la petite avait quatre ans et il ne s'était jamais remarié, trop occupé par la chose politique. Il entretenait deux ou trois liaisons en parallèle qui lui suffisaient amplement.

Le téléphone sonna.

Comme à chaque fois, il le regarda longuement avant de répondre, conscient que ce geste pouvait faire basculer sa vie.

Puis il tendit la main, porta l'appareil à son oreille.

Son visage s'illumina.

*

* *

Dennis Crocker s'attendait à traverser un pays en guerre, il n'en était rien. Sur l'autoroute Tel-Aviv-Jérusalem, le trafic était si dense qu'ils ne purent pas rouler à plus de soixante kilomètres à l'heure, même avec des motards censés ouvrir la route. Quand celle-ci amorça sa montée vers les collines, juste après la station-service et l'embranchement vers Bet Shemesh, ils se retrouvèrent quasi à l'arrêt.

La consigne des autorités avait été respectée à la lettre : la vie quotidienne suivait son cours. Et d'ailleurs, Israël ne serait pas devenu le pays qu'il était aujourd'hui s'il n'en avait pas toujours été ainsi. Quand donc cet État avait-il connu la moindre seconde de calme ?

À ses côtés, Rein Laristel observait la chaussée en silence. Les deux hommes avaient échangé quelques mots dans l'avion mais le cœur n'y était pas. Le Secrétaire général de l'ONU était renfermé, tendu. À la vue du premier char posté au bas d'une route filant vers les hauteurs, il se tourna vers son compagnon.

— Ma femme doit me rejoindre demain à l'American Colony. J'ai tenté de l'en dissuader mais elle n'a rien voulu savoir.

Crocker se tassa sur son siège. Ce n'était pas une bonne idée, en effet, mais il ne servait manifestement à rien d'en rajouter. Laristel reprit la parole davantage pour lui-même que pour son interlocuteur.

— Depuis plus de cinquante ans que nous traversons cette vie ensemble, il ne se passe pas une heure sans que je pense à elle. J'aurais pu vous dire « pas une seconde », ce serait mille fois plus romantique, mais justement je ne suis pas dans l'exaltation ni dans le romantisme, je ne vous révèle que la vérité. Sur les milliards d'humains qui peuplent cette terre, c'est elle, ma femme.

Dennis Crocker était pétrifié. Il s'attendait à tout, à des propos politiques, à des considérations philosophiques, mais pas à une confidence aussi intime. Et il ne savait pas quoi rétorquer. Qu'avait-il vécu, lui, pour oser le moindre commentaire sur une histoire pareille ?

À ce moment, le chauffeur se tourna vers eux.

— Je vous préviens, le khamsin s'est levé sur Jérusalem. Si vous n'avez pas vu la ville depuis longtemps, ne vous inquiétez pas. Les traînées grises sur les vitres et les trottoirs, ce n'est pas du laisser-aller, c'est juste ça.

Laristel se pencha en avant.

— Le khamsin ?

Le chauffeur ajusta le rétroviseur pour attraper le regard du Secrétaire général sans avoir à se retourner.

— Le vent du désert. *Khamsin*, ça signifie cinquante en arabe. Parce qu'il souffle cinquante jours. C'est un vent chaud, qui soulève du sable, vous le verrez même sur vos vêtements. On dit aussi qu'il rend tellement fou qu'il donne le droit aux maris de tuer leurs femmes.

Laristel se renfonça dans son siège, pensif. Il songeait aux derniers mots de Marina.

Leur voiture venait d'amorcer un virage quand ils aperçurent un large panneau vert indiquant Abu Gosh. Et une colonne de chars qui se dirigeait vers le village, d'où émergeait un minaret.

Ce fut au tour de Crocker de se pencher vers le chauffeur.

— C'est quoi cet endroit ? Et pourquoi tous ces chars ?

L'autre haussa les épaules.

— Que voulez-vous que ce soit avec des chars tout autour ? Un village arabe. Ils ont entrepris de les vider de leurs habitants. Et ce n'est pas un coup du khamsin, croyez-moi… Ils le préparaient depuis longtemps, celui-là.

Les deux hommes se penchèrent d'un même geste vers la gauche, observant les blindés prendre position et les soldats courir en tous sens. Certains poussaient des familles entières devant eux, femmes transportant des sacs remplis à ras bord des effets les plus divers, enfants en larmes accrochés à leurs jupes.

Sur l'autoroute, les Israéliens ne tournaient même plus la tête.

Rein Laristel se laissa retomber en arrière, main droite sur le front, yeux clos. On eût dit que le sang s'était retiré de son visage.

— Dennis, dites-moi que je rêve. Ou que nous assistons au tournage d'un film. On dirait une scène d'un autre temps…

— Je… J'allais vous demander la même chose.

Dennis Crocker se sentait de plus en plus oppressé. De l'aéroport Ben-Gourion, il avait vu la mer au loin, et cette image avait allégé le poids qu'il sentait peser sur sa poitrine à l'idée des heures de négociation à venir. La mer avait pour lui quelque chose de vivifiant et d'astringent. Même la Méditerranée. Et il s'en éloignait. Pire même, la route montait et ce n'était pas vers le ciel mais vers la terre, une terre caillouteuse et âpre qui concentrait toute la magie et le malheur du monde.

Sentant sans doute le trouble qui s'emparait de ses deux passagers, le chauffeur se racla la gorge.

— M. de Boer s'excuse encore de n'avoir pas pu vous accueillir à l'aéroport. Son convoi a été bloqué à Ramallah par des manifestants palestiniens. Cela n'arrête pas en ce moment dans les territoires. J'ai rarement vu une situation aussi tendue. Même pendant la dernière intifada. À l'époque, la communauté internationale veillait un peu à ce que cela ne dégénère pas. Je dis bien « un peu ». Aujourd'hui, c'est n'importe quoi. Tout semble possible à chaque seconde…

De Jérusalem, longée par les boulevards extérieurs, Dennis Crocker n'avait aperçu que de petites HLM hideuses agrémentées de rares maisons en pierre grumeleuse. Et un grand parc, sur la droite, où les gens jouaient au foot. Il avait songé à la fiche lue dans l'avion sur le futur maire de la ville, un mafieux russe qui avait, disait-on, une influence désastreuse sur le Premier ministre. Il présidait aussi le club de foot du Betar, ce qui ne lui donnait guère de circonstances atténuantes. Sur le programme que le chauffeur leur avait remis à l'aéroport, il avait noté qu'un rendez-vous était programmé avec cet Andreï Sokolov. Le diplomate se donnait encore quelques heures pour juger si cette rencontre était opportune ou pas.

Le chauffeur filait maintenant sur une route dégagée. « Hebron Road », indiquait une plaque sur un mur de pierre. Le chauffeur esquissa un geste de la main.

— Tout droit, c'est Bethléem. Le siège de l'ONU se trouve là, sur notre gauche, dans l'ancien palais du gouverneur britannique.

Laristel sortit de sa torpeur.

— Nous n'y faisons qu'un saut, n'est-ce pas ? Je préfère loger à l'American Colony, ce sera plus facile pour mes quelques amis palestiniens de venir me voir.

— Pas de problème, monsieur. Nous passons juste saluer le personnel, il est impatient de vous rencontrer. Bienvenue à Armon Hanatsiv, que les Israéliens appellent « la Colline du mauvais conseil ». Je ne pense pas que cela ait un rapport avec l'ONU, plutôt avec Judas qui aurait négocié là ses trente deniers d'argent en échange de Jésus.

*
* *

Enveloppée dans un châle crème qui rehaussait le noir de sa peau, Susan Rice dégustait un muffin aux myrtilles, les yeux dans le vague, quand Marlon Bowles passa une tête par la porte de son bureau.

— Oh ! excusez-moi. Je vous dérange. Je reviendrai dans quelques instants.

— Entrez, Marlon, entrez… Nous n'avons pas tant d'occasions que ça de discuter tranquillement.

La secrétaire d'État semblait étrangement ailleurs, un sourire mécanique aux lèvres. Bowles se demanda si elle n'avait pas entamé une cure d'antidépresseurs. Comme si elle avait lu dans ses pensées, elle se pencha vers lui.

— Je suis tellement soulagée que Rein Laristel ait eu le courage de se rendre en Israël. Il fallait que quelqu'un le fasse et, je vais vous le dire franchement, je n'en avais pas la force…

Bowles tira une chaise à lui. Il en était sûr désormais, elle était sous traitement. Jamais elle n'aurait lâché une telle confidence il y a quelques jours encore.

Notant son trouble, elle poursuivit :

— Ce n'est pas ce que vous croyez. Je ne me défile pas par lâcheté. Mais Israël pour moi, c'est…

Marlon Bowles se raidit. Il avait en mémoire les interrogations de Dennis Crocker sur le sujet. Lui n'avait jamais été perturbé par l'attitude de Susan Rice vis-à-vis d'Israël mais il savait que son collègue l'était réellement.

— … un souvenir douloureux. J'étais à l'hôtel Dan, le 1er juin 2001, quand vingt et un jeunes Russes ont été tués et une centaine d'autres jeunes gens blessés dans un attentat atroce qui visait le Delphinarium, une boîte branchée sur la plage de Tel-Aviv. Il y avait une conférence internationale ce jour-là, nous étions toute une délégation au Dan. Je me souviens du ministre allemand des Affaires étrangères de l'époque, Joshka Fisher, un écologiste. Il était blanc comme un linge. Je n'étais rien à l'époque, je veux dire… simple assistante du secrétaire d'État. Mais je n'oublierai jamais cette soirée. Nous buvions un verre sur une terrasse de l'hôtel, il faisait bon, on entendait le bruit des vagues, des gens riaient, quand soudain un bruit déchirant a crevé l'espace et le temps. Là, à nos pieds. Il y a eu deux ou trois secondes de silence, on se regardait tous, pétrifiés, et puis les hurlements sont montés jusqu'à nous, des hurlements de bêtes blessées. On s'est précipités bien sûr et je…

Susan Rice baissa la tête, gorge nouée, mains tremblantes.

— … Je ne peux même pas vous décrire la scène tant c'était inhumain. Il y avait du sang partout ; des mains, des bras arrachés jonchaient le sol, et ces pauvres filles qui gémissaient en appelant leur mère. L'une d'elles a eu la force de m'attraper le pied. Je me suis penchée. Son corps était en bouillie. Je l'ai entendue murmurer : « Dites à ma mère que je l'aime. Et que je veillerai sur elle de là-haut. Elle n'avait plus que moi. Je suis tellement désolée de la laisser seule… » Et puis elle a lâché mon pied, elle était, elle était…

La secrétaire d'État se leva d'un bond, submergée par l'émotion. Elle attrapa un mouchoir en papier, se moucha bruyamment, puis s'approcha de la fenêtre.

Marlon Bowles se gardait bien d'intervenir. Susan Rice avait peut-être oublié sa présence, elle avait juste besoin de se confier à quelqu'un.

— Je me suis rendue à l'hôpital dans les jours qui ont suivi. Je me sentais indéfectiblement liée à ces jeunes filles et à leurs mères. Car le schéma familial était quasiment toujours le même : des femmes russes, célibataires, qui avaient tout quitté pour gagner Israël avec leur enfant sous le bras afin de lui offrir une vie meilleure. Pour quel résultat… La plupart d'entre elles ne s'en sont jamais remises. Je pense à Irina avec qui je suis restée en contact… Elle me racontait récemment encore qu'elle faisait toujours ce même rêve. « Presque toutes les nuits, me disait-elle, ma fille m'apparaît. Je la serre fort contre moi car je sais qu'elle ne va vivre qu'une journée, et puis, insensiblement, je la sens qui s'éloigne, je comprends qu'elle va partir, j'essaie à tout prix de la retenir, je me cramponne à elle, je la sens qui glisse, qui glisse et… je me réveille. Et là, elle me manque tellement, je ne sais plus quoi faire de moi-même… »

Susan Rice se laissa choir sur un fauteuil, ses bras pendaient de part et d'autre des accoudoirs, une marionnette désarticulée. Seules ses lèvres continuaient à bouger.

— Alors, pour les aider un peu, j'ai monté une association avec un homme d'affaires russo-israélien, en toute discrétion bien sûr, cela n'a rien à voir avec mes fonctions. Cela permet de financer les études à domicile de certaines de ces filles, et empêche leurs mères de sombrer dans l'alcool, la prostitution ou je ne sais quoi d'autre…

Marlon Bowles griffonnait de petits dessins sur un bloc de papier jaune à rayures, cherchant à se donner une contenance, quand un mot chemina jusqu'à son cerveau. Il leva la tête.

— Vous avez dit un homme d'affaires russo-israélien ? Vous avez son nom en tête ?

Elle esquissa un pauvre sourire.

— Heureusement, oui, je n'ai pas l'habitude de donner mon argent à des inconnus. Andreï Sokolov. Le futur maire de Jérusalem. J'étais loin de me douter, à l'époque, qu'il deviendrait ce qu'il est aujourd'hui. J'ai bien conscience que cela me met dans une situation difficile…

*
* *

Eli Bishara ne s'était pas rendu à Netanya. Il avait appris la nouvelle de l'attentat dans sa voiture alors qu'il regagnait Jérusalem, fenêtres ouvertes, branché sur une fréquence arabe. Les mélopées de Fayrouz s'achevaient à peine sur un gémissement d'oud à arracher des larmes à une pierre du désert de Judée, quand un flash spécial avait interrompu la séquence musicale.

À l'annonce de l'attaque kamikaze, son poing droit s'était abattu sur le volant. Si violemment que la voiture avait failli gicler dans le décor. Il bouillait de rage. « Le con ! C'est tout ce qu'ils attendaient ! » Il n'ignorait rien de ce qui allait suivre, il les connaissait par cœur, les juifs comme les Arabes. *Maktoub*, comme on disait dans la région. C'était écrit, plus encore ici que partout ailleurs.

Il attendit que son téléphone sonne, que Roni Ashkenazi lui fasse la leçon : « Je te l'avais bien dit », ou pire : « Si tu m'avais donné tes contacts à temps… » Mais rien. L'homme était plus futé qu'il ne le pensait.

Car, désormais, c'était Bishara qui gambergeait. Avait-il vraiment les moyens d'empêcher des attaques de ce genre ? Non, c'était lui faire beaucoup d'honneur, il ne connaissait que de pauvres bougres avides de s'intégrer à la société israélienne. Rien à voir avec ce Mohammed qui, d'après ce qu'il en entendait à la radio, n'aurait jamais eu la présence d'esprit de venir lui demander de l'aide. Et puis, il en était convaincu, ce type avait été manipulé. Son malheur avait fait le bonheur d'une poignée de fous furieux.

Alors, maintenant, quelle était la prochaine étape ? Où serait-il le plus utile ? En un éclair il songea à Ana. Il détestait l'idée de ne pas pouvoir la localiser alors que des bombes humaines circulaient dans la nature.

Il devait la retrouver. Vite.

Bishara éteignait rageusement la radio, fatigué par tout ce malheur, quand son téléphone sonna. Il s'en empara, regard fixé sur la route.

— Oui, Roni !

— Ce n'est pas Roni, c'est Orit…

Il lui fallut quelques secondes.

— Orit, excuse-moi, j'étais persuadé qu'Ashkenazi chercherait à me joindre. Je viens d'apprendre pour l'attentat.

— Oui, je suis au courant, mais je ne t'appelle pas pour ça. Les colons commencent à s'exciter, Eli.

— Ce n’est pas nouveau…

— Mais c’est en train de franchir un seuil supplémentaire. Certains d’entre eux auraient mis le feu à un village arabe près de Jérusalem. D’après ce qu’on m’a dit, ils sont hystériques, exaspérés par la mollesse du gouvernement. Ils se préparent à virer les Arabes par la force.

— Bon sang ! On va tout droit vers la guerre civile !

— Cela y ressemble, oui.

— Et l’armée ?

— Elle est mobilisée pour vider les villages arabes. Mais elle ne peut pas être présente partout, les colons vont se focaliser sur les maisons isolées.

Eli Bishara était accablé. Le scénario catastrophe qu’il redoutait depuis des années était en train de se dérouler sous ses yeux. Et il n’avait plus qu’un immense blanc dans le cerveau. Vers qui se tourner désormais ?

— Tu es où ? À Jérusalem ? Au siège de la police ?

— Oui.

— Quelles sont les consignes ?

— Maintenir l’ordre public à n’importe quel prix. Tu penses bien que dans une ville comme Jérusalem, ça ne va pas être simple de faire le tri entre juifs et Arabes… Je suis censée patrouiller dans les quartiers périphériques de la ville afin de m’assurer que la population arabe n’organise pas la riposte.

Bishara hocha la tête. Jamais il n’aurait imaginé que les autorités iraient jusque-là. Il n’y avait donc personne sur cette terre pour les ramener à la raison ?

— Tout cela va se terminer dans un bain de sang. Que pouvons-nous faire ?

— Je ne sais pas, Eli. C'est pour ça que je t'appelle, je pensais que, toi, tu aurais une idée...

*

* *

Jamais il n'avait remarqué que les portes de l'hôtel de Brienne s'ouvraient si lentement. Ce n'était pourtant pas la première fois que Paul Savarez jouait les visiteurs du soir au ministère français de la Défense. Mais là, c'était particulier, il se retrouvait sans l'avoir cherché au cœur d'une crise internationale sans précédent. Le moindre faux pas et son sort était scellé. Il n'avait pas accompli tout ce parcours pour en arriver là !

Il était à peine sorti de son Falcon, au Bourget, que le ministre l'avait appelé sur son portable.

— Paul ? J'ai besoin de savoir précisément ce que t'a dit l'émir, débriefing dans mon bureau à 22 heures.

Les deux hommes se connaissaient depuis suffisamment longtemps pour se tutoyer. Ils avaient fait HEC ensemble, même promotion, puis leurs chemins s'étaient séparés avant de se recroiser quelques années plus tard quand l'un avait arraché une circonscription dans laquelle l'autre avait son principal site de production. Ils avaient renoué des liens. Désormais, ils partageaient les mêmes réseaux : patrons d'agences de communication, stratèges de haut vol, banquiers et avocats d'affaires, journalistes en vue. Avec ça, on asseyait plus facilement une réputation qu'en travaillant quinze heures par jour quarante ans durant. Ceci, bien sûr, n'excluant pas cela.

Savarez attendit que les portes de l'hôtel particulier se referment sur la rue Saint-Dominique pour s'extirper de la voiture et grimper quatre à quatre les marches du perron puis celles de l'escalier majestueux qui conduisait aux salons particuliers et au bureau du ministre. Il ne remarquait même plus les tableaux de maître et les tentures du XVIIIe siècle, ni les huissiers plantés à l'entrée de chaque pièce. C'était son quotidien.

Le ministre n'était pas seul. Autour d'une table de travail installée près d'une fenêtre masquée par de lourdes tentures pourpres, Savarez reconnut le conseiller diplomatique, les chefs de la Direction du renseignement militaire (DRM) et de la Direction générale de la sécurité extérieure (DGSE) ainsi que l'ambassadeur des États-Unis qu'il avait croisé à deux ou trois reprises. La situation était donc plus grave encore qu'il ne le redoutait.

— Paul ! Nous avons commencé sans toi. Tiens… assieds-toi là. Tu dois être mort de fatigue. Tu veux un petit remontant ? Bourbon ? Gin ? Ils n'ont pas dû te gâter, nos amis, à ce niveau-là.

— Merci. Un café suffira. J'ai encore une soirée chargée.

Paul Savarez était connu pour son ascétisme. Il ne buvait pas – ou peu – d'alcool, se nourrissait d'un yaourt à l'heure du déjeuner et exigeait d'avoir en permanence sur son bureau une coupe de pommes vertes. Il s'imposait chaque semaine dix kilomètres de crawl au cercle de l'Union interalliée. À ce prix-là, il parvenait encore à battre son fils au tennis et à enchaîner les voyages d'affaires sans trace notable de fatigue.

Le ministre posa ses coudes sur la table et joignit ses mains devant son menton.

— Bien. Je résume la situation. Pardonnez-moi si je caricature un peu, mais nous n'avons pas de temps à perdre, je ne peux donc pas entrer dans les finesses de l'histoire… L'Arabie Saoudite est touchée au cœur par une épidémie de peste que les labos pharmaceutiques n'ont pas su anticiper et qui est en train de tuer rapidement des dizaines de milliers de pèlerins à La Mecque. Les survivants accusent les juifs d'avoir empoisonné leur eau. Israël, qui compte de nombreux musulmans, est au bord de la guerre civile : les autorités, à l'heure où je vous parle, sont en train de chasser les Arabes du pays. Je vous rappelle que l'extrême droite, là-bas, participe au gouvernement. Ce qui a l'air de titiller les pays arabes qui, une fois n'est pas coutume, menacent de représailles quiconque apportera son soutien à Israël. Et ils en ont désormais les moyens, n'est-ce pas, monsieur le directeur général ?

Le chef de la DGSE se racla la gorge. C'était un homme au visage doux auréolé d'une masse de cheveux gris. Il balaya l'assistance d'un regard vif puis ramassa devant lui, d'un geste mécanique, les notes qu'il avait apportées.

— C'est un des enseignements de cette crise, en effet, monsieur le ministre. Les gouvernements précédents n'ont pas mesuré l'ampleur des prises de participation étrangères dans nos entreprises les plus stratégiques. Je pense notamment aux pays du golfe Persique. En tant qu'actionnaires et clients, ils tiennent tout, ou presque. Nous sommes en quelque sorte entre leurs mains.

— Paul ? Parle-nous de ton cas…

Savarez écarta les bras dans un signe d'impuissance.

— En 2009, quand la crise nous a touchés de plein fouet, c'était ça ou je mettais dix mille personnes au tapis. Le gouvernement de l'époque m'a supplié de maintenir mon plan de charge, à n'importe quel prix. J'ai fait entrer le fonds souverain d'Abu Dhabi dans le capital de Pythagore puis, comme il n'avait aucune exigence sur la stratégie de l'entreprise, je l'ai laissé monter. Parallèlement, l'émirat est devenu l'un de nos plus gros clients. Pour ces deux raisons, l'émir peut aujourd'hui exiger ce qu'il veut de moi…

Le ministre de la Défense se resservit un verre de bourbon.

— Notamment l'arrêt immédiat de ton programme de coopération avec les Israéliens sur le drone Terminator, c'est bien ça ?

Savarez baissa la tête.

— Exact.

Le patron de la DGSE se leva, entrouvrit la fenêtre et sortit un paquet de cigarettes de sa poche.

— Je peux ?

— Allez-y, cette fenêtre ne sert quasiment plus qu'à ça, vous avez un cendrier juste derrière la tenture… Je prendrai votre place juste après…

— Si je peux me permettre, monsieur le ministre, ses exigences vont bien au-delà. Vous savez que l'Égypte a décidé de saisir le Conseil de sécurité de l'ONU pour alerter la communauté internationale sur les atteintes aux droits de l'homme en Israël. Le monde arabe est en train de s'organiser. L'Arabie Saoudite, qui en assurait jusqu'à présent le leadership, est considérablement affaiblie par cette histoire d'épidémie. L'émir d'Abu Dhabi se verrait bien prendre le relais. Et il n'y a pas que la France qui soit entre ses mains, n'est-ce pas, monsieur l'ambassadeur ?

Le représentant des États-Unis était un homme petit et replet qui maîtrisait parfaitement le français. Depuis le début de la réunion, il faisait virevolter entre ses doigts un briquet Dupont en argent qu'il fixait d'un air concentré. Il lança un signe au ministre en indiquant la fenêtre du regard.

— Je réserve mon tour après vous, monsieur le ministre… Oui, malheureusement, nous nous sommes rendu compte que nos plus grandes entreprises étaient désormais liées, d'une façon ou d'une autre, aux intérêts du Golfe, notamment ceux d'Abu Dhabi. Notre pétrolier Excess, bien sûr, et jusqu'à notre fabricant d'avions de combat Royal Eagle dont le dernier-né est développé pour partie là-bas, c'était la condition du contrat… Car ils ont désormais des ambitions industrielles, ces gens-là. Nous sommes donc pris en tenailles entre notre soutien traditionnel à Israël et les exigences de nos partenaires et clients arabes. Cela étant, un élément nouveau change aujourd'hui la donne, c'est pour cette raison que j'ai souhaité vous rencontrer, monsieur le ministre, et sachez que je suis très sensible à la confiance que vous manifestez envers moi en me permettant d'assister à cette réunion…

Le patron de la DGSE éteignit sa cigarette, ferma la fenêtre et revint s'asseoir à la hâte. Le ministre ne songea même pas à prendre sa place.

— Nous vous écoutons.

— Vous vous souvenez de cet accord de défense que nous avons signé avec Israël en 2007…

Le ministre de la Défense esquissa un sourire en biais.

— Trente milliards de dollars d'armements sur dix ans, ça ne s'oublie pas si facilement…

— Bien. Cet accord prévoyait plusieurs étapes. Et nous sommes censés le reconduire dans les jours qui viennent, ce qui nous paraît impossible dans les circonstances actuelles. Malgré tout ce qui nous lie, nous ne pouvons décemment pas armer un pays qui déporte une partie de sa population pour des raisons ethniques. Le problème, c'est que les Israéliens menacent, si nous laissons traîner les choses jusqu'à l'arrivée de la prochaine administration, de ne pas nous fournir certains éléments clés de l'électronique embarquée du Terminator qu'ils fabriquent… en coopération avec vous, monsieur Savarez. Je ne vais donc pas y aller par quatre chemins : pouvez-vous, si les Israéliens nous lâchent, nous fournir le matériel nécessaire ?

Un silence s'installa. Savarez jeta un coup d'œil au ministre de la Défense qui observa tour à tour son conseiller diplomatique puis le chef de la DGSE, lequel se releva pour allumer une cigarette sans attendre que son tour revienne.

Pour la première fois de sa vie, Paul Savarez regretta de ne pas fumer. Cela lui aurait permis de s'extraire de cette foutue chaise et de laisser son regard s'enfoncer dans les profondeurs du jardin. Ne disposant pas non plus d'un briquet Dupont à tripoter, il apposa ses mains l'une contre l'autre, doigts écartés, geste qui lui permettait de se donner une contenance dans les moments difficiles, en assemblée générale par exemple, au moment du vote des actionnaires.

— Certes, Abu Dhabi exige que nous interrompions notre coopération avec les Israéliens mais... de là à remplacer ceux-ci en un tour de main par les Américains... Je suppose que ce type de contrat contient des clauses d'exclusivité impossibles à balayer d'un revers de la main. Il faudrait que j'examine le dossier avec mon état-major, et notamment mes conseillers juridiques.

L'ambassadeur des États-Unis se pencha pardessus la table.

— Monsieur Savarez, nous savons bien, vous comme moi, que ces clauses ne valent rien face à une volonté politique, même quand les enjeux sont hautement stratégiques. Souvenez-vous, quand l'allemand Siemens a décidé du jour au lendemain de rompre sa coopération avec le français Areva pour partir fabriquer des centrales nucléaires avec les Russes. Areva n'a rien pu faire, et les autorités françaises non plus, n'est-ce pas, monsieur le ministre ?

Le ministre de la Défense leva les mains en l'air, dans un geste de soumission.

— C'est exact. Mais une autre question se pose : Pythagore dispose-t-il de l'ensemble des technologies dont vous avez besoin ? J'imagine que s'il coopère avec les Israéliens, ce n'est pas pour rien. Paul ?

Le vendeur d'armes sembla hésiter.

— Nous n'en disposions pas… jusqu'à une date récente, mais à force d'échanger nos savoir-faire… Et je vous rappelle que nos acquisitions récentes nous ont permis de renforcer nos compétences en matière d'optique…

Le cerveau de Paul Savarez était en ébullition. L'ambassadeur des États-Unis lui proposait d'être seul sur le marché plutôt que de le partager avec les Israéliens. Le calcul était vite fait.

Le patron de la DGSE, qui venait de reprendre sa place autour de la table, planta son regard dans celui du représentant des États-Unis.

— Monsieur l'ambassadeur, on ne va pas tourner autour du pot. Les Israéliens, jusqu'aujourd'hui, tiraient leur puissance de votre soutien. Si vous nous dites que vous ne reconduisez pas l'accord militaire qui vous lie à eux et si vous vous montrez prêt à dédommager Pythagore pour tous les désagréments liés à la rupture de son contrat avec Tel-Aviv, j'imagine que la France examinera ce dossier avec bienveillance. Je parle sous votre contrôle bien sûr, monsieur le ministre…

*

* *

Les gardes de la Muttawa n'avaient rien voulu entendre. Youssef Chedid avait été roué de coups puis enchaîné à l'eucalyptus tandis que les deux autres finissaient de déterrer les cadavres de la femme et de l'enfant. Le soleil était haut dans le ciel, des rapaces planaient de part et d'autre de l'arbre, il régnait en ces lieux abandonnés une ambiance de fin du monde qui saisit l'Égyptien à la gorge. De lourdes larmes s'écoulèrent le long de ses joues noires de terre, charriant tout le stress et l'angoisse de ces dernières heures. Il était torse nu, les mains en sang à force d'avoir frotté contre le fer de la barre, sa sueur rendue âcre par la peur.

Il se laissa glisser le long du tronc, râpant davantage encore son dos endolori contre l'écorce, vidé de toute force et de toute volonté.

Youssef Chedid songea qu'il allait mourir et que ce serait peut-être mieux ainsi.

Il ferma les yeux et sombra dans une torpeur moite et nauséeuse. Il tenta désespérément de se raccrocher aux visages de sa mère et de Victor Herbelot, ses anges gardiens, mais, à peine esquissés, ceux-ci se fondirent dans le chaos de pierres, de chair et de terre qui l'attirait irrésistiblement vers le sol et le néant.

Dans une semi-conscience, il entendit les gardes échanger quelques mots. Ils venaient de déterrer les corps et deux ou trois bruits sourds lui indiquèrent qu'ils étaient en train de les charger sur un diable, ou peut-être était-ce un chariot, l'esprit embrumé de Chedid ne parvenait plus à distinguer les mots, celui de diable ferait bien l'affaire.

Il allait sombrer plus bas encore, assommé par le soleil dont les rayons visaient l'eucalyptus avec un zèle malin, quand il les sentit s'agiter autour de lui, leurs mains s'activant autour des siennes, ils le détachaient.

— À boire ! Pitié !

— *Ouskout*[1] !

L'Égyptien tenta d'ouvrir les yeux, ils étaient collés par la sueur et les larmes séchées au soleil. Sa tête ne tenait plus droite, elle pendait sur sa poitrine, tirant sur son cou. L'espace d'un instant, il se dit qu'il ne pourrait pas la relever, il n'en aurait plus jamais la force, ses muscles avaient dû fondre. S'il parvenait à sortir de cet enfer, ce serait dans un fauteuil roulant.

Les hommes s'affairaient autour de lui en silence. Il essaya de les regarder mais des étoiles scintillaient sous ses paupières, et cette foutue tête qui dodelinait. Il se laissa tomber entre leurs bras espérant qu'ils allaient le porter à dos d'homme jusqu'à l'hôpital.

---

1. *Ouskout* : La ferme.

Il rêvait d'un lit, d'eau et d'obscurité.

Mais ils le lâchèrent d'un coup et il s'affala sur un tas de pierres, du moins le crut-il la première seconde. Car, très vite, il sentit le tas bouger et ses pieds racler le sol. Il comprit alors qu'il avait été balancé sur les cadavres de la famille el-Hakim que, peut-être, on conduisait au brasier. Et lui avec.

*

* *

Les jardins d'Ibrahim étaient fermés, ce n'était pas la saison, lui avait expliqué le maître d'hôtel. Alors Rein Laristel se rabattit sur le patio où une foule hétéroclite de journalistes, hauts fonctionnaires, universitaires arabes et israéliens devisaient d'un ton feutré en fumant des cigarillos dont les volutes se perdaient plus haut dans les orangers.

Un serveur en livrée blanche se précipita, plié en dix. Il avait un effroyable accent palestinien et le Secrétaire général de l'ONU songea que l'American Colony était peut-être le dernier endroit de Jérusalem où l'on pouvait encore l'entendre. Il commanda un café turc, *ouassad*[1], précisa-t-il, un des seuls mots d'arabe qu'il était jamais parvenu à retenir, et attrapa le *Jérusalem Post* qui traînait sur une table. « Juifs et Arabes doivent s'abstenir de cohabiter », titrait le quotidien en une, rapportant les propos du ministre de l'Habitat devant l'association des juristes israé-

1. *Ouassad* : Sucré moyen.

liens. Glacé, Laristel entama l'article. « Nous ne pouvons pas laisser se développer en notre sein une population qui n'aime pas Israël, et quand je dis qu'ils n'aiment pas notre pays, c'est un euphémisme !, tonnait le ministre. Les gouvernements précédents portent une lourde responsabilité dans le maintien de cette situation de même que, il faut bien le dire, le président Shattner. Rappelons-nous qu'il occupe des fonctions importantes aux plus hauts niveaux de l'État depuis plus de cinquante ans maintenant ! »

— Je vois que vous avez de bonnes lectures… Désolé de vous interrompre.

Dennis Crocker tira à lui un fauteuil en fer forgé. Le bruit des pieds raclant sur les dalles de pierre fit sursauter Laristel qui leva la tête en fronçant les sourcils. Il était allergique à tout ce qui pouvait heurter ses oreilles, ces petits bruits du quotidien qui, s'accumulant, finissent par rendre la vie impossible : une chaise qu'on traîne au sol, une porte qui claque, un robinet qui goutte, une voisine de cinéma qui mange du pop-corn… C'était plus fort que lui, ça lui donnait envie de cogner. À la vue du diplomate, son agacement se dissipa d'un coup. Il s'était rasé de près et sa cicatrice luisait légèrement dans le clair-obscur du patio. Il avait un regard franc, grave et enfantin à la fois, ce qui n'était pas si fréquent. Depuis longtemps, Laristel avait l'impression d'être entouré d'hommes au regard désabusé.

Il esquissa une moue inquiète.

— J'ai peur que Shattner ne soit en danger. Le ton de ce ministre est très irrespectueux. Il me semblait pourtant que le président de l'État d'Israël bénéficiait d'une sorte d'immunité, est-ce que je me trompe ?

— Je crains que non. Mais vous allez avoir l'occasion de le vérifier auprès de lui. Il sera là d'une minute à l'autre. Je lui avais proposé de nous déplacer jusqu'à sa résidence mais il préfère venir ici. « Je n'en ai plus tant l'occasion que ça, cela me rappellera les belles années et la Maison d'Orient », m'a-t-il dit en riant. J'ai fait réserver la Pasha room pour 17 heures. Mais… c'est quoi la Maison d'Orient ? Je n'ai pas bien compris à quoi il faisait allusion.

Rein Laristel laissa flotter son regard sur les ogives et les moucharabiehs, son « regard en dedans », comme le taquinait Marina quand il plongeait ainsi dans ses souvenirs.

— La Maison d'Orient… C'est normal, vous êtes trop jeune. Et, en même temps, c'est terrible que votre génération soit aussi ignorante. Ce fut un tel rêve ! Un moment unique dans l'histoire israélo-palestinienne, on a vraiment cru alors la paix à portée de main… Fayçal al-Husseini, ce nom ne vous évoque rien ?

Crocker fronça les sourcils.

— Vaguement. Mais je ne saurais pas le situer. Ni dans le temps, ni dans l'espace. C'est un Palestinien ?

— Une des plus vieilles familles palestiniennes de Jérusalem avec celle de Sari Nusseibeh. Son père, Abd al-Kader al-Husseini était un nationaliste et un combattant palestinien réputé. Quant à son grand-père, Moussa Qassem al-Husseini, il fut même maire de Jérusalem de la Première Guerre mondiale jusqu'en 1920. Fayçal, lui, était chargé du dossier de Jérusalem au sein de l'OLP, autant dire le plus épineux. Un sacré bonhomme. De la prestance. Il tranchait singulièrement avec la bande d'Arafat. Après la conférence de Madrid, en 1991, c'est à la Maison d'Orient qu'Israéliens et Palestiniens se retrouvaient le plus souvent pour esquisser les grandes lignes du processus de paix. Là… dans la rue qui longe l'American Colony, en direction de la rue Salah-Eddin, je vous y emmènerai après le dîner, ça nous dégourdira les jambes.

— Elle existe toujours ?

Laristel se rembrunit.

— Oui, mais murée par les Israéliens. Au moment de la deuxième Intifada, quand les autorités ont entrepris de reprendre le contrôle de Jérusalem-Est. Il n'y avait plus de discussions entre Israéliens et Palestiniens depuis longtemps, mais la Maison d'Orient était un symbole. Et surtout une mine d'archives. Il n'en reste quasiment rien.

— Et Fayçal al-Husseini ?

— Il en est mort. Crise cardiaque en 2001 alors qu'il participait à une conférence internationale à Koweït City. Je me souviens… j'ai assisté à son enterrement. Tous les Palestiniens de Jérusalem étaient là… Après lui, il n'y a plus eu personne pour défendre le dossier. Cela a été le commencement de la fin des deux villes en une.

Le Secrétaire général de l'ONU absorba si consciencieusement son café turc, renversant la tasse pour en saisir la dernière goutte, que du marc resta emprisonné à la commissure de ses lèvres. Dennis Crocker allait lui en faire la remarque quand un mouvement de foule attira leur attention. Les deux hommes se tournèrent d'un même geste vers l'entrée pour assister à un déploiement inouï de forces de sécurité. En quelques secondes, le patio fut rempli de gardes du corps au crâne rasé et au torse surdimensionné dans leurs costumes noirs, oreillettes apparentes, armes à peine masquées sous leurs vestes.

Ils se levèrent. En quelques enjambées, Amos Shattner était à leur table. Sous le regard surpris de Dennis Crocker, il étreignit longuement Rein Laristel.

— Mon ami… Je suis toujours heureux de te voir mais tu ne peux pas savoir comme ta venue, ces jours-ci, m'est précieuse. Je me sens un peu seul, tu sais.

— J'étais en train d'éduquer ce jeune homme en lui racontant la Maison d'Orient. Tu te rends compte… cette génération ne sait rien de cet épisode !

Shattner balaya l'air de la main.

— Il faut dire… Cela représente quoi, la Maison d'Orient, dans notre histoire compliquée ? Une de ses multiples péripéties, sans doute pas la plus déterminante.

Laristel hocha la tête.

— Encore un point qui nous sépare, Amos. Pour moi, ce fut un tournant.

— Allons boire un verre ailleurs. Nous sommes en train d'importuner tous ces pauvres gens qui n'osent plus bouger un cil par crainte de se voir clouer au mur par une rafale d'Uzi.

Entourés par cinq gorilles, ils s'engagèrent dans un étroit couloir aux murs couverts de gravures représentant les faubourgs de Jérusalem à l'époque du mandat britannique. Là, un escalier de pierre menait à l'étage. Derrière de larges portes en bois sculpté, une table avait été dressée dans une pièce au plafond voûté où trônait un piano à queue.

À peine assis, Shattner se pencha vers Laristel.

— La politique de réplique d'Israël a atteint son point extrême d'absurdité. Il ne s'agit plus d'une politique, ce qui impliquerait une pensée et un objectif reconnu possible, mais d'une bagarre tragique où, malheureusement, toutes nos valeurs morales sont en train de sombrer…

Le Secrétaire général de l'ONU se pencha vers la corbeille de pain et attrapa un morceau de pita qu'il entreprit de tartiner de beurre. Une hérésie ici, il le savait, mais il adorait ça. Puis il plongea son regard dans celui de Shattner.

— Amos… Pardonne-moi d'être aussi brutal mais qu'attends-tu pour bouger, bon sang ? Tu es conscient du crédit dont tu disposes à l'extérieur. Si tu te manifestes, la communauté internationale te suivra, j'en suis convaincu.

Le président israélien se renversa sur sa chaise,

étudia longuement ses mains qu'il avait fort belles, manucurées sans doute, songea Crocker en l'observant, puis posa doucement l'une d'elles sur le poignet de Laristel qu'il serra avec une force insoupçonnable.

— Là où je suis, j'ai un seul fusil et une seule balle que je ne peux tirer ni trop tôt ni trop tard. Mais je m'en servirai, sois-en sûr.

*

* *

Andreï Sokolov remontait King George en direction de l'Agence juive, marchant d'un pas vif dans l'avenue déserte sillonnée par les jeeps de Tsahal. Le ciel était tourmenté, lourd de nuages blancs et noirs qui s'entrelaçaient avec rage. Il songea que la violence n'était pas l'apanage des hommes. Il devait s'en dérouler de belles, là-haut.

Le Russe sortait tout juste de la résidence de Moshe Bensimon. Quand il l'avait quitté, le Premier ministre était soûl comme un Polonais – un comble pour un séfarade – tant il avait trinqué avec ses amis accourus en masse pour fêter le retour de sa fille. Comme Sokolov l'avait pressenti, la sotte était au lit avec un homme, téléphone débranché, elle ne s'était réveillée que de longues heures après le drame.

Mais le Premier ministre ne semblait pas apaisé pour autant. Son regard gardait la trace d'une souffrance que Sokolov avait vainement tenté de percer. Il avait fini par la mettre sur le compte du choc de l'attentat.

Malgré les mises en garde de son chauffeur et garde du corps, le futur maire de Jérusalem avait une nouvelle fois congédié Uri. « Ce n'est pas prudent, monsieur, la situation est très tendue dehors, je ne sortirais pas seul si j'étais vous. — Ce sont les Arabes qui doivent redouter le pire ces jours-ci, pas les gens comme moi. Que veux-tu qu'il m'arrive ? » Andreï Sokolov se sentait invincible. Comment les dieux pouvaient-ils en vouloir au maître de Jérusalem ?

Depuis le temps que le Russe aidait à financer l'arrivée en Terre promise des juifs de l'étranger, le patron de l'Agence juive était devenu un ami. Il convoquait Sokolov une à deux fois par mois pour lui soumettre la liste des prétendants à l'alya et le laisser faire en quelque sorte son marché. Car Sokolov avait une idée très précise de la population qu'il voulait voir se développer à Jérusalem : un tiers de religieux, un tiers de Russes, un tiers de juifs de basse extraction (petits commerçants ou artisans). Surtout pas d'intellectuels, poison de l'humanité. Contrairement à tous les gouvernements précédents, Sokolov était partisan d'envoyer les intellectuels dans les villes en développement du désert du Néguev, et de rapatrier tous les laissés-pour-compte dans les grands centres urbains d'Israël car il se faisait fort de modeler ceux-ci à son image.

Jérusalem allait devenir, sous sa férule, une ville enfin gouvernable, débarrassée des Arabes et des penseurs, les deux plus grands ennemis d'Andreï Sokolov.

En attendant, il fallait serrer les dents, songea-t-il en observant deux jeunes colons en maraude, kippa sur la tête, fusil en bandoulière.

Il les suivait machinalement du regard quand ceux-ci s'approchèrent d'un groupe de jeunes qui attendaient le bus, mêlés à une patrouille de soldats qui relâchaient la pression, veste déboutonnée, arme au sol.

C'est alors que Sokolov sentit la terre s'effondrer sous ses pieds à moins que le ciel ne se soit abattu sur ses épaules. Il se retrouva cloué à l'asphalte, autant par le bruit d'épouvante que par la secousse qui l'accompagnait, incapable de comprendre ce qui lui arrivait. Il ne ressentait plus rien, sauf peut-être un léger souffle d'air entre son oreille droite et son oreille gauche.

Il resta immobile de longues secondes. Le silence avait succédé au bruit, épais, pâteux, glaçant, et ses pensées balayaient une partie de sa vie, Moscou, Moshe, Jérusalem, mais cet instant fut de très courte durée. Dix, vingt, cinquante secondes ? Il n'aurait su le dire. Il n'y avait plus ni espace ni temps.

Puis un cri déchirant le transperça. Venait-il d'en haut, d'en bas, de la gauche, de la droite ? Impossible à dire, ce cri l'emplit juste de part en part, il ferma les yeux car l'épreuve était insoutenable, il était lui-même ce cri qui résonnait entre les eucalyptus du parc de l'Indépendance et les bâtiments de l'avenue King George, on devait l'entendre jusqu'à Tel-Aviv, Haïfa et même Akko. Il se plia en deux pour faire bloc de son corps et le cri s'interrompit.

Quand il releva la tête – au moins pouvait-il la relever, songea-t-il en un éclair, sa moelle épinière n'avait pas été touchée, il ne finirait pas ses jours dans une petite voiture –, il faisait nuit.

Le vent du désert s'était levé. L'air était chargé de minuscules particules noirâtres qui voletaient, il les observa, fasciné, peut-être même un peu charmé par l'étrange ballet qui se déployait sous ses yeux.

Puis une sirène de police retentit dans les ténèbres, suivie d'une autre et d'un concert d'aboiements. La ville se réveillait, la rue s'agitait. Descendue en trombe des immeubles où elle s'était abritée jusque-là, la foule accourait.

Quelqu'un le remit debout, ses jambes tremblaient mais il pouvait marcher, il refusa l'aide qu'on lui proposait et se dirigea vers l'arrêt de bus ou plutôt ce qui était quelques minutes plus tôt un arrêt de bus.

Des corps émergeaient de la ferraille, une main ouverte gisait sur le bas-côté près d'un minuscule ours en peluche, de ceux que les filles accrochent à la fermeture Éclair de leurs sacs. Personne n'osait s'approcher. Mais ce n'était pas un amas de chairs calcinées qui allait arrêter Andreï Sokolov.

Un des jeunes colons gémissait dans une mare de sang, jambes arrachées mais vivant encore. Il se précipita et entreprit un bouche-à-bouche afin de lui insuffler son énergie vitale le temps que les secours arrivent.

Il s'y appliquait depuis trois bonnes minutes quand, dans un souffle, le jeune homme éructa, regard plongé dans le sien : « Allah Akbar ! »

Andreï Sokolov comprit alors, rempli d'horreur et de dégoût, que l'homme qu'il tentait de ramener à la vie n'était qu'un Arabe déguisé en colon, un terroriste qui avait commis un attentat suicide.

Alors que la pluie commençait à tomber, plaquant au sol les particules de poussière et de sable, le Russe se rejeta en arrière et vomit tout le contenu de ses tripes. Puis il se releva et fixa le ciel où le soleil perçait entre deux averses. « *Slepoï dojdj* », murmura-t-il. « La pluie aveugle », disaient les Russes.

*

* *

Elle s'était réfugiée dans un boui-boui du quartier chrétien, de ceux qui comptent trois ou quatre tables en Formica posées sur un sol graisseux, et trempait à la chaîne des morceaux de pita dans un bol de hoummos, savourant à peine les morceaux de pois chiches qui s'effritaient sous ses dents et ce petit goût de sésame qu'elle aimait pourtant entre tous. Ce jour-là, elle avait un besoin boulimique de manger. Avaler, se remplir pour éloigner le vide et la peur.

Ana Güler entendait encore les vociférations de la voyante et les cris de l'enfant dans la cour qui, à force d'avoir tripoté le poisson rouge, ne tenait plus qu'une chose inerte entre ses doigts. Comment avait-elle pu basculer dans un tel cauchemar, elle qui, il y a une semaine encore, menait une vie tracée au cordeau, faite de rituels et de plaisirs simples ?

Jérusalem était-elle à ce point rongée par le démon qu'elle rendait fou quiconque y pénétrait ?

L'homme brun était-il l'antidote ou un élément du cauchemar ?

Elle se dévissa la tête pour regarder la télévision qui clignotait là-haut, dans un angle du plafond. Elle aperçut des cadavres calcinés qu'on glissait dans des sacs en plastique et des ultraorthodoxes de Zaka – la brigade chargée de ramasser les restes humains sur les lieux d'accident ou d'attentat – penchés sur l'asphalte avec leurs pinces à épiler et leurs gilets fluorescents, papillotes virevoltant dans l'air saturé de poussières noires et de sable jaune, et se demanda pourquoi on passait ainsi en boucle l'attentat de Netanya, quand elle reconnut le fronton de l'Agence juive et, juste en face, de l'autre côté de l'avenue, la tour du Sheraton Plaza émergeant du parc de l'Indépendance.

Cet attentat-là n'était pas celui de Netanya.

D'autres gens avaient été tués, à quelques centaines de mètres de ce restaurant, pendant qu'elle consultait une voyante qui n'était rien de moins qu'une sorcière.

Et si l'homme brun s'était trouvé là ? Au mauvais endroit au mauvais moment ?

Saisie d'un sentiment d'urgence, Ana Güler se leva, fouilla dans sa poche, et en extirpa une dizaine de shekels qu'elle jeta sur la table.

Elle remonta en courant la ruelle qui menait à la porte de Jaffa, regard vrillé au sol : ces boutiques aux rideaux de fer tirés lui filaient le blues, et cette obscurité moite lui rappelait l'antre de Lila.

Quand elle déboucha à l'air libre, comme d'un de ces tunnels où les GI mouraient ensevelis pendant la guerre du Viêtnam (elle l'avait lu dans un thriller américain qui l'avait marquée), il pleuvait, une petite pluie fine qui ruisselait sur les vieilles pierres et pénétrait jusqu'aux os, chassant même les vendeurs de *kaak*, ce pain au sésame que les travailleurs de force mangeaient ici accompagné d'un œuf dur et d'un peu de sel.

Elle franchissait à peine la porte et s'engageait dans les escaliers qui dévalaient des remparts quand son téléphone sonna. Elle se précipita.

— Ana, c'est Zaynab. Tu es toujours à Jérusalem ?

— Oui, je vais bien, ne t'inquiète pas…

Son amie avait assez d'ennuis pour qu'elle ne l'accable pas davantage.

— Où es-tu, toi ? Tu as des nouvelles de ton père ?

— Ils l'ont relâché hier. Je venais juste de rentrer de Paris. Tu sais, depuis qu'Israël a entrepris de chasser les Arabes du pays, les laïcs ne sont plus l'ennemi numéro un, ici, en Turquie. Ce sont les juifs, Ana. Ankara a rompu tous ses accords avec Jérusalem, l'ambassadeur d'Israël a dû plier bagage et les liaisons aériennes devraient être coupées d'un jour à l'autre. Je m'inquiète pour toi.

Ana Güler s'était laissée tomber sur une marche et observait la vallée noyée sous la pluie. Le sort de sa librairie lui semblait dérisoire comparé à ce qui se passait ici. Elle ne pouvait pas abandonner son oncle, elle ne pouvait pas oublier l'homme brun, elle ne pouvait pas fuir ce pays au moment précis où celui-ci vacillait.

— Je reste là, mon oncle a besoin de moi. Cela me laisse du temps pour voir. Tu as toujours la clé de la librairie que je t'avais donnée ?

— Bien sûr…

— Tu y ferais un saut pour moi ? Il faudrait aérer un peu, la poussière n'est pas bonne pour les livres…

— Ana, tu es sûre que tout va bien ? Je ne reconnais pas ta voix…

— Oui. Je te rappelle dès que je peux…

Elle n'avait pas envie de parler.

Ana Güler observa le King David, sur la colline, derrière Yemin-Moshe. Jérusalem avait déjà résisté à tous les drames, ces vieilles pierres en verraient sans doute beaucoup d'autres…

Elle prit l'avenue qui filait tout droit et longea l'épouvantable *mall* du quartier de Mamilla, bâti dans les années 2000 pour satisfaire les juifs américains qui dépensaient des fortunes dans des boutiques de luxe identiques à celles de leurs propres centres commerciaux, là-bas aux États-Unis, à ce seul détail près qu'en sortant sur l'esplanade, la vue sur les remparts les assaillait.

Elle marchait si vite qu'elle dépassa l'embranchement pour Emek Refaïm et la maison de son oncle. Longeant la devanture de Vice versa, la librairie française, elle fut un instant tentée de pousser la porte, juste pour sentir l'odeur des livres qui lui manquait autant que les cornes des *vapur* sur le Bosphore.

Mais elle n'avait pas de temps à perdre.

Une sorte d'angoisse et de curiosité morbide la poussait vers le lieu de l'attentat. Elle n'était là que depuis quelques jours à peine et elle avait déjà besoin de sa dose de violence et de sang.

Tout le quartier était bouclé. Même les rues Ramban et Keren-Hayesod qui continuaient vers la périphérie de la ville. La police n'avait voulu prendre aucun risque. D'autres terroristes sillonnaient peut-être Jérusalem, déguisés en colons et pourquoi pas en policiers ou en soldats ? Plus personne ne se sentait en sécurité, les juifs comme les Arabes.

Elle tenta de fendre la foule massée derrière de hautes barrières en fer, mais celle-ci était si compacte, comme soudée devant l'horreur, qu'elle dut rebrousser chemin et contourner le Sheraton Plaza pour arriver devant le lieu du drame.

Celui-ci s'était déroulé depuis deux bonnes heures déjà et pourtant il se dégageait encore de l'enchevêtrement de ferrailles, dont les corps avaient été extraits, en partie du moins puisque les envoyés de Zaka continuaient à fouiller les décombres, une sorte d'hébétude. Depuis tout ce temps, depuis tous ces morts, Jérusalem n'était toujours pas habituée. Techniquement, les secours se mettaient en place en un temps record, les blessés étaient triés (nature et degré des blessures) avant d'être envoyés vers les hôpitaux les plus adaptés, des cellules de soutien psychologique prenaient en charge les familles, les services municipaux balayaient et nettoyaient les restes avant de reconstruire à l'identique ce qui avait été détruit. Mais, dans son inconscient, la ville gardait la trace de tous les chocs et de toutes les blessures. Ce n'était pas l'air qui était impur, mais l'atmosphère qui pesait sur chacun de ses habitants sous la pression écrasante de la mémoire.

Ana Güler fixait sans le voir le bout de trottoir noirâtre qui avait pris de plein fouet le souffle de la bombe quand une main se posa sur son épaule.

Au fond, elle n'était venue que pour ça.

Il fumait une cigarette en soufflant rageusement la fumée, front plissé, regard tendu.

Il prit sa main qu'il serra entre les siennes et se rapprocha. Elle sentit son odeur de tabac et de transpiration mêlés, l'odeur ultime des hommes.

— Je crois bien que je ne t'ai pas dit mon nom. Je m'appelle Eli Bishara. Je suis flic. Et arabe. Comme ceux qui ont commis cet attentat. Et celui de Netanya.

*

* *

Quand il ouvrit les yeux, il se crut arrivé au paradis et il en fut soulagé. Non qu'il croyait réellement à ces conneries de flammes ou de bonheur éternels, mais au moins il avait sauté la case brasier, zappé ses derniers instants sur Terre, c'était toujours ça de pris sur le malheur.

Puis Youssef Chedid tourna la tête, du moins il essaya car sa nuque était aussi raide qu'un cadavre de trois jours, et il se dit que la vie était étrangement faite – disons plutôt la mort – car il était quand même très rare que l'on monte au ciel en même temps que son maître à penser (si tant est qu'il ait la moindre certitude en la matière).

Victor Herbelot était assis sur son fauteuil médicalisé et le fixait avec une profonde inquiétude au fond des yeux. Quand il vit l'Égyptien s'éveiller, son visage laissa paraître un soulagement presque enfantin.

— Dieu soit loué, ils ne t'ont pas totalement cassé en morceaux !

Chedid balaya la pièce du regard. Il se trouvait dans une chambre de l'hôpital Ajyad et ses mains, sur le lit, étaient bandées.

— Que… Qu'est-ce qui m'est arrivé ? Et que faites-vous là ? Je ne comprends pas, je croyais que le pays était fermé…

La vieille face d'Herbelot se fendit d'un sourire en coin.

— Je n'allais pas te laisser seul dans cet enfer, petit. À mon âge, et dans mon état, je n'ai strictement plus rien à perdre. Et ce n'est pas une vilaine bactérie qui va me terroriser, moi qui en côtoie de toutes les tailles et de toutes les couleurs depuis plus de cinquante ans !

Une vague de bonheur comme il n'en avait pas ressenti depuis longtemps envahit Youssef Chedid qui tenta en vain de se pencher vers son ancien professeur lequel se raidit aussitôt.

— Surtout ne bouge pas. Il n'y a probablement pas matière à s'inquiéter plus que de raison mais, entre les armoires à glace de la Muttawa et les rayons du soleil, tu es quand même salement amoché. Les médecins recommandent l'immobilité totale et surtout du repos. Et je les soutiens à cent pour cent. D'ailleurs je suis aussi là pour m'assurer que tu respectes leurs consignes.

— Mais… la peste… les malades. Ils ont besoin de moi. Souleiman Pasha…

Herbelot le coupa.

— Je sais. C'est l'autre raison de ma présence à tes côtés.

Youssef Chedid ne comprenait rien.

— Je ne te l'avais pas dit mais je connais bien le Dr Lévy, le responsable de la *SHOC room* de l'OMS. Lui aussi est un de mes anciens étudiants. Nous nous appelons au moins trois fois par jour depuis le début de la crise. Très vite, il a senti qu'il y avait un problème avec Souleiman Pasha. L'homme lâchait prise. Et manifestait une sacrée instabilité. Quant à moi, j'en avais assez de tourner en rond dans mon salon sur mon fauteuil.

— Mais… comment avez-vous pu vous déplacer ? Et arriver jusqu'ici ?

Victor Herbelot émit un bruit guttural qui devait être un ricanement.

— L'argent peut tout. Et je n'en manque pas. J'ai appelé Pasteur, tu sais, pour cette histoire de vaccins que je voulais te faire parvenir. C'était tellement compliqué, j'ai décidé de m'en occuper moi-même. On m'a mis dans l'avion pour Paris. Là, j'ai été pris en main par le jeune Adrien qui a été mon assistant pendant mes dix dernières années à l'Institut. On a récupéré tous les lots de vaccins disponibles à travers l'Europe, ce qui représente beaucoup plus qu'on ne pouvait l'imaginer au départ, et aussi les derniers stocks de Rifampicine qui traînaient. Puis il a fallu demander les autorisations nécessaires pour pénétrer sur le territoire saoudien. Vu le contexte, on les a obtenues en quelques heures, ce qui ne se verra sans doute jamais plus. Après, on a pris l'avion et loué une voiture, Adrien s'est occupé de tout. Je suis un peu fatigué mais je ne me suis jamais autant amusé. Et surtout, je ne pensais pas vivre encore une aventure pareille.

— Et la peste ? Vous ne pouvez pas vous exposer à la maladie ainsi !

— Rassure-toi. Avec nos travaux, nous sommes immunisés depuis longtemps avec Adrien…

Youssef Chedid était éberlué. Un instant, il se demanda s'il ne délirait pas. Mais Herbelot poursuivait, le regard pétillant.

— Je n'oublierai jamais notre arrivée à La Mecque. La planète après l'explosion d'une bombe à neutrons. Magnifique…

Le médecin égyptien tenta de se soulever légèrement. C'était bien ce qu'il pensait : Herbelot était devenu un vieux misanthrope qui préférait de beaucoup la compagnie des bactéries à celle des humains.

— Nous sommes parvenus ici peu après que Souleiman Pasha s'est fait embarquer par les gardes. L'hôpital était dans un état de panique absolu. Plus personne ne savait à quel saint se vouer, si l'on peut dire ici. Je ne te raconte pas l'ampleur de l'émotion soulevée par notre arrivée, j'ai bien cru que nous allions mourir étouffés. Le temps qu'on s'explique, tu avais disparu. J'ai lancé tous les hommes valides à ta recherche. Quand ils t'ont trouvé, les gardes t'emmenaient je ne sais où, tu étais à moitié mort, les mains écorchées, tu délirais… Voilà. De retour à Catane, je m'attellerai peut-être à l'écriture d'un roman, j'ai de la matière avec tout ça…

— Et… Ibrahim el-Hakim, sa femme, sa fille ?

— Leurs corps sont en chambre froide. Nous les enterrerons dignement quand tout cela sera fini.

— Mais… les vaccins, la Rifampicine… Il y en a assez pour tout le monde ?

Victor Herbelot esquissa une grimace et entreprit de faire pivoter son fauteuil en direction de la fenêtre. Le ciel, d'un turquoise implacable, était la seule échappée vers l'extérieur.

— Je ne crois pas, non… Encore que… il ne reste plus tant de monde que ça à traiter, tu sais. Cette bactérie a fait des ravages immenses en un minimum de temps. Mais j'ai eu les responsables des labos juste avant de venir ici. Ils ont mis les bouchées doubles, un traitement devrait être disponible assez vite. C'est une question de jours maintenant. Si le personnel soignant est en état de marche, je pense pouvoir freiner l'hécatombe rapidement... Comment dit-on ici déjà ? *Inch Allah* ?

*
* *

La nuit était tombée et ils n'en avaient rien vu. Dennis Crocker écoutait, fasciné, Laristel et Shattner échanger leurs souvenirs de guerre en sirotant du thé au lait que les serveurs palestiniens de l'American Colony renouvelaient à intervalles réguliers avec un luxe de courbettes que n'aurait pas dédaigné la reine d'Angleterre.

Deux vieilles carnes politiques, songea-t-il, notant la même chevelure blanche, les mêmes mains larges et tavelées, le même regard soucieux sur le monde. C'était peut-être ce qui préoccupait le plus le jeune diplomate. Qu'à leur âge, avec leur expérience et toutes les horreurs subies à différentes périodes de leurs vies, ils soient si démunis encore.

Une mélopée arabe s'éleva soudain du patio, une voix douce qui s'enroulait aux volutes de naï et d'oud. Ils s'interrompirent pour tendre l'oreille.

Shattner s'assombrit.

— Nour, une chanteuse arabe. Elle a été tuée dans l'attentat de Netanya. Depuis, les jeunes l'écoutent religieusement. Quelle tristesse... Elle était si belle. Une des rares figures arabes connues à l'étranger...

Laristel se pencha vers lui.

— Amos, dis-moi, il doit bien y avoir une solution pour stopper cette spirale de violence, éviter tous ces morts, tous ces jeunes fauchés en plein envol. Non ? Ne me dis pas que toi, tu n'y crois plus…

Le président israélien hocha lentement la tête.

— Je vais te décevoir horriblement, je le sais, mais… c'est vrai, je n'y crois plus. Je pense que tout cela est insoluble.

Crocker sursauta. Le Secrétaire général de l'ONU venait de taper du poing sur la table.

— Insoluble ? Mais comment peux-tu dire ça ? Si toi, au plus haut niveau de l'État d'Israël, toi, qui as reçu le prix Nobel de la paix, tu ne vois pas d'avenir pacifique à ces deux peuples, c'est ce pays que tu condamnes !

Shattner semblait accablé par lui-même.

— La seule solution pour que ces deux peuples vivent en paix, c'est de créer deux États. Bien. Passons sur le problème des colonies qui empiètent à tel point sur la Cisjordanie que ce territoire-là ressemble à une vieille serpillière bouffée par les mites. Le nœud de tout, c'est Jérusalem ! Jamais Israël ne lâchera là-dessus ! Bensimon l'a encore rappelé il y a quelques jours sur la colline des Munitions en commémorant l'anniversaire de l'annexion du secteur oriental de la ville : « Jérusalem est la capitale d'Israël. Elle l'a toujours été, le restera pour toujours et ne sera jamais divisée ! » Et la moitié de la population le suit sur ce thème-là ! Je le comprends aujourd'hui seulement : en prenant Jérusalem en 1967, nous, les Israéliens, avons décidé qu'il n'y aurait pas de paix puisque celle-ci ne peut pas exister sans rendre Jérusalem ou, au moins, la partager.

Le Secrétaire général de l'ONU se leva et s'approcha de la fenêtre. En bas, dans le patio, on avait sorti la chicha qu'on suçotait en écoutant Nour. L'odeur douceâtre du tabac à la pomme virevoltait dans l'air, mêlée à celle, plus épicée, du *makloubé*, ce plat palestinien qui pouvait rester des heures à confire sur le feu et dont Laristel raffolait. Mais il avait mangé assez de pita. Et les propos de Shattner lui avaient coupé l'appétit.

Il se retourna d'un bloc.

— Et si l'on revenait à l'idée première ? Placer Jérusalem sous juridiction internationale ?

Shattner partit d'un immense éclat de rire.

— Tu n'y penses pas, vieux frère. Tu vois les Israéliens accepter une chose pareille ? Même moi, je la refuserais. Et puis… Ne le prends pas pour toi mais… quelle personnalité ou institution serait assez forte pour imposer ça ?

Le Secrétaire général de l'ONU se renfrogna. Si, il le prenait pour lui. Il n'avait jamais réalisé à quel point les Nations unies s'étaient décrédibilisées au fil du temps.

— Et pourquoi pas un seul État alors ? Binational ?

— Impossible. Au vu des taux de natalité, très différents d'une société à l'autre, il serait très vite dominé par une majorité palestinienne. Et notre État juif, que Dieu nous en préserve, disparaîtrait.

— Chasser les Arabes d'Israël ne règle donc rien du tout pour vous ?

— Rien. Au final, on se retrouve avec le même problème sur les bras. Que faire des Palestiniens ? Je connaissais un vieux professeur d'université qui nous répétait sans cesse : « Vous savez que vous allez mourir un jour. Et vous ne pouvez rien faire contre. Vous êtes obligé de vivre toute votre vie avec cette évidence. Eh bien, avec les Palestiniens, c'est pareil… » Pas mal vu, non ?

Dennis Crocker jeta un coup d'œil à Laristel qui ne semblait pas beaucoup plus à l'aise.

— Heu… oui, si l'on peut dire.

— Si on ne trouve pas de solution à très court terme, Israël deviendra un État d'apartheid dont la population sera majoritairement palestinienne. Et, si l'on en croit un schéma tracé par les États multinationaux du siècle dernier, telle la Yougoslavie, cet État binational sera très probablement en proie à des violences incessantes car ces deux peuples sont trop différents l'un de l'autre. Un État binational, c'est la certitude d'engendrer un monstre politique. Les juifs n'auraient très vite que deux solutions : pratiquer la discrimination envers les Palestiniens ou quitter peu à peu leur patrie et faire ce qu'ils ont toujours fait par le passé : garder leur identité en vivant au milieu d'autres peuples, loin de la terre de leurs ancêtres…

La voix de Nour chargeait l'air d'une tristesse sans nom. Nul besoin de comprendre l'arabe pour savoir ce qu'elle chantait : la terre et les amours perdues, la solitude et le mal de vivre. Crocker songea à Deborah et sa vie lui apparut soudain dans toute sa crudité, remplie à ras bord pour oublier qu'il y manquait l'essentiel.

À cet instant, la porte s'ouvrit à la volée. Une femme emmitouflée dans une longue pelisse grise fit son entrée. Elle avait les cheveux poivre et sel et d'immenses yeux verts qui pétillaient dans un visage rond adouci par le temps.

Rein Laristel se leva si brusquement que son fauteuil s'effondra au sol.

— Marina !

*
* *

Andreï Sokolov avait annulé son rendez-vous avec le patron de l'Agence juive et regagné tel un automate son penthouse du David Citadel. Les bruits de la rue lui parvenaient assourdis, il n'arrivait plus à fixer son attention, son pas était mal assuré. Il se demandait rarement ce qu'il faisait là, en Israël, loin de Moscou, des forêts de bouleaux, de la datcha familiale sur les bords de la Volga. Depuis longtemps, c'était une évidence. Mais certains jours, comme aujourd'hui, une nostalgie irrépressible l'étreignait, pourtant il n'était pas un tendre, et lui revenaient en mémoire tels des sanglots les bruits, les odeurs, les lumières de la vieille Russie, celle qu'il admirait en secret quand il était enfant, la Russie des tsars.

Dans le *lobby* de l'hôtel, on se jeta sur lui. Certains lui baisèrent les mains, d'autres le touchèrent pour vérifier qu'il était entier. Uri courait en tous sens pour s'assurer que là-haut, tout était prêt : le lit, l'infirmière, et surtout la bouteille de vodka, glacée comme il se doit. Cette servilité le rassura, il n'était pas qu'un assemblage d'os et de chair qui pouvait partir en fumée à la moindre attaque kamikaze. Il était plus que ça : le maître.

Ragaillardi, il s'engouffra dans l'ascenseur. Entre vitre transparente et jeu de miroirs, Sokolov se regarda monter vers le ciel, satisfait. Les remparts de la vieille ville, sur la colline opposée, lui paraissaient minuscules, une sorte de décor en carton-pâte qu'il pourrait démolir du bout de l'index.

Un jour comme celui-ci, il se serait bien enfui à Tel-Aviv. Après les vieilles pierres nauséeuses de Jérusalem, le moindre bout de béton, la moindre tige de ferraille lui paraissait sublime.

À peine s'était-il laissé tomber sur son canapé que l'ascenseur se remit en route. Quelqu'un montait. « J'avais pourtant dit que je voulais être seul !... » grinça le Russe entre ses dents, prêt à chasser l'intrus d'une bordée d'injures.

Mais il se refréna. À travers la vitre, il venait de reconnaître Moshe Bensimon.

Le Premier ministre se précipita.

— On m'a dit que tu ne voulais voir personne mais j'ai pensé que cela ne s'appliquait pas à moi...

Sokolov sourit. Ils étaient décidément faits pour s'entendre.

— Évidemment...

— J'ai eu un tel choc quand j'ai entendu le bruit

de l'explosion peu après ton départ. J'ai bien cru que… que…

— Qu'ils m'avaient eu ?

— Oui.

— Je n'étais pas visé. Si cela avait été le cas, je serais dans un sac mortuaire à l'heure actuelle. C'était un attentat aveugle, comme la plupart des attentats, d'ailleurs…

Bensimon se laissa à son tour tomber sur le canapé. Ses yeux étaient creusés, son teint brouillé, Sokolov l'avait rarement vu aussi défait.

— Dis-moi, ce n'est tout de même pas mon sort qui te met dans un état pareil. Je suis entier, ta fille est vivante… tout va bien, non ?

L'autre esquissa un sourire en coin, entre ironie et accablement.

— Oui, tout va bien. À part que le pays est à feu et à sang et que les États-Unis menacent de nous couper les vivres.

Sokolov se redressa brutalement.

— Tu plaisantes…

— J'aimerais bien mais… non, c'est loin d'être une plaisanterie. Je viens d'avoir un long entretien avec l'ambassadeur des États-Unis. Ils envisagent de ne pas renouveler l'accord militaire signé en 2007, et surtout d'interrompre toute forme d'aide financière. Au moment où nous sommes attaqués de l'intérieur, tu te rends compte ? C'est criminel. Ils nous lâchent en rase campagne.

— Mais… nos amis là-bas ? Qu'est-ce qu'ils foutent, bordel ?

Bensimon leva les bras puis les laissa retomber lourdement sur ses cuisses.

— L'AIPAC a perdu de sa puissance et J Street est divisé. Il n'y a rien de pire que les divisions internes pour affaiblir un groupe de pression. Notre drame, surtout, c'est que l'administration actuelle est sur le départ…

— Je croyais au contraire que c'était le moment idéal pour agir comme bon nous semble… Tu veux un verre de vodka ?

Sans même attendre la réponse, Sokolov se leva et tapa dans ses mains. Le mur coulissa et une jeune femme brune apparut, juchée sur des talons vertigineux, moulée dans une robe bleu nuit fermée haut sur le cou et bas sur les mollets. Elle portait un plateau avec deux minuscules godets et une bouteille de vodka au verre couvert de givre.

Le Premier ministre resta un instant bouche bée. Il avait beau connaître son ami, il était toujours fasciné par son art de vivre.

— Volontiers… qu'est-ce que je disais, déjà ? Ah oui, c'est ce que je croyais. Mais, contractuellement, des tas d'échéances sont à renouveler dès aujourd'hui, elles ne peuvent en aucun cas attendre l'arrivée de la prochaine administration. Sans compter qu'il faudra un certain temps à celle-ci pour se plonger dans les dossiers. Or c'est maintenant que nous avons besoin d'aide, je te le rappelle, car nous sommes engagés dans une opération de grande ampleur avec le transfert des Arabes d'Israël. Et puis… ce qui est écrit est plus difficile à effacer. Il n'y a rien de pire que le fait accompli…

Sokolov ricana en levant son verre en direction du Premier ministre.

— Ou de meilleur ! Cela nous a plutôt bien réussi jusqu'à présent !

Bensimon ne releva pas. Il y avait des jours où le cynisme de son ami le fatiguait. Celui-ci s'en rendit compte et se pencha vers lui.

— Je vais appeler Susan Rice.

Le Premier ministre leva la tête, éberlué.

— Susan Rice ? Tu veux dire… la secrétaire d'État américaine ? Tu n'y penses pas, si quelqu'un doit l'appeler ici, c'est…

— Tu ne sais pas tout de ma vie, Moshe.

L'autre descendit cul sec son verre de vodka et se renversa sur le canapé.

— Oui, j'aime mieux pas…

— Eh bien, tu as tort de nourrir d'aussi mauvaises pensées. C'est une très bonne cause qui me lie à elle. Tu te souviens du Delphinarium ?

— Attends… la boîte de nuit qui avait sauté à Tel-Aviv ? Quel rapport avec Susan Rice ?

— Elle était là le soir du drame. Pas devant la boîte mais tout près, au Dan. Pour je ne sais plus quelle conférence internationale. Elle a été bouleversée par cette histoire. À l'époque, je représentais les familles des victimes, elles étaient toutes russes… Et elle a voulu participer à l'association que j'ai créée pour assurer leur réinsertion dans la société.

— Et… comment se fait-il que je n'en aie jamais rien su ?

— Elle a exigé dès le début que ses dons restent anonymes. Mais nous sommes en contact depuis tout ce temps-là. Alors… je l'appelle ?

Bensimon leva les mains au ciel, fataliste.

— Au point où nous en sommes, nous n'avons pas grand-chose à perdre.

— Très bien. Je le fais tout de suite, là, devant toi.

Andreï Sokolov tapa une nouvelle fois dans ses mains et la brune réapparut. Il lui adressa quelques mots en russe et elle disparut un instant pour revenir avec un téléphone sur lequel elle composa un numéro. Il attrapa l'appareil et la chassa d'une claque sur les fesses.

Il était en bien meilleure forme qu'à son arrivée à l'hôtel. Les affaires reprenaient. Il se racla la gorge et prit la voix qui lui permettait d'amadouer les secrétaires les plus revêches.

— Susan ? C'est Andreï, à Jérusalem…

Moshe Bensimon n'en croyait pas ses oreilles. Son ami fidèle s'adressait à la secrétaire d'État des États-Unis comme à une vulgaire bimbo destinée à atterrir dans son lit. Dévoré par la curiosité, il fit signe au Russe de brancher le haut-parleur.

— Andreï ! J'attendais votre appel, je m'étonne même qu'il ne soit pas arrivé plus tôt…

La voix était faussement chaleureuse. Le Premier ministre hocha la tête, ce n'était pas une bonne entrée en matière, Sokolov allait avoir du boulot.

— Susan, je voulais vous appeler plus tôt mais la situation est très difficile ici. Vous savez que le Premier ministre a bien cru avoir perdu sa fille dans un odieux attentat perpétré par un Arabe d'Israël ? Et je me remets tout juste d'une attaque kamikaze qui vient de se produire sur King George. Deux Arabes déguisés en colons, vous imaginez ? Comment pouvons-nous lutter contre ça ? Le danger vient de l'intérieur même du pays… D'une population que nous considérons comme la nôtre !

Un silence s'installa à l'autre bout du fil. Les deux hommes s'interrogèrent du regard. Puis la voix de la secrétaire d'État s'éleva dans la pièce, dangereusement douce.

— Les attentats sont des actes inacceptables, nous en sommes bien d'accord et je m'apprête à publier un communiqué officiel condamnant fermement les deux attaques que vous venez d'évoquer mais, si je ne m'abuse, vous ne considérez plus vraiment les Arabes d'Israël comme les vôtres, non ? Je vois sur toutes les chaînes de télévision que vous les chassez de leurs maisons et de leur pays ! Croyez-vous que ce soit digne d'une démocratie ?

— Madame, si nous ne faisons rien, chaque café, chaque boutique, chaque boîte de Tel-Aviv sera un Delphinarium en puissance ! C'est ça que vous voulez ?

— Et si vous chassez les Arabes d'Israël, vous serez mis au ban de l'ensemble des nations ! Nous ne pouvons plus être les seuls à vous soutenir, monsieur Sokolov, le monde a changé. Le Conseil de sécurité va se réunir d'un jour à l'autre, dès que le Secrétaire général de l'ONU sera rentré de Jérusalem, et nous réfléchissons sérieusement à approuver la résolution déposée par l'Égypte. Notre amitié a des limites…

*
* *

Elle avait compris dès le premier jour que cet homme était borderline. Mais une fois engagée dans le financement de l'association, impossible de reculer. La voix monocorde d'Irina était gravée dans sa mémoire. Tout comme le souvenir de ces pauvres filles démantibulées sur l'asphalte.

Après tout, elle n'avait rien fait de mal en donnant son argent à Andreï Sokolov, pourquoi donc culpabilisait-elle ainsi depuis le début de la crise ?

Susan Rice pressa un bouton sur son bureau. « Beth, convoquez-moi Bowles et Knox. Dans cinq minutes à la salle de réunion. » Puis elle dut pousser des deux mains les bras de son fauteuil pour se lever. Depuis quelques heures, elle avait cent ans.

Quand la secrétaire d'État entra dans la pièce qui donnait sur le Mall, les deux conseillers étaient déjà là, visage grave, mains sagement posées sur la table, silencieux. Dans un flash, elle revit Dennis Crocker, quelques jours plus tôt, debout face à la fenêtre dans ce même lieu, et son absence la transperça. Pas évident de perdre son ombre, songea-t-elle en s'approchant à pas lents. L'homme avait beaucoup de défauts, et notamment cette impétuosité qui lui avait coûté la virginité de son visage mais il dégageait une présence, une allure que les deux autres étaient loin de posséder. « Seigneur, est-il possible qu'elle ait encore grossi à ce point ? », se lamenta intérieurement Susan Rice en coulant un regard en biais vers Priscilla Knox dont le chemisier rose moulait le moindre bourrelet. La conseillère scientifique était de ces femmes que le stress poussait à dévorer n'importe quoi, une névrose que Susan Rice ne pouvait pas comprendre, elle n'imaginait pas la vie sans discipline.

La secrétaire d'État s'assit en bout de table.

— Bien. Les heures qui viennent ne vont pas être faciles. Le Président a beaucoup de mal à se remettre de la campagne électorale, il m'a délégué toutes les affaires internationales. Et nous devons prendre position sur ce qui se passe en Israël. Je…

— Pardonnez-moi si je me mêle de ce qui ne me regarde pas mais il me semble qu'il n'y a aucun doute là-dessus, n'est-ce pas ?

Priscilla Knox posait sur Susan Rice de grands yeux étonnés. Celle-ci se raidit.

— Sur quoi ?

— Sur ce que nous pensons de ce qui se passe en Israël. Rassurez-moi, nous ne pouvons que désapprouver, non ? Je ne peux pas imaginer que nous restions solidaires d'un pays qui…

La secrétaire d'État soupira.

— Priscilla… je sais bien qu'en matière de sciences, les choses sont blanches ou noires. Carrées.

Logiques. Mais les affaires internationales sont plus compliquées…

— Oui, enfin… c'est un peu facile.

Marlon Bowles se racla la gorge. La discussion s'engageait sur de très mauvaises bases. Il était impératif de revenir aux faits.

— Je viens d'avoir de longues conversations au téléphone avec nos ambassadeurs à Paris et Abu Dhabi. Je crains bien que, de toute façon, nous n'ayons plus le choix. Si nous ne prenons pas position contre Israël, les représailles des Émirats risquent de nous faire beaucoup de mal.

— Et le Terminator ?

— C'est sous contrôle. Les Français vont prendre le relais…

Susan Rice réfléchissait, le regard vrillé sur le stylo qu'elle tournait et retournait entre ses doigts. Elle n'avait pas apprécié le coup de fil de Sokolov. Trop familier. Trop implicitement menaçant. Mais que pouvait-il faire ? Révéler au monde entier que la secrétaire d'État américaine finançait une association israélienne gérée par un extrémiste russe ? Formulé comme ça, dans le contexte actuel, cela n'augurait rien de bon. Mais, après tout, elle n'avait plus grand-chose à perdre. Bientôt, cette salle de réunion sur le Mall ne serait qu'un lointain souvenir.

Elle se redressa sur son siège.

— Allons, Priscilla… cachez-moi cet air satisfait, je ne suis pas sûre que la mise d'Israël au ban des nations soit une si bonne nouvelle pour nous tous. L'histoire nous le montrera peut-être. Dites-nous plutôt comment évolue l'épidémie de peste. Sur ce sujet-là au moins, je vous fais une confiance absolue…

La conseillère scientifique hésita un instant, déstabilisée par cette remarque à double tranchant.

— Il semble y avoir une éclaircie. L'OMS recevra les traitements adéquats dans les jours qui viennent. Des responsables scientifiques français sont sur place pour évaluer les besoins. Si tout se déroule comme prévu, on devrait pouvoir contenir l'épidémie…

Un long silence s'installa que rompit Susan Rice en se levant lentement. Elle n'avait plus cent mais cent trente ans.

— Bien. Je vais en référer à Crocker, là-bas, à Jérusalem. Ainsi qu'au Premier ministre israélien. Je ne sais pas si vous en êtes pleinement conscients mais nous venons de tourner une page de l'histoire. Et la suite peut nous réserver le meilleur comme le pire…

*

* *

Ana Güler avait éclaté de rire aux mots de Bishara, lâchés telle la confession d'un péché. « Et moi, je suis libraire, et juive, ça te pose un problème ? » Il avait jeté un rapide coup d'œil vers la droite puis vers la gauche avant de la saisir par le bras. « Viens. Partons d'ici. »

Sans réfléchir, ils s'étaient engagés dans Keren-Hayesod. À l'exception de deux véhicules blindés postés devant Smolenskin, la rue qui conduisait à la résidence du Premier ministre, l'avenue était déserte, ils étaient pour ainsi dire seuls au monde.

Le khamsin faisait voler les boucles rousses d'Ana Güler qu'Eli Bishara observait à la dérobée, fasciné par cette lumière qui subsistait dans la pénombre.

Ils se trouvaient au niveau du moulin de Yemin-Moshe, dont les pales frémissaient sous les rafales de vent du désert, quand le téléphone du commissaire sonna. Il mit un moment à mettre la main sur l'appareil tant il pensait à autre chose. La voix d'Ashkenazi le ramena à la réalité. Elle portait en elle un mélange de nervosité et d'abattement. Plutôt rare chez lui.

— Salut, Eli. Je ne sais pas où tu es mais…

— À Jérusalem. J'ai filé sur les lieux de l'attentat dès que j'ai su. C'est en train de dégénérer salement ici. Si j'étais toi, je rappliquerais dare-dare. Ne serait-ce que pour mobiliser nos hommes, leur donner des consignes claires, ça part un peu dans tous les sens, me semble-t-il…

— Je… Ce que j'ai à te dire est un peu difficile.

Bishara sentit une poigne d'acier enserrer son sternum. Quoi qu'il entreprenne dans ce pays, il resterait un homme seul.

— Finissons-en vite alors.

— On vient de m'en informer officiellement : tu ne fais plus partie de la police israélienne… Je suis désolé.

Un silence pesant s'étira entre les deux hommes. Bishara était figé sur le trottoir. Une pierre. Il n'était qu'une pierre de plus sur cette maudite colline. Les autres n'étaient-elles donc que les restes de ceux qui s'étaient trouvés pétrifiés par le malheur ?

— Les consignes des autorités sont sans appel, Eli. Plus un seul Arabe ne doit pouvoir travailler en Israël. Cela s'applique à tout le monde, même aux commissaires de police. Je… Je vais te regretter, je voulais que tu le saches. Bonne chance.

Il raccrocha car il n'y avait rien à rajouter.

Bishara laissa son regard flotter sur les remparts de la vieille ville. Il n'éprouvait ni tristesse ni colère. Les choses lui étaient même rarement parues aussi claires. Pour la première fois de sa vie, il avait une vision globale de lui-même : il était arabe et d'Israël.

Et il ne laisserait personne le chasser de chez lui.

Jamais.

— Quelque chose ne va pas ?

Il en avait oublié Ana.

Eli Bishara se tourna vers la jeune femme qui, instinctivement, recula d'un pas. Le regard de cet homme avait changé. Elle n'y lisait plus rien de doux ni de bon.

Pire même.

Plus rien d'humain.

— Nos chemins se séparent là, Ana. Depuis tout à l'heure, quelque chose a changé. Je suis encore arabe mais je ne suis plus flic. Ni israélien. Il y a une chose, toutefois, qu'ils oublient. C'est que je suis d'ici. Ils ne peuvent pas m'enlever ça. On veut me chasser, je résisterai.

La jeune femme le fixa de longues secondes, le souffle coupé. Elle l'avait à peine retrouvé qu'elle le perdait de nouveau. Un vide effroyable s'élargissait au creux de sa poitrine.

Quand elle retrouva la force de parler, sa voix était ferme. Elle glissa ses deux mains dans les siennes et les attira à elle.

— Non, nos chemins ne se séparent pas là. Je n'aurais pas compris que tu t'exécutes sans rien dire. Moi aussi, je reste ici. Chez mon oncle. Je t'y attendrai le temps qu'il faudra. Va vite maintenant, sinon je ne réponds plus de moi.

Elle rabattit derrière son oreille une mèche de cheveux roux qui lui balayait le visage, inspira une goulée d'air comme s'il s'agissait de plonger dans les abysses et s'enfuit vers Emek Refaïm. Sans se retourner.

Elle longea la voie ferrée en haletant. Jérusalem ressemblait à une ville sous couvre-feu où le moindre espace découvert pouvait se révéler meurtrier. Et où l'on ne savait plus qui, des Arabes ou des juifs, il fallait redouter le plus.

La jeune femme marchait à grandes enjambées, regard vrillé sur un point fixe. Surtout ne pas laisser son esprit vagabonder. Se concentrer sur cet eucalyptus, au loin, dont elle aimait tant casser les feuilles pour en extraire le parfum quasi médicinal. Et cette foutue grille qu'il allait falloir remplacer. Oui, dès demain, elle appellerait les ouvriers. Et si elle retapait la bibliothèque de son oncle ? Des planches s'étaient effondrées sous le poids des livres. C'est ça, elle appellerait aussi le menuisier. Et pendant qu'elle y était, elle allait repeindre sa chambre. Et aussi…

Son cerveau fonctionnait à cent à l'heure, les idées fusaient pour faire rempart à la seule pensée qui lui était interdite et qui, en cet instant, lui revenait tel un boomerang. L'homme brun, son odeur, ses mains, son regard sur elle.

Elle stoppa net, pliée en deux sous l'effet de la douleur, comment donc allait-elle remplir les minutes, les heures, les semaines, les mois à venir s'il n'était plus là ? Que faire de tout ce temps, cette énergie, ces rêves ? À quoi bon lire ? À quoi bon manger ? À quoi bon se lever le matin ?

Ana Güler resta ainsi d'interminables secondes avant de reprendre sa route. Son oncle avait besoin d'elle.

Zeev Kilmann buvait le thé dans son jardin, savourant le parfum des roses qui débordaient par-delà le muret de pierre sèche. « Il n'est plus le même », songea Ana en l'observant de loin, tassé dans son fauteuil, gestes ralentis par les médicaments. Il la vit arriver et son visage s'illumina.

— Dieu soit loué ! j'avais si peur de te savoir dehors avec tout ce *balagan* !

— Je suis là, mon oncle. Je ne bouge plus d'ici…

Elle n'en était pas sûre mais il lui sembla qu'à ces mots le visage du vieil homme s'était détendu d'un coup. Il le savait comme elle : si elle retournait à Istanbul, ils ne se reverraient sans doute jamais.

Il la fixa longuement. Sa nièce lui paraissait bien pâle. Même ses cheveux avaient perdu un peu de leur lumière. Il se pencha vers elle.

— Ana, tu es sûre que ça va ? Tu n'aurais peut-être pas dû sortir si vite après l'hôpital.

— Ça va, mon oncle, ça va. C'est juste que… j'ai si peur de ce qui va suivre…

Il hocha la tête.

— Tu sais, je ne reconnais plus mon pays… Ce qu'ils font est absurde, cela ne sert qu'à alimenter la passion et la haine et entretient la population israélienne dans l'illusion d'une fausse sécurité. Notre seul recours, c'est l'extérieur. Le Secrétaire général de l'ONU est à Jérusalem depuis hier. Je l'ai croisé à plusieurs reprises par le passé. C'est un homme bien. Nous irons le voir demain. Une réception est donnée en son honneur à l'hôtel King David en présence du président Shattner, on m'a laissé entendre qu'il pourrait m'accorder quelques minutes…

*

* *

Dennis Crocker n'oublierait jamais ce jour-là.

C'est la pluie qui le réveilla, une pluie lourde, mouillée, poisseuse qui s'abattait en trombes sur ses volets de bois. Une pluie de fin du monde, comme il aimait à se le répéter quand il se sentait envahi par le cafard.

Dans le patio de l'American Colony, les orangers avaient perdu leur senteur et leurs couleurs, les fruits pendaient telles de vieilles courges ballottées par le vent ; alignées contre le mur, démontées, les chichas dégageaient une odeur lourde de tabac froid.

Il jeta un œil sur cet espace abandonné, la face sombre du rêve oriental, et referma brutalement sa porte. Le ciel était anthracite, les pierres lépreuses, l'humidité suintant jusqu'au cœur de la terre. Il enfila un de ces peignoirs épais que l'hôtel mettait à disposition de ses clients, savourant sa blancheur et son moelleux, puis alluma la télévision.

Sur les routes d'Israël, des convois s'ébranlaient doucement, zébrant ce paysage béni des dieux qui, en cet instant, ruisselait de désolation. Encadrées par les forces de Tsahal, les familles arabes étaient chassées du pays, effets empaquetés à la hâte sur les toits des voitures. Les autorités israéliennes étaient donc décidées à aller jusqu'au bout, rien ne pourrait les arrêter, pas même les foudres du ciel, songea Crocker. À quoi pouvaient-ils bien servir, lui et les milliers de diplomates qui couraient en tous sens à travers le monde, s'ils ne parvenaient pas à résoudre une crise comme celle-ci ?

En observant ces gens hagards, déracinés, il se vit, lui, et, pour la première fois de sa vie, il eut presque honte.

À cet instant, son téléphone sonna. Le bruit lui fit du bien, un bruit familier, presque rassurant. Aucune nouvelle, de toute façon, ne pourrait être pire que ce qu'il voyait défiler sous ses yeux depuis de longues minutes. Rien, ni personne ne l'attendait ailleurs.

— Susan Rice. Je n'arrive pas à dormir. Vous avez vu les images à la télévision ?

— Oui. Je suis devant.

— Il faut finir le job, Dennis. Je ne me pardonnerai jamais d'avoir été à un poste de responsabilité à un moment aussi critique de l'histoire et de n'avoir rien fait. Si la communauté internationale accepte ça, elle acceptera tout. Et c'en sera fini de notre crédibilité.

Le diplomate se mordit les lèvres. Notre crédibilité ? Quelle crédibilité ? Pas la peine d'en rajouter, ils savaient tous deux à quoi s'en tenir.

— Vous avez des nouvelles de Laristel ?

— Nous avons passé la soirée avec le président Shattner. Pas très constructive, je le crains. L'homme a bien conscience que son pays est en plein processus d'autodestruction mais il n'a pas le pouvoir de s'y opposer. Il ne représente pas grand-chose ici. Nous avons une petite cérémonie ce matin au King David, je crois que le Secrétaire général a prévu plusieurs rendez-vous dans la foulée, avec des universitaires israéliens et des dignitaires palestiniens.

— Et Bensimon ?

— Nous attendons la confirmation d'un rendez-vous, cet après-midi sans doute.

— Notre décision est prise, Dennis, le Premier ministre en sera informé dans quelques heures : nous stoppons toutes nos aides à Israël. Qu'elles soient financières, militaires ou technologiques. Le futur président n'a rien à craindre du lobby puisqu'il vient juste d'être élu. Il pourra mettre tout ça sur notre dos. Et, de toute façon, nous n'avons pas le choix : Abu Dhabi menace de retirer toutes ses billes de nos entreprises et de nous fermer ses champs de pétrole.

— Comment l'État d'Israël peut-il s'en sortir sans l'aide américaine ?

— À partir d'aujourd'hui, c'est son problème. Et ses dirigeants ne pourront pas dire qu'on ne les aura pas prévenus. Bien, je vais essayer de dormir une heure ou deux. Mais n'hésitez pas à m'appeler à n'importe quel moment si vous le jugez nécessaire…

Dennis Crocker eut à peine raccroché que Rein Laristel l'appelait sur sa ligne intérieure.

— Venez vous joindre à nous, nous prenons notre petit déjeuner dans le bâtiment opposé à celui de la Pasha room, au rez-de-chaussée. Nous devons faire le point sur la situation. Cette journée s'annonce plutôt longue…

Le diplomate s'habilla à la hâte et s'empressa de rejoindre le Secrétaire général de l'ONU.

La salle à manger était quasi déserte, glaciale. Les serveurs plus nombreux que les clients. Rein et Marina mangeaient des céréales en buvant de petites gorgées de thé, assis coude contre coude, comme s'ils avaient besoin de rattraper le temps perdu loin de l'autre. Elle était vêtue de blanc, ses cheveux relevés sur la nuque, le visage dépourvu de maquillage, les yeux pétillants. Crocker hésita à s'approcher. De la main, Rein Laristel lui indiqua une chaise.

— Asseyez-vous, Dennis, je vous ai invité à partager notre petit déjeuner, c'est donc que vous ne nous dérangez pas. Vous avez eu Susan Rice ?

— Oui, comment le savez-vous ?

Il haussa les épaules.

— Une réunion importante était programmée sur le sujet, hier soir à la Maison Blanche. La connaissant, j'ai supposé qu'elle vous en toucherait un mot.

— C'est exact. Les États-Unis coupent les vivres à Israël. Le Premier ministre en sera informé dans les heures qui viennent.

— Ses services viennent de m'appeler. Le rendez-vous avec lui est annulé. Trop occupé par les opérations en cours, me dit-on. Je n'aime pas beaucoup qu'on me prenne pour un imbécile. Et je ne suis pas le seul. Je crois que Bensimon n'a pas apprécié à sa juste valeur l'ampleur de la colère internationale.

— Est-ce bien utile de prolonger notre séjour ici s'il refuse de nous recevoir ?

— Non. Nous regagnons New York dès cet après-midi. Le Conseil de sécurité de l'ONU se réunira dans la soirée.

— Je… J'ai quelque chose à vous dire.

Les deux hommes levèrent les yeux vers Marina qui émiettait un morceau de brioche aux raisins. La femme du Secrétaire général de l'ONU était une vieille dame désormais mais elle avait pourtant un maintien qui en imposait, même à l'homme dont elle partageait la vie depuis plusieurs décennies, songea Dennis Crocker en interceptant le regard que Rein Laristel, en cet instant, posait sur elle.

— Je suis arrivée un peu plus tard que prévu, l'autre soir, à l'American Colony. Je ne t'avais pas donné l'horaire exact de mon avion, Rein, pardonne-moi, je ne voulais pas t'inquiéter.

— Mais…

— Laisse-moi finir, s'il te plaît. Je voulais en avoir le cœur net : les Arabes vont-ils accepter de se laisser chasser ainsi de leur pays ? Qu'ont-ils dans la tête ? Fatalisme ? Révolte ? Tu sais, Rein, que je connais un peu ce pays, j'y compte beaucoup d'amis, juifs comme arabes. Cela ne m'a pas été très compliqué d'en rencontrer quelques-uns pendant que vous dîniez avec Shattner. Et je peux vous dire une chose.

— Laquelle ?

Laristel et Crocker avaient parlé d'une même voix.

— Si l'on ne trouve pas très vite un moyen de mettre un coup d'arrêt à l'opération israélienne, on court à la catastrophe. Les deux députés arabes exilés dans les Émirats sont en train de monter des groupes d'opposition. Et de recruter tous les Arabes capables de résister. Intellectuellement comme militairement. Je ne vous en aurais peut-être pas parlé si je n'avais pas appris que les États-Unis s'apprêtent à couper tout lien avec Israël. Je pense qu'il faut en maintenir un, Dennis, quel qu'il soit.

Crocker n'eut même pas le temps de répondre, et d'ailleurs que pouvait-il dire ? Laristel se leva brusquement.

— Shattner est notre seul espoir. Même s'il est isolé, il peut encore ramener ce pays à la raison, j'en suis convaincu. Allons-y, il est l'heure.

Tous trois s'engouffrèrent dans une voiture noire aux vitres teintées qui mit moins de dix minutes à gagner le King David tant les rues et les avenues de Jérusalem étaient désertes.

Devant l'hôtel, une foule bigarrée se pressait : journalistes, pacifistes, mais aussi quelques colons armés que les services de sécurité tentaient de repousser. « C'est une honte de recevoir avec les honneurs le représentant d'une institution qui encourage le terrorisme en confortant les Palestiniens et les Arabes d'Israël dans leur rôle de victimes ! » clamait l'un d'eux.

La voiture se gara sous le porche, devant la porte à tambour qui, depuis plusieurs décennies, voyait défiler les plus grands leaders de la planète, et Rein Laristel s'en extirpa, protégeant Marina du mieux qu'il le pouvait.

Dans le vaste *lobby* du King David, Amos Shattner se tenait debout, impassible, habitué à soulever les clameurs d'amour comme de haine, surveillé de loin par des gardes du corps qui avaient toujours eu pour consigne de rester discrets. Après toutes ces années, le président israélien ne supportait plus de vivre comme un homme en cage, suivi à la trace par des ombres sans noms.

Il accueillit le Secrétaire général de l'ONU et son épouse à bras ouverts avant de regarder longuement tous ceux qui avaient été autorisés à assister à la cérémonie. Le silence gagna en quelques secondes ce lieu mythique, à peine rompu par le crépitement de la pluie sur les baies qui donnaient sur la vallée.

Dehors, les remparts de la vieille ville tenaient

bon, prolongés au loin par le mur de béton qui serpentait le long des collines de cailloux.

— Mes amis… nous sommes réunis ici pour célébrer la carrière de Rein Laristel, ou plutôt sa destinée, pourquoi être si réducteur ? Chez cet homme de conviction, épris de liberté, la carrière est en effet indissociable de la vie, il suffit de croiser le regard de son épouse Marina pour s'en convaincre. Je lui sais particulièrement gré d'être venu nous rendre visite et nous signifier ainsi son attachement, en ces jours si difficiles, aux deux peuples qui cohabitent ici avec plus ou moins de bonheur, ou de malheur…

Dennis Crocker n'écoutait que d'une oreille. Il observait les hommes et les femmes qui l'entouraient. Les journalistes prenaient des notes, les diplomates opinaient à chaque phrase, les autres semblaient partagés. La pondération du discours les décevait. Ces temps-ci, la rage avait meilleure cote.

Il portait ses doigts à sa cicatrice qui le démangeait depuis son départ de l'American Colony quand son regard fut attiré par une chevelure rousse qu'il reconnut en un éclair. La jeune Turque d'Istiklal. Son cœur fit un bond. Que fabriquait-elle là ? Était-il possible qu'elle ne se soit pas trouvée sur son chemin par hasard ? Il s'apprêtait à quitter discrètement sa place pour s'approcher d'elle quand il sentit, au ton de Shattner, que le discours prenait fin. Il tendit l'oreille.

— … et moi, je vous le dis : nous qui nous réclamons si fort de la tradition juive, souvenons-nous des paroles de nos prophètes : « Ce n'est pas la force qui fait le vainqueur », disait Samuel alors que, quelques siècles plus tard, Zacharie proclamait : « Ni par la force, ni par l'armée mais par l'esprit ! » Abattons le mur de la haine, renversons les barrières du refus ! Allons offrir à nos frères, au nom du peuple d'Israël, le pain et le sel de la paix et du bon voisinage !

À cet instant, un cri de haine s'éleva dans la foule tandis qu'un coup de feu claquait et qu'une cohue monstre poussait Dennis Crocker sur Rein Laristel.

Puis le silence revint dans le *lobby*. Quelqu'un hurla « Président ! » et tous les regards se tournèrent vers Amos Shattner qui vacillait, seul au milieu de tous, une tache rouge s'élargissant au niveau du cœur, tandis que ses gardes du corps ceinturaient un jeune illuminé qui, le poing tendu, proférait des insultes en hébreu.

Crocker et Laristel eurent juste le temps de recueillir le président israélien entre leurs bras. L'homme avait les lèvres pincées, le souffle court, le regard déjà fixe. Il chercha faiblement la main du Secrétaire général de l'ONU.

— C'était elle, mon ami. La dernière balle…

FIN

REMERCIEMENTS

Je ne remercierai jamais assez toutes celles et tous ceux qui, pendant ces trois dernières années, ont toujours été là quand je doutais, déployant autour de moi une sorte de cordon sanitaire qui m'a aidée, entre autres, à aller au bout de ce projet.

Merci à Sylvie Granotier, Laure Noualhat et Grégoire Biseau qui ont su me redonner l'envie d'écrire, à Anne Potie qui m'a accueillie si généreusement à l'Institut culturel français d'Istanbul, à Vincent Nouzille, Jean-Marc Savoye, et Pierre Schweitzer qui m'ont relue et encouragée, à Lionel Froissart qui m'a prêté son ordinateur, à Christophe White-Smith qui m'a accompagnée et inspiré le titre. Et à tous ceux qui sont là, toujours : Jean-Pierre, Igor, Hubert, Odile, Patricia, Claire, Natacha, Delphine, Stéphanie et Nicolas, Jean-Louis et Liliane.

Merci à José Fralon, malgré tout.

Merci aussi à mon éditeur, Jean-Marc Roberts, pour n'avoir jamais cessé d'y croire, et à mon éditrice, Françoise Roth, qui est aussi mon amie.

Merci encore à Françoise Ribas qui m'a aidée à avancer.

Merci enfin à Henri Hubert Mollaret, épidémiologiste, professeur honoraire à l'Institut Pasteur et ancien expert pour la peste auprès de l'Organisation mondiale de la santé (OMS) ; à l'historien Patrick Boucheron, grand spécialiste de la peste noire ; à Sylvie L. à Washington ; et à la société d'électronique Thalès pour leurs précieux conseils.

BIBLIOGRAPHIE

Jacqueline Brossolet et Henri Hubert Mollaret, *Pourquoi la peste ? Le rat, la puce et le bubon*, Gallimard, collection « Découvertes », 1994.

Richard F. Burton, *Voyage à La Mecque*, Payot, 2007.

Malek Chebel, *Dictionnaire des symboles musulmans*, Albin Michel, 1995.

Charles Enderlin, *Par le feu et par le sang*, Albin Michel, 2008.

Batya Gour, *Jérusalem, une leçon d'humilité*, Gallimard, collection « Arcades », 2000.

Abdellah Hammoudi, *Une saison à La Mecque*, Le Seuil, 2004.

Pierre Haski, *Ben Gourion, naissance d'un destin*, Autrement, 1998.

Dominique Lapierre, Larry Collins, *Ô Jérusalem*, Pocket, 1994.

Judith Miller, Stephen Engelberg, William Broad, *Germes*, Fayard, 2002.

Henri Hubert Mollaret, *L'Arme biologique*, Plon, 2002.

William Naphy, Andrew Spicer, *La Peste noire*, Autrement, 2003.

Sari Nusseibeh, *Il était un pays*, Jean-Claude Lattès, 2008.
Amos Oz, *Une histoire d'amour et de ténèbres*, Gallimard, 2004.
Orhan Pamuk, *Istanbul, souvenirs d'une ville*, Gallimard, 2007.
Paul-Loup Sulitzer, *Le Roi rouge*, Éditions du Rocher, 2008.
Gordon Thomas, *Histoire secrète du Mossad*, Le Seuil, collection « Points », 2007.
Michel Warschawski, *Destins croisés*, Riveneuve éditions, 2009.

Et aussi de nombreux écrits ou interviews de Ze'ev Sternhell, Shimon Pérès, Théo Klein, Michel Warschawski, Azmi Bishara et A. B. Yehoshua.

Du même auteur :

DOCUMENTS

Dassault, le dernier round, Olivier Orban, 1991.
Le président qui n'aimait pas la guerre, Plon, 1995.
L'Acrobate, Le Seuil, 1998, avec la collaboration de Vincent Nouzille.
Jérusalem, Tertium, 2008.

ROMANS

Koutchouk, Denoël, 2000.
Balagan, Stock, 2003, Le Livre de Poche, 2005, prix du polar SNCF 2003.
Petite mort, Stock, 2005, Le Livre de Poche, 2007.
La Cuve du diable, Stock, 2007, Succès du livre, 2007.
Le Songe d'Ariel, Gallimard, 2012.

Composition réalisée par PCA

Achevé d'imprimer en décembre 2011 en France par
CPI BRODARD ET TAUPIN
La Flèche (Sarthe)
N° d'impression : 66055
Dépôt légal 1re publication : janvier 2012
LIBRAIRIE GÉNÉRALE FRANÇAISE
31, rue de Fleurus – 75278 Paris Cedex 06

31/6152/8